Heinz Pahl

Das Psycho-Stille-Syndrom

AF215041

Das Psycho-Stille-Syndrom ist ein Kriminalroman, in dem es um eine auffällige und beängstigende Verhaltensweise bei Kindern und Jugendlichen geht. Eine mystische Kraft, die zunächst von Niemandem ernst genommen wird, lässt Hoffnung aufkeimen. Die Handlungsorte und Länder sind Deutschland, Dänemark, Schweden, Spanien und Russland. Sie stehen, genau wie die Personen in diesem Roman in einem fiktiven Zusammenhang. Jede Ähnlichkeit mit tatsächlichen Ereignissen oder mit lebenden, beziehungsweise verstorbenen Personen ist rein zufällig.

**Bibliographische Information
der Deutschen Nationalbibliothek Die Deutsche
Nationalbibliothek verzeichnet diese Publikation in der
Deutschen Nationalbibliographie; detaillierte
bibliographische Daten sind im Internet über
http://dnb.d-nb.de abrufbar.**

1. Auflage 2020
Copyright © 2020 by Heinz Pahl
Herstellung und Verlag:
BoD - Books on Demand
ISBN 9 783751948678

1

Anke Martens war von sich überzeugt, eine gute Pädagogin zu sein. Immerhin konnte sie auf siebenundzwanzig Jahre Lehrertätigkeit zurückblicken.

„Da lernt man aus den Erfahrungen, die man so nach und nach sammelt, bringt eigene Ideen und Kreativität in den Schulalltag hinein, nur damit die Kinder aufmerksam und konzentriert den Unterrichtsstoff bewältigen. Und jetzt das!", sagte sie zu ihrer Kollegin Nora Meyer.

Die beiden Lehrerinnen kannten sich seit vielen Jahren gemeinsamer Unterrichtszeit an der Grundschule am Hesterberg in Schleswig.

Schleswig, diese wunderschöne alte Stadt an der Schlei mit ihrem Dom, den Fischern und dem Holm. Residenzstadt und Bischofssitz. Eine noch weitgehend intakte Natur. Eine Museumshochburg und ein geistiges und kulturelles Zentrum mit unendlich vielen Möglichkeiten. Zum Beispiel Schloss Gottorf. Diese Stadt mit seinen rund 24.000 Einwohnern lädt ein, Geschichte, Kunst und Freizeit zu erforschen und zu genießen. Ja, und jetzt das!

„Ich kann es auch nicht verstehen. Wie konnte es so weit kommen? Die betroffenen Kinder haben ein offensichtlich heiles Elternhaus, so könnte man es jedenfalls folgern. Sie konnten sich bisher ohne besondere Auffälligkeiten entwickeln. Und wie aus heiterem Himmel verstummen sie. Sind nicht mehr ansprechbar. Obwohl sie vorher aktiv und temperamentvoll waren. Im Unterricht haben sie sich beteiligt. Selbst bei der Hausaufgabenerstellung gab es nur wenige Probleme." Nora Meyer zuckte hilflos mit den Schultern.

„Es ist wohl keine Kollegin und kein Kollege an dieser Schule davon verschont geblieben", folgerte Anke Martens.

„Von den ersten bis zu den vierten Klassen die gleichen

Phänomene. Fast in jeder Klasse mindestens ein Kind. Unser Schulleiter steht dieser Entwicklung ziemlich fassungslos gegenüber. Besonders auch die Eltern und natürlich wir. So etwas gibt es eigentlich gar nicht. Und doch ist es eine Realität, auf die wir uns scheinbar einzustellen haben."

Rektor Frank Neumann hatte der Schulbehörde Meldung gemacht.

„Die Kinder sind einfach verstummt", erklärte er seinem Vorgesetzten Oberregierungsrat Bauer am Telefon. Die Verzweiflung in seiner Stimme war nicht zu überhören.

„Zunächst glaubten wir in Zusammenarbeit mit der Kinder- und Jugendpsychiatrie und mit den Eltern an einen ausgeprägten Autismus. Doch dann mussten wir feststellen, dass die Kinder auf keinerlei Reize reagierten. Es schien, als fehlte ihnen die Kraft dazu. Es ist furchtbar. Kinder, vorher völlig normal und lebhaft am Schulleben teilnahmen, sitzen plötzlich völlig regungslos auf ihren Plätzen. Sie mussten schließlich von den verzweifelten Erziehungs-berechtigten abgeholt werden." Oberregierungsrat Ernst Bauer hatte sich Notizen gemacht.

„Was werden sie weiter tun", fragte er den Schulleiter. Er erhoffte sich pragmatische Vorschläge für das weitere Vorgehen. Doch Frank Neumann wusste sich keinen Rat.

„Ich weiß es nicht, ich weiß es wirklich nicht. Mir fehlt jeder Ansatz einer möglichen Hilfe. Die Ärzte, die wir in diesen Fällen zu Rate gezogen haben, konnten uns auch nicht wirklich weiterhelfen. Die meisten Kinder sind in der Kinder- und Jugendpsychiatrie bei Professor Runstedt vorgestellt worden. Wir stehen mit ihm in ständiger Verbindung." Er zögerte einen Moment und bemerkte dann resigniert: „Hat denn unsere Pädagogik völlig versagt?" Es klang wie ein Selbstvorwurf.

„Ihre Schule ist nicht nur allein betroffen. Es scheint sich über das ganze Land auszudehnen. Anscheinend von Norden nach Süden. Noch sind es vergleichsweise wenige und überschaubare Fälle in den Grundschulen. Das besagen jedenfalls die Zahlen, die mir zu dieser Entwicklung hereingegeben worden sind." Bauer machte eine Pause.

„Doch man weiß ja nicht, wie es weitergehen wird. Rufen sie mich umgehend an, sobald sie neue Zahlen haben." Bauer legte den Hörer auf.
Frank Neumann lehnte sich hilflos in seinem Sessel zurück. Wenn erst die Medien das Thema richtig aufgreifen, dann wird der Schulfrieden endgültig gefährdet sein, überlegte er. Er atmete mehrfach tief durch. Aber auch das brachte ihm keine Entspannung. Mit der Schulelternratsvorsitzenden Luzia Mehlmann hatte er Kontakt aufgenommen. Noch konnte er beruhigend wirken.

„Es wird alles Menschenmögliche getan", versicherte er ihr. Doch auch uns sind in vieler Hinsicht die Hände gebunden, da es noch so viele ungeklärte Fragen gibt. Wir wissen einfach nicht richtig, woran wir bei diesem Erscheinungsbild sind. Zurzeit zeigt sich die Problematik nur bei wenigen Schülern und Schülerinnen in den Grundschulen. Die Phänomene sind allerdings gravierend übereinstimmend. In Schleswig-Holstein entschloss man sich zu einer konzertierten Aktion. Über eine vernetzte Zusammenarbeit zwischen Kindergärten, Schulen und Psychiatrien versuchte man konkretere Zahlen der Kinder und den betroffenen Eltern zu erfassen. Die Hoffnung zu gemeinsamer Problembewältigung ist dabei im Moment durchaus noch vorhanden. Ich werde Sie auf dem Laufenden halten. Alles Menschenmögliche wird von unserer Seite aus getan." Luzia Mehlmann gab sich damit zunächst zufrieden.

2

Professor Jens Runstedt, Leiter der Kinder- und Jugend-psychiatrie in Schleswig auf dem Hesterberg, hatte zu einem Informationsaustausch eingeladen.

„Was ich mir nicht erklären kann", erläuterte er, „ist die Tatsache, dass diese Fälle zurzeit nur bei einer bestimmten Altersgruppe aufzutreten scheinen. Nämlich bei Kindern im Alter von sechs bis etwa zehn Jahren. Dabei konnten wir eine apathische, fast völlig reaktionslose Stille bei den Kindern beobachten. Lassen sie mich der Einfachheit halber von einem Psycho-Stille-Syndrom sprechen, obwohl dieser Begriff nicht als endgültige Bezeichnung aufzufassen ist und schon gar nicht das Problem in seiner Ganzheit erfasst. Dieser Begriff soll uns zunächst einmal bei der sprachlichen Auseinandersetzung helfen." Er zögerte einen kurzen Moment.

„Also: Man kann das Psycho-Stille-Syndrom nicht auf bestimmte Muster und Verhaltensweisen eingrenzen. Es hat sowohl Züge von Autismus- Depressiven- oder auch Komapatienten. Dennoch ist es anders. Die Kinder wirken nicht nur völlig apathisch, sie sind in sich gekehrt, verhalten sich absolut still, und geben keinerlei Äußerungen von sich, bei denen man anknüpfen könnte."

Professor Runstedt blickte fragend auf seine Zuhörerschaft, überwiegend Lehrer, Erzieher und Psychologen. Einige Schulelternräte und Kinderärzte und ein Sonderpädagoge aus der geschlossenen Anstalt des Landesjugendheimes waren auch mit anwesend.

„Wie macht sich das Verhalten der Kinder vorrangig in der Schule bemerkbar?", wollte die Schulelternrats-vorsitzende Luzia Mehlmann wissen.

„Da sind wir gleich beim Punkt", griff Runstedt die Frage auf.

„Vielleicht sollten wir sie doch am praktischen Beispiel erläutern." Runstedt nickte Frank Neumann zu, mit dem er nun schon seit einiger Zeit in ständigem Telefonkontakt stand.

„Erzählen sie doch mal, wie sich der Fall von Kevin Kuslowsky bei ihnen in der Schule zugetragen hat. Kevin war meines Wissens der erste Schüler, der mit dem Psycho-Stille-Syndrom an ihrer Schule auffiel. Ich glaube sogar das erste Kind in Schleswig-Holstein überhaupt." Er wandte sich an die Zuhörerschaft.

„Allerdings muss ich alle Anwesenden bitten, die Angaben über diesen Jungen absolut vertraulich zu behandeln und nicht nach außen zu tragen. Die Probleme mit der Presse und den Medien stehen uns ohnehin noch bevor."

Neumann kam nach vorn ans Mikrofon. Professor Runstedt war zur Seite getreten und hatte sich auf einen Stuhl gesetzt.

Bevor Neumann anfing zu sprechen, blickte er zu seiner Kollegin Anke Martens.

„Ich kann ihnen den allerersten Moment auch nur aus zweiter Hand schildern. Aber seine Klassenlehrerin ist unter uns und wird mich sicherlich verbessern, wenn ich etwas Falsches sage." Er lächelte Anke Martens zu, die seine Bemerkung mit einem kurzen Kopfnicken bestätigte.

Frank Neumann überlegte kurz, wie er präzise und dennoch umfassend die Falldarstellung beginnen könnte. Er konnte sich gut an den lebhaften und aufgeweckten Jungen erinnern.

„Also Kevin ist bislang in der Klasse 3b unterrichtet worden. Er war stets ein fröhlicher und aktiver Schüler. Besonders sportbegeistert und sehr interessiert allem Neuen gegenüber. Er kommt aus einem geordneten Elternhaus. Seine Eltern sind beide berufstätig. Die Mutter hat aber nur halbtags gearbeitet, so dass sie ihrem Sohn und der älteren Schwester am Nachmittag immer zur Verfügung stand." Er zögerte einen Moment.

„Es war in einer dritten Stunde. Mathematikunterricht. Eigentlich ein Fach, das der Junge so nebenbei erledigte. Wie üblich wollte die Klassenlehrerin den Unterricht mit einer Kopfrechenrunde beginnen." Er stockte und blickte zu Anke Martens.

„Ach, Anke, komm du einfach nach vorn und berichte uns, was dann geschah. Du hast es ja unmittelbar erlebt."

Die Lehrerin erhob sich und ging zu ihrem Schulleiter, der in den Hintergrund trat.

Sie stellte sich vor das Mikrofon. Mit gespannten Gesichtern blickten die Zuhörer auf die Frau. Man merkte ihr an, dass sie um Fassung rang. Sie schluckte ein paar Mal und fing dann an.

„Es war an einem ganz gewöhnlichen Schultag. An einem Mittwoch. Wie schon gesagt, in der dritten Stunde im Mathematikunterricht. Ich trainierte gerade ein wenig Kopfrechnen mit den Schülern. Die Kinder standen. Jeder, der das richtige Ergebnis seiner Aufgabe gesagt hatte, durfte sich wieder hinsetzen. Kevins Rechenaufgabe war nicht besonders schwer. Zweimal siebenunddreißig. Er schaute mich nur mit großen Augen an. Nicht fragend. Schweigend. Ohne Regung. Er sagte kein Wort. Sein Blick war völlig ausdruckslos. Er blieb einfach stehen. Er setzte sich nicht mehr hin. Auch nicht auf mein Zureden hin."

Es schien, als würde Anke Martens gleich in Tränen ausbrechen, so sehr schien sie die Spannung des von ihr geschilderten Ereignisses wieder ergriffen zu haben. Sie schluckte ein paar Mal und fuhr dann fort.

„Setz dich doch wieder hin", rief ich Kevin zu. „Er zeigte keine Reaktion. Die Kinder bemerkten auch, dass irgendetwas nicht stimmte.

„Setz dich hin, Kevin!", riefen auch sie ihm zu. Keine Reaktion. Der Schüler rührte sich nicht. Er stand da. Stumm und starr. Wie betäubt. Ich wagte nicht, ihn anzufassen.

„Lasst ihn, Kinder!", rief ich. „Lasst ihn in Ruhe und seid ganz still!"

Ich lief aus der Klasse direkt zum Schulleiter. Die Tür ließ ich offenstehen.

„Frank, bitte, komm' schnell. Es ist etwas passiert!" Zusammen eilten wir zurück in meine Klasse. „Das gleiche Bild bot sich mir, als ich in die Klasse trat."
Frank Neumann ergriff wieder das Wort. Er hatte den Eindruck, als sollte er den Bericht seiner Kollegin weiter fortsetzen. Die Lehrerin ging mit gesenktem Kopf zu ihrem Platz zurück.

Die Anwesenden schauten aufmerksam auf den Schulleiter. Man konnte die Spannung in ihren Gesichtern ablesen. Nein, das hatte es in dieser kurz geschilderten Form wohl noch nie gegeben.
So ein Abschalten eines Kindes und sein Eintreten in völlige Stummheit und Regungslosigkeit war in dieser krassen Form den Zuhörern als Fall bisher nicht geschildert worden. Frank Neumann fuhr fort.

„Ich ging auf Kevin zu. Was gibt es denn Kevin? Du darfst dich doch wieder hinsetzen." Der Junge bewegte sich kein bisschen. Er schaute mich an, als wäre ich nicht da. Guckte durch mich hindurch. Ausdruckslos. Ohne jeden Kontakt. Ohne jede Reaktion. Ich fasste ihn mit beiden Händen leicht an die Schultern und versuchte, ihn von seinem Platz wegzuschieben." Frank Neumann schüttelte hilflos den Kopf.

„Wie ein Roboter setzte der Junge dabei einen Fuß vor den anderen. Die anwesenden Kinder schauten mir dabei entsetzt zu. Sie hatten begriffen, dass sich vor ihren Augen etwas Unbegreifliches abspielte. Ihr Kevin. Immer lebhaft und lustig. Ein guter Schüler. Ein guter Sportler. Und jetzt konnte er nicht einmal mehr richtig gehen. Sie waren mucksmäuschenstill, als ich ihren Mitschüler zur Klassentür hinausschob. Als Anke Martens die Tür hinter mir schloss, vernahm ich noch, wie einige Mitschülerinnen anfingen zu weinen."

Das Plenum hörte fassungslos den Worten Frank Neumanns zu. In einigen Gesichtern zuckte es auffällig. Der Rektor fuhr mit seinem Bericht fort.

„Die Eltern wurden umgehend von mir verständigt. Eine halbe Stunde später standen sie ihrem Sohn gegenüber. Die Mutter nahm ihren Sohn sofort in den Arm."

„So rede doch Kevin", bat sie ihn. Sie streichelte seinen Kopf.

„Ich bin es doch, deine Mami." Der Sohn hing starr in ihren Armen.

„Vielleicht gehen wir erst einmal mit Kevin nach Haus", schlug der Vater vor.

„Gehen wäre gut gewesen", fuhr Frank Neumann fort.

Von allein ging Kevin natürlich nicht. Die Eltern hakten sich rechts und links bei ihm ein und zogen und schoben ihn mehr als dass er ging. Er stakste mit den Beinen und tastete sich eher vor wie ein Roboter, der nicht richtig programmiert war, trotzt der seitlichen Unterstützung durch die Eltern. Sein Gesicht blieb weiterhin ausdruckslos und ohne Mimik. Sie verließen zusammen mein Büro. Die Mutter weinte. Dem Vater fehlten die Worte." Neumann zuckte hilflos mit den Schultern.

„Setzen Sie sich umgehend mit Professor Runstedt, dem Leiter der Kinder- und Jugendpsychiatrie hier in Schleswig in Verbindung", rief ich ihnen noch hinterher, „vielleicht kann er Ihnen weiterhelfen!"
An dieser Stelle bemühte sich Professor Runstedt ans Mikrofon. Der Schulleiter setzte sich auf seinen Stuhl.

„Danke, Herr Neumann, für Ihre Ausführungen." Er nickte dem Schulleiter zu.

„Kevin befindet sich tatsächlich seit einigen Tagen bei uns in der Psychiatrie, genau wie viele andere Kinder mit dem so genannten Psycho-Stille-Syndrom."
Er blätterte in seinen Unterlagen herum.

„Die Eltern von Kevin hatten ihren Sohn gleich am nächsten Tag bei mir vorgestellt. Sie wussten sich keinen Rat, waren völlig hilflos und betroffen, verzweifelt. Ihr Junge hatte auf die Bemühungen der Eltern überhaupt nicht reagiert, sondern nur stumpf durch sie hindurchgeschaut. Auch Nahrung konnte man ihm kaum verabreichen." Er zögerte einen Moment.

„Kevin ist immer noch bei uns in der Kinder- und Jugendpsychiatrie untergebracht, ohne irgendwelche Anzeichen einer tatsächlichen Besserung."
Er suchte weiter in seinen Aufzeichnungen und überlegte dabei, wie er den Zuhörern die Problematik des Syndroms am Direktesten weiter erläutern könnte.

„Ich werde jetzt versuchen, Ihnen das sogenannte Psycho-Stille-Syndrom zu beschreiben. Nachdem wir inzwischen mehrere Kinder mit diesem Erscheinungsbild untersucht haben, gibt es zweifelsfreie Übereinstimmungen, Verhaltens- und Ausdrucksphänomene, die bei allen Kindern gleichermaßen auftreten, in mehr oder weniger starker Intensität. Lassen Sie uns am Ende meiner Ausführungen zu einem Fragenaustausch kommen." Er kramte wiederum in den Papieren herum, die er vor sich liegen hatte und bemerkte seine eigene Hilflosigkeit in der Falldarstellung.

„Die Kinder mit dem Psycho-Stille-Syndrom fallen zunächst durch eine völlige Teilnahmslosigkeit und einer Unempfindlichkeit gegenüber äußeren Reizen und Kommunikationsimpulsen auf. Bei Kindern mit Autismus, Hospitalismus oder Depressionen, die wiederum eine hohe Komorbidität zur Borderline-Persönlichkeitsstörung aufweisen, kann man ähnliche Verhaltensweisen feststellen. Eine Komorbidität ist ein weiteres, diagnostisch abgrenzbares Krankheitsbild oder Syndrom, das zusätzlich zu einer Grunderkrankung vorliegt."

„Kevin befindet sich tatsächlich seit einigen Tagen bei uns in der Psychiatrie, genau wie viele andere Kinder mit dem so genannten Psycho-Stille-Syndrom."

Er machte eine kurze Pause und fuhr dann fort.

„Bei Kevin, um wieder auf unser Fallbeispiel zurückzukommen, ist zusätzlich eine völlige in sich gekehrte Stille aufgetreten. Stille im negativen Sinne. Bis auf stark reduzierte Bewegungsreize beim Gehen und Essen, zeigt er keinerlei beobachtbare Bewegungsformen oder eine Anteilnahme an seiner Umwelt. Er ist fast nicht mehr ansprechbar durch äußere Reize. Im Wachzustand wirkt er eher wie ein Komapatient, der zwar die Augen geöffnet hat, aber bei dem man nicht weiß, ob er überhaupt etwas wahrnimmt. Auch des Nachts liegt er mit geöffneten Augen in seinem Bett. Wir haben vieles schon versucht."
Irgendwie hilflos schüttelte er leicht den Kopf.

„Bis heute haben wir keine Möglichkeiten gefunden, den Zustand dieser Patienten in irgendeiner Weise wirklich zu beeinflussen oder zu verändern. Es ist uns noch nicht gelungen, diese Kinder auch nur annähernd zur Rückkehr in ihre alten Verhaltensmuster zu bewegen. Etwa zwei bis drei neue Patienten werden wöchentlich in die Kinder- und Jugendpsychiatrie eingeliefert. Diese Zahlen gelten nur für Schleswig-Holstein. Ich habe bisher noch keine verlässlichen Zahlen über die Entwicklung in anderen Bundesländern. Doch nun bitte zu Ihren Fragen."
Nora Meier meldete sich. „Welche Therapien haben Sie angewendet, um die Kinder zu normalen Reaktionen zu motivieren?" Professor Runstedt zog leicht die Augenbrauen hoch. „Oh, da kann ich Ihnen eine ganze Palette aufführen, die zum großen Teil Ihnen auch bekannt sein dürfte. Von der Spieltherapie über die Ergotherapie bis hin zur Elektrotherapie, Hypnosebehandlung, Angststörungs- und medikamentöser Therapie haben wir alles versucht."
Irgendwie wirkte er hilflos und frustriert.
Er fuhr fort: „Leider muss ich Ihnen gestehen, dass bisher, wie schon gesagt, keiner unserer Therapieansätze eine wesentliche Veränderung bei den Kindern bewirkt hat. Ein zu hoher Leistungsdruck, digitale Reizüberflutung oder

Versagensängste kann man wohl ausschließen. Oder doch nicht? Wir beobachten und untersuchen jedenfalls in alle Richtungen. Wie gesagt, ohne bisher zu greifbaren Ergebnissen gekommen zu sein."

„Wie erklären Sie sich die scharfe altersmäßige Eingrenzung von sechs bis zehn Jahren?", fragte Nora Meyer weiter. „Es ist doch eigenartig, dass sich dieses Phänomen bisher nur in der Grundschule gezeigt hat."

„Eine wichtige Frage. Vielleicht ist die Altersgruppierung etwas zu eng gefasst. Geben wir einen Spielraum und sprechen von sechs bis zwölfjährigen Kindern. Auch diese Schüler können unter bestimmten Umständen in der Grundschule sein." Er zögerte einen Moment.

„Ich habe da eine Vermutung. Sie wissen ja, dass in diesem Zeitabschnitt sexuelle Impulse bei diesen Kindern eine eher sekundäre Rolle spielen. In dieser Altersstufe werden soziale und seelische Antriebe vorrangig ausgebildet."
Er suchte wieder in seinen Unterlagen und fuhr fort, als er die richtigen Notizen in der Hand hatte.

„Wir sprechen von der sogenannten Latenzphase. Aus irgendeinem Grunde, der uns nicht bekannt ist, scheint es zu einem lähmenden Eingriff in dieser Phase gekommen zu sein, der das Psycho-Stille-Syndrom ausgelöst hat. Doch wie gesagt, es sind lediglich Vermutungen von mir. Wir haben noch keinerlei sichere Hinweise, die diese Vermutung bestätigen könnten. Vielleicht sind die betroffenen Kinder plötzlich wieder da, dass sie von einem Augenblick zum anderen herauskommen aus ihrer Stille und in die Lebendigkeit des Alltags ganz normal zurückkehren."
Hier stoppte Professor Runstedt seine Ausführungen und ermutigte die Anwesenden, weitere Fragen zu stellen.

„Sind es nur deutsche Kinder, bei denen das Psycho-Stille-Syndrom auftritt?", wollte die Schulelternratsvorsitzende Luzia Mehlmann wissen.

„Keinesfalls. Es macht scheinbar bei keinem Geschlecht, bei keiner Religion, Nationalität oder sozialer Gruppenzugehörigkeit eine Ausnahme. Einige mit mir befreundete Kollegen in Dänemark berichteten von ähnlich gelagerten Fällen."

„Kann sich das Syndrom auch auf andere Altersgruppen ausdehnen?", fragte der Sonderpädagoge Jacob Specht von der geschlossenen Anstalt des Landesjugendheimes. Er dachte dabei an die Jugendlichen von dreizehn bis siebzehn Jahren, mit denen er überwiegend täglich zu tun hatte.

„Diese Frage kann man im Moment mit Sicherheit noch nicht beantworten. Sicher ist nur, dass es bisher bei Kindern, die älter als zwölf Jahre sind, noch nicht festgestellt worden ist."

„Gibt es irgendwelche Erfolg versprechenden Therapieansätze?"

„Nein! Zurzeit noch nicht."

„Wie gehen die betroffenen Erziehungsberechtigten mit der Situation um?"

„Hilflos! Völlig irritiert! Geschockt! Zum Teil mit stark depressiven Reaktionen. Aber auch fordernd und aggressiv. Die Eltern und Erziehungsberechtigten benötigen Beistand und fachkundige Begleitung. Deswegen sind Lehrer, Erzieher, Sozialpädagogen, Ärzte, Psychiater und Seelsorger herausgefordert, eine aktive Elternarbeit zu leisten. Die Frage dabei ist allerdings: Wie?" Er zögerte einen Moment, so als suchte er nach Worten, die seine Ausführungen in einer gewissen Weise positiv abrunden könnten. Er schüttelte leicht den Kopf.

„Es fehlen uns wie schon gesagt, einfach noch die Konzepte und die Therapieansätze, um dem Syndrom in irgendeiner Weise erfolgreich zu begegnen. Beratungshilfen können sich im Augenblick nur auf die äußere Unterbringung und Versorgung der Kinder beziehen."
Es wurden noch eine Menge anderer Fragen gestellt.

Man kam dabei zu keinen befriedigenden Resultaten. Es blieb für alle Anwesenden sehr frustrierend.

Gegen einundzwanzig Uhr beendete der Leiter der Kinder- und Jugendpsychiatrie den Erfahrungsaustausch mit der Perspektive, bald wieder in diesem Gremium zusammenzutreffen, um sich erneut zu beraten.

„Das ist auch notwendig", meinten die Teilnehmer.

„Es fehlen uns einfach die Informationen und wer weiß, was da noch auf uns zukommt?"

Beim Hinausgehen bemerkte Jacob Specht, dass Nora Meyer ihn fragend ansah. Er kehrte noch einmal um, und ging auf sie zu.

„Hallo Nora!"

„Hallo Jacob!"

Er gab ihr die Hand.

„Schön dich zu sehen. Gut siehst du aus."

Sie lächelte ihn an.

„Alter Schmeichler. Gehen wir noch zum *Alten Wikinger* am Holm?"

„Heute nicht, Nora, ich ruf dich an. Hab ja immer noch deine Telefonnummer."

Er strich ihr flüchtig über die dunkelbraune, mit hellen Strähnen eingefärbte Kurzhaarfrisur. Sie wirkte enttäuscht.

„Ich hab dich nicht vergessen", versicherte er ihr.

„Darum geht es nicht, Jacob, ich möchte dich einfach wieder treffen. Mit dir zusammen sein." Ihre grünen Augen versuchten seinen Blick einzufangen. Doch er wich ihr aus.

„Ich ruf dich an, wiederholte er, nur heute geht es nicht. Okay?" Sie nickte.

„Muss wohl so sein."

Er hauchte ihr einen flüchtigen Kuss auf die Wange und verschwand.

3

Als Jacob Specht nach der Veranstaltung mit Professor Runstedt seine Wohnung betrat, ging er zuerst an den Kühlschrank und nahm sich einen Joghurt, eine Dauerwurst und ein Bier mit ins Wohnzimmer. Er legte sich lang in seinen Fernsehsessel und nahm einen kräftigen Schluck aus der Flasche.

Ich hab's satt, dachte er. Fünf Jahre pädagogischer, sinnloser und uneffektiver Stress in der Geschlossenen sind genug. Ich muss raus aus dieser Sackgasse. Nicht meine Klienten sind die Eingeschlossenen. Ich bin es, dem mehr und mehr die Luft zum Leben fehlt. Ich muss da raus, sonst ersticke ich. Er beschloss, seine Arbeit zu kündigen und nach Kopenhagen zu ziehen.

Jacob Specht lebte bislang mit der Gleichgültigkeit eines Menschen, der sich nicht darum mühen musste, satt zu werden oder seine Miete rechtzeitig zu bezahlen. Er stellte sich niemals die Frage, ob es außerhalb seiner Zeit und seines Erfahrungshorizontes etwas geben könnte, was vielleicht wichtig und bedeutsam für ihn wäre. Er vermisste nichts. Zumindest bildete er es sich ein, nichts zu vermissen.

Er brauchte nichts Außergewöhnliches. Er gab sich mit dem Gewöhnlichen zufrieden. Auch was seine zwischenmenschlichen Beziehungen anging. So wie die Sekunden, Minuten und Stunden den Tag durchliefen, durchlebte er die Zeit mit einem gewissen Stumpfsinn. Er lebte ebenso dahin, wie die meisten Menschen um ihn herum. Wann kann ein Mensch schon wissen, ob er etwas braucht, das über die Banalität des Alltags oder über die eigene Verdauungslage hinausgeht.

Irgendwann allerdings fing es an. Es gab keinen besonderen Anlass.

Die Welt mit ihrer innewohnenden Dramatik war wie immer. Es gab nichts Neues unter der Sonne. Deshalb konnte er im Nachhinein nicht einmal sagen, wann es genau anfing. Er machte sich Gedanken. Er begann, sich mit diesen Gedanken auseinanderzusetzen.

Zunächst waren es die Frauen und die Beziehungen zu ihnen, die seine Gedankengebäude ausfüllten. Specht neigte zu wechselnden Bekanntschaften, die meist nicht lange hielten und die in der Regel ein schales Gefühl bei ihm hinterließen. Eigentlich kam er nie richtig mit den Frauen zurecht. Nicht einmal mit seiner eigenen Mutter, die er doch von Herzen geliebt hatte.

Doch selbst bei ihr empfand er, dass seine Gefühlswelt zu der Frau, die ihn geboren hatte, in der Oberflächlichkeit stecken blieb.

Dann versuchte er die Beziehungen und Lebensumstände der Menschen allgemein zu ergründen. Schließlich hatte er es bei seiner täglichen Arbeit mit jungen Menschen zu tun, die schon im Vorfeld des Lebens gescheitert waren. Gerne hätte er in diesem Zusammenhang noch Fragen an seine Mutter gehabt.

Irgendwie hatte sie sein Leben stark geprägt. Das empfand er immer mal wieder, obwohl da nie wirkliche Gespräche waren, die sein Herz erreicht hätten. Er registrierte, dass er es sich eigentlich nie so recht eingestehen wollte, dass das Leben seiner Mutter sein Leben in einer besonderen Weise beeinflusst hatte und sein Herz mal mehr oder weniger bewegte.

Seine Mutter war eine vom Glauben an Gott erfüllte Frau gewesen. Er hatte stets Angst davor gehabt, sie an der Gleichgültigkeit seines Alltags teilnehmen zu lassen. Sie hätte sein Leben, so wie es verlief, niemals wirklich akzeptiert.

Später versuchte er es auf der Schiene des sozialen Engagements. Er wollte seinen Beitrag für diese Welt abliefern. Deshalb studierte er Sozialpädagogik und Sonderpädagogik. Durch die Arbeit mit jungen Menschen versuchte er, seine eigene Identität wiederzufinden.

Doch schon nach fünf Jahren sonderpädagogischer Auseinandersetzung mit drogenabhängigen, verhaltensschwierigen und kriminellen Jugendlichen in der geschlossenen Abteilung des Landesjugendheimes in Schleswig wurde es ihm zu viel.

Zu schwer, zu erdrückend. Er konnte nachts nicht mehr richtig schlafen. Und als ihn kürzlich ein jähzorniger Jugendlicher bedrohte, einen schweren gläsernen Aschenbecher an seinen Kopf zu werfen, hatte er endgültig genug. Er sah keinen Handlungsbedarf mehr für sich und konnte sich auch nicht vorstellen, wie er diesen jungen Menschen wirklich helfen sollte.

Allzu selten fanden diese Jugendlichen aus der Sackgasse Drogen, Straßenstrich und Beschaffungskriminalität heraus. Im Gepräge von Cold Turkey, Methadon und Aids verlor er seine Illusionen für diese jungen Menschen. Er bemerkte eine zunehmende Intoleranz in seinem Wesen gegen alles, was seiner eigenen vermeintlichen Gerechtigkeit widersprach. Dennoch machte er sich weiterhin Gedanken. Er wollte in seiner Hilflosigkeit nicht stehenbleiben.

Warum sind die Menschen so und nicht anders? Geprägt von ihren Genen oder ihrer Umwelt oder von beiden? Als er schließlich versuchte, diese Welt mit persönlichen politischen Aktivitäten zu bewältigen, stellte er fest, dass er selbst in eine Sackgasse hineingeraten war. Es gelang ihm immer schwerer, mit seiner eigenen Inhaltslosigkeit umzugehen.

Am Ende bemühte er sich nur noch, seine Betroffenheit, seine Kraftlosigkeit und seine Depressionen so gut es ging vor den Mitmenschen zu verbergen und zu verwalten.

Die Informationsveranstaltung bei Professor Runstedt in der Kinder- und Jugendpsychiatrie in Schleswig hatte schließlich den Ausschlag gegeben.

Mit Nora Meyer wäre er nach einigen Bieren beim Alten Wikinger doch bloß wieder mit in ihre Wohnung zu einer abschließenden Tasse Kaffee gegangen. Sie hätten die Nacht miteinander verbracht und am nächsten Morgen noch zusammen gefrühstückt.

Dabei wären sie wieder bei ihrem Lieblingsthema gelandet: Pädagogik in der Schule und in der unterrichtsfreien Zeit.

Über Kinder, Jugendliche und Lehrerkollegen hätte man diskutiert und über die Probleme, die man mit ihnen hatte. Irgendwie hilft so etwas ja, wenn man seinen Alltagskummer miteinander teilt. Am Ende wäre er mit dem Versprechen gegangen, sie wiedersehen zu wollen. Nora Meyer schien sich noch damit zufrieden zu geben. Nein, so nicht, sagte er sich. Ich werde nicht bei ihr anrufen, nicht einmal, um mich zu verabschieden. Vielleicht schreibe ich Nora aus Kopenhagen und erkläre ihr, warum ich mich so kommentarlos davongemacht habe. Dass ich sie sehr schätze, aber dass die Gefühle nicht ausreichten für eine lange und dauerhafte Beziehung.

Er wollte weg aus diesem Deutschland, das seiner Auffassung nach viel zu wenig für die Kinder übrighatte. Inzwischen gab es viel mehr ältere und alte Menschen. Die paar Kinder, die noch zur Welt kamen, würden das Aussterben Deutschlands nicht mehr verhindern. Mit rund tausend Abtreibungen pro Tag durfte man sich in diesem Land schon gar nicht selbst bemitleiden. Vielleicht wären die Ausländerkinder die Rettung. Doch jetzt noch das Drama in den Grundschulen. Da wurden die Kinder der Flüchtlinge auch nicht verschont. Das Psycho-Stille-Syndrom, wie Professor Runstedt es nannte, machte keine Ausnahmen. Weder vor der Nationalität, der Religion oder

der sozialen Zugehörigkeit. Es war verwunderlich, dass die Presse das Thema noch nicht aufgegriffen hatte. Vielleicht fehlten ihr auch die Informationen für brauchbare Artikel. Wenn man zu wenig weiß, dann mangelt es meist auch am Interesse.

Wer weiß, in welchen Altersstufen sich dieses Syndrom noch ausbreiten wird?
Er kündigte seine Arbeitsstelle, verkaufte seine Eigentumswohnung und zog innerhalb einer Woche nach Kopenhagen. Hier mietete er eine kleine Wohnung im Glasvej 6 im dritten Stock. Der Glasvej war eine Nebenstraße, die vom Frederikssundsvej abzweigte.

4

Dänemark war ein wesentlicher Teil seiner Identität. Schon im dänischen Kindergarten bis hin zum Abitur am Duborg - Gymnasium in Flensburg hatte er die dänische Sprache verinnerlicht. Mit ihr eröffnete sich das Fenster Dänemark für ihn immer weiter.

In Kopenhagen fing er wieder an zu schreiben. Ganz bewusst. Schreiben war eigentlich schon immer seine geheime Leidenschaft gewesen. Für Specht war das fast wie eine Therapie – oder so ähnlich. Das, was man zu Papier gebracht hatte, musste nicht mehr im Kopf bleiben. Doch zu einem Buch hatte es jedoch noch nie gereicht. Zurzeit versuchte er sich an einem Roman, von dem er meinte, dass er wohl niemals fertig werden würde. Dann schrieb er ein wenig für die schwedische Tageszeitung Svenska Dagbladet. Ein dürftiges Beibrot. Kleine Artikel, die ihn nur wenig ausfüllten und ihm schon gar keine ausreichende Grundlage für den täglichen Lebensunterhalt bot. Die sicherste Einnahme erhielt er durch seinen Kursunterricht im Sprachenzentrum Frederiksborgvej, wo er erfolgreichen, nur auf Gewinn fixierten Managern viermal in der Woche Deutschunterricht erteilte. Außerdem hatte er durch den Verkauf seiner Eigentumswohnung in Schleswig eine gute Rücklage, die ihm doch viel Freiraum für andere Aktivitäten geben würde.

Er blickte aus dem dritten Stock in den Innenhof, dessen Gebäudeumrahmung sich im Baustil der fünfziger Jahre mit besonderer Schmucklosigkeit auszeichnete. Unter dem einzigen Baum, einer wuchtigen Linde, hatte man zwei Holzbänke auf Betonsockeln verankert. Zur Mitte des Hofes hin tummelten sich in einer riesigen Sandkiste kleine schwarzhaarige Kinder, die von den Kopftuchmüttern beobachtet wurden.

Die sehr intensive Maisonne vermochte nicht durch das üppige Blätterdach der Linde zu dringen, so dass sich Kinder und Mütter im Schattenbereich der Sandkiste aufhielten.

Um den Frederikssundsvej herum lebten viele Ausländer. Mitunter hatte man den Eindruck, sich in Istanbul, Beirut oder Berlin-Kreuzberg zu befinden.

Am Ende waren es die Mütter mit den Kopftüchern und den langen schwarzen Röcken und Mänteln, die ihn in Gedanken merkwürdigerweise zu seiner eigenen Mutter zurückführten. Nein, sie hatte es wirklich nicht leicht gehabt, seine Mutter. Überhaupt, welche Mutter hat es schon leicht.

Doch eine Mutter bleibt für jedes Kind der wichtigste Ankerplatz. Da ist immer noch diese enge Verbindung, die auch mit der Durchtrennung der Nabelschnur nicht gelöst werden konnte. Die unsichtbare Nabelschnur wirkt weit über den Tod einer Mutter hinaus. Wenn er es recht bedachte, dann gab es für ihn nur eine Frau, die sein Vertrauen und seine Liebe wirklich verdient hatte, seine Mutter. Sie war immer für ihn da gewesen.

Allzu gern erinnerte er sich an seine Erkältungen, die mit Fieber verbunden waren. Seine Mutter machte ihm dann meistens heiße Milch mit Honig und wickelte um seinen Hals einen weichen wollenen Schal. Sie saß dann an seinem Bett, wischte ihm mit einem feuchtkalten Tuch über die heiße Stirn und streichelt ihm über die Wangen.

An seinen Vater Julius gab es nur wenige markante Erinnerungen. Als zweiter Steuermann auf großer Fahrt war er nur selten daheim gewesen. Eigentlich hat er ihn nie richtig kennengelernt. Wenn er an Land war und seine Frau und seinen Sohn aufsuchte, kam er ihm vor, als sei er nur ein netter Onkel, der von Zeit zu Zeit auf Besuch kam. Der Vater schwärmte oft von der unendlichen Weite des Meeres, die von dem gewaltigen Himmelsgewölbe überspannt war.

Er schwärmte von der Stille, die das Meer da draußen verbreiten konnte – aber auch von dem ungestümen Wetter mit Wind und Wellen, das den Seemann an die Grenze seiner Existenz bringen konnte. Wenn er auch nie selbst einen persönlichen Glauben zu Gott hin äußerte, so war dieser Teil der Schöpfung doch das, was ihn stets am stärksten beeindruckte.

„Das Meer, das ist eine andere Welt", versicherte er immer wieder. „Sie gibt einem so viel an innerer Ruhe und Zufriedenheit, selbst bei Sturm und Regen und Wellengang. Sie ist eine Welt für sich und scheint abgeschnitten zu sein von den Problemen außerhalb des Meeres." Es war seine Welt. Jacob konnte sie niemals nachvollziehen und wollte es auch nicht.

Auf einem Containerschiff nach Südamerika machte er seine letzte große Reise.

Sie kamen von Kapstadt und wollten nach Valparaiso in Chile.

Als auf seinem Schiff bei schwerer See die Ladung verrutschte, und es bei Kaphorn mit Mann und Maus unterging, war Jacob gerade mal neun Jahre alt. Seine Mutter musste ihren Mann sehr geliebt haben. Jedes Mal, wenn sie von dem fröhlichen Seemann Julius Specht erzählte, rollten ein paar Tränen über ihr Gesicht. Geheiratet hat sie nicht wieder. Eigentlich hat sie ihre Kraft und ihre Zeit nur ihm, ihrem Sohn Jacob geschenkt. Unermüdlich und aufopferungsvoll.

Er spürte einen leichten Schmerz in sich, dass er ihren Gottesglauben bis heute nicht nachvollziehen konnte.

Mit drei Jahren gab sie ihn damals in Flensburg in den dänischen Kindergarten. In der Schule fiel ihm das Lernen leicht. Als er dann an der Duborgskolen, dem Gymnasium der dänischen Minderheit in Südschleswig, sein Abitur mit Erfolg schaffte, war Hildegard Specht unendlich stolz auf ihren Sohn, den sie allein großgezogen hatte. In einer stürmischen Septembernacht starb sie in ihrer Wohnung in Jarplund. Er war nicht einmal in ihrer Nähe. Die Nachbarin und zehn Jahre jüngere Freundin Grete Jablonsky fand sie am nächsten Morgen in ihrem Bett.

Ein unbegreiflicher Friede hatte sich in Hildegard Spechts Gesicht ausgebreitet. Sie hielt noch den aufgeschlagenen Hebräerbrief in den Händen. Ein Bibelwort war unterstrichen: *Lasst uns laufen mit Geduld in dem Kampf, der uns bestimmt ist, und aufsehen zu Jesus, dem Anfänger und Vollender des Glaubens.*

Hebräer 1b-2a

„Sie hat es geschafft!", dachte die Freundin. Die Bibel legte sie aufgeschlagen auf den Sekretär. Dann verständigte sie den Hausarzt und rief Jacob Specht an. Als er an ihrem Bett stand und sie friedlich und zufrieden vor sich liegen sah, war er für einen Moment enttäuscht. Enttäuscht darüber, dass sie nichts mehr sagte und auch er nichts mehr fragen konnte. Sie würde ihn nicht mehr hören. Er war zu spät gekommen.

Ein persönliches Abschiednehmen war nicht mehr möglich. Er dachte an ihre letzten gemeinsamen Worte, die sie ausgetauscht hatten.

„Mein lieber Jacob, die Zeit geht so schnell dahin und du hast dein Leben immer noch nicht dem Herrn Jesus anvertraut. Er allein will dein Erlöser, deine Kraft und dein Helfer sein an jedem neuen Tag. Er ist es, der alle deine Schuld vergibt und dir ein befreites Leben schenkt voller Frieden und Zukunft"

„Ach, Mutter, lass man. Wie oft hast du mir das schon gesagt. Ich kenne den Weg. Lange genug bin ich dir doch sonntags in den Gottesdienst gefolgt und habe im Kindergottesdienst gehört, dass Jesus der einzige Weg zu Gott dem Vater sei. Ich kann aber nicht so an Gott glauben wie du. Ich kann deinen Glauben nicht nachvollziehen. Du musst es mir schon selbst überlassen, wie ich lebe."

In Wirklichkeit konnte er mit dem Glauben seiner Mutter wenig anfangen. Eigentlich überhaupt nichts. Er erschien ihr fern und weltfremd. Und er wollte auch nicht an Gott glauben. Wenn es ihn denn wirklich gibt, diesen Gott, dann war er ihm viel zu weit weg. Wie konnte seine Mutter an jemanden glauben, der seinen Vater mit dem Schiff hat untergehen lassen? Nein, von einem solchen Gott wollte er nichts wissen. Er ging zum Sekretär und blickte in die aufgeschlagene Bibel seiner Mutter. Er musste schmunzeln. Natürlich: *Aufsehen zu Jesus*!

Was kann sie mir auch anderes hinterlassen. Plötzlich überfiel ihn der Schmerz der Trennung wie ein Schlag. Getrennt von dieser wunderbaren Frau, seiner Mutter. Wie hatte sie sich immer für ihn eingesetzt, für ihn gekämpft, gelitten und gebetet.

Sie war immer für ihn dagewesen und nun war sie gestorben. Ihr Platz war leer. Stumme Tränen liefen ihm übers Gesicht. Er schlug die Bibel zu. Wenn ich etwas mitnehme, dann wird es dieses Buch sein, dachte er. Es war ihr immer am nächsten gewesen. Es ist wie etwas Lebendiges von ihr.

Nun wohnte er in einem Teil von Kopenhagen, in dem es mehr Ausländer als Dänen gab und wo der Islam ernster genommen wurde als das Christentum. Eigentlich war er ja auch ein Ausländer. Schließlich hatte er einen deutschen Pass in der Tasche und deutsche Vorfahren, aber immerhin eine dauerhafte, unbegrenzte Aufenthaltsgenehmigung in Dänemark.

Als Angehöriger der dänischen Minderheit in Sdschleswig wurde er wie ein dänischer Staatsbürger behandelt. Die dänische Sprache, die er anwenden konnte wie seine Muttersprache, gab ihm eine offene Tür zu den Menschen in diesem Land. Wie oft ertappte er sich selbst dabei, dass er wie ein Däne dachte und fühlte. Dänemark war ihm mehr als nur ein zweites Fenster zur Welt.

Er überlegte, ob er etwas über die Linde in dem schmucklosen Innenhof schreiben sollte und über die Menschen, die sich unter dem grünen Blätterdach zusammenfanden. Menschen aus dem Libanon, aus Libyen, dem Iran, dem Irak, aus Afghanistan oder aus der Türkei und vielen anderen Ländern moslemischen Glaubens. In Dänemark war das Ausländerrecht in den letzten Jahren mehr und mehr verschärft worden. Wer die dänische Sprach- und Kulturprüfung nicht mit Erfolg ablegte, war von Abschiebung bedroht.

Innerlich ergriff ihn eine gewisse Genugtuung, dass ihm das nicht passieren würde. Er war sicher in Dänemark und das verstärkte in ihm das Bewusstsein, hier zu Hause zu sein.

5

Als Jacob Specht Anita Fehlin im Lersøparken in Kopenhagen zum ersten Mal begegnete, waren es nicht ihre zarten Rundungen, die ihre schlanke Gestalt betonten. Ihre braunen Augen faszinierten ihn, die wie dunkelfarbene Bernsteine auf ihn blickten.

Was für eine schöne Frau, dachte er. Er blieb vor ihr stehen wie ein staunender Schuljunge und konnte seinen Blick nicht von ihr abwenden. Sie sah ihn fragend und stirnrunzelnd an. Ihr schwarzes schulterlanges Haar glänzte in der Mittagssonne.

Anita Fehlin war seit zwei Wochen im nahegelegenen Bispebjerghospital tätig. Als Lehrschwester für Kinder- und Jugendpsychiatrie hielt sie Vorträge über Psychosen im Kindes- und Jugendalter, Depressionen, Krisenreaktionen, Zwangsvorstellungen und Essstörungen. Bei schönem Wetter ging sie gern in der Mittagspause im Lersøparken spazieren und genoss die Ruhe.

Etwas unbeholfen fragte Jacob Specht: „Entschuldigen Sie bitte, ich habe keine Uhr dabei. Können Sie mir sagen, wie spät es ist?"

Eigentlich war es nicht seine Art, Frauen gegenüber unbeholfen zu wirken.

„Ja, natürlich!"

Anita Fehlin lächelte. Es war nicht das erste Mal, dass sie nach der Uhrzeit gefragt worden war.

„Genau siebzehn Minuten vor eins"

Zögernd blieb er stehen. Sie zog die Augenbrauen hoch und sah ihn abwartend mit ihren Bernsteinaugen an.

„Ja, bitte, gibt es noch etwas?" Er versuchte sie gewinnend anzulächeln. Dabei wirkte er hilflos und vordergründig.

„Ich würde mich gerne etwas länger mit ihnen unterhalten, als nur nach der Uhrzeit zu fragen. Vielleicht sogar bei einer

Tasse Kaffee oder Tee, wenn sie mögen."

Er erwartete eine peinliche Abfuhr. Oder, dass sie einfach weiterging, ohne noch ein weiteres Wort an ihn zu verschwenden. Er zog die Stirn ein wenig kraus, als sie anfing, ihn interessiert zu betrachten.

„Ganz schön mutig für die schnelle Bekanntschaft in der Mittagspause. Dabei haben Sie sich noch nicht einmal vor--gestellt."

„Oh, verzeihen Sie. Jacob Specht. Deutscher von Geburt. Angehöriger der dänischen Minderheit in Sydslesvig. Seit Kurzem wohnhaft in Kopenhagen. Journalist und jemand, der versucht, ein Buch zu schreiben, Deutsch zu unterrichten, aber ansonsten ziemlich vereinsamt lebt."

Mit dem Journalisten habe ich maßlos übertrieben, dachte er. Doch dann besann er sich und fügte hinzu: „Das mit dem Journalisten ist eigentlich noch ein ziemlich karges Unternehmen. Leben könnte ich nicht davon. Ist mehr so ein kleines Beibrot." Ein leichtes Lächeln huschte über Anita Fehlins Gesicht.

„Und am liebsten unterhalten Sie sich mit Frauen, die Sie so auf die Schnelle kennen lernen, indem Sie nach der Uhrzeit fragen! Ich heiße Anita Fehlin und arbeite zurzeit als Krankenschwester in der Kinder- und jugendpsychiatrischen Abteilung des Bispebjerghospitals."

Specht bemühte sich um Schadensbegrenzung.

„Es ist mir klar. Mein vorschneller Versuch, Sie kennen zu lernen muss sehr unbeholfen auf Sie gewirkt haben. Geben Sie mir dennoch eine Chance?"

Anita Fehlin schaute auf die Uhr.

„Meine Mittagspause ist gleich zu Ende. Ja, vielleicht sollten wir uns wirklich einmal etwas länger unterhalten. Morgen Nachmittag habe ich keinen Dienst. Treffen wir uns doch gleich hier, wo wir uns verabschieden. Sagen wir um 16 Uhr? Abwartend schaute sie ihn an und lächelte. Specht nickte zustimmend. Das hatte er eigentlich nicht erwartet.

„Oh ja, sehr gern. Danke, dass Sie mich nicht davongeschickt haben." Specht jubelte innerlich. Er war überrascht und erfreut über das spontane Rendezvousangebot.

„Ich freue mich sehr darauf, Sie wiederzusehen." Er versuchte sein verbindlichstes Lächeln, doch er merkte sogleich, dass es ihm nicht richtig gelang. Sein Gegenüber runzelte leicht die Stirn. Beim Abschied spürte er für einen kurzen Moment ihre schmalen Finger in seiner Hand. Das leichte Lächeln umspielte immer noch ihre vollen roten Lippen.

„Also dann, vielleicht bis Morgen." Das Lächeln verschwand aus ihrem Gesicht, als sie sich abwendete und in Richtung Krankenhaus zurückging.

Warum vielleicht, überlegte er, und schaute ihr noch eine Weile nach. Dann schlenderte er in entgegengesetzter Richtung davon. Auf dem Weg zu seiner Wohnung im Glasvej 6, dachte er über das Wiedersehen mit Anita Fehlin nach.

Würde sie sich wirklich mit ihm treffen wollen, diese wunderschöne Frau? Da war er sich nicht so sicher. Er hatte gleich registriert, dass er bei ihr mit seinen eingeübten Sprüchen kaum Eindruck machen konnte. Er musste sich schon was einfallen lassen, um überzeugender zu wirken.

Im Frederikssundsvej, im Souterrain, gab es ein kleines Café mit dem viel versprechenden Namen Ibiza. Einen wunderbaren Cappuccino in großen bauchigen Tassen konnte man dort trinken.

Und man könnte miteinander reden in dem romantischen Kaffeegarten, der in einem kleinen Innenhof im hinteren Teil des Cafés angelegt war. Das wäre ein Platz, der Anita Fehlin gefallen könnte. Sich in Ruhe miteinander austauschen und kennen lernen. Das wäre dort gut möglich. Vielleicht ergeben sich dann Fragen und Antworten, die über die eigene Oberflächlichkeit hinausragen.

Er würde in ihre dunklen Bernsteinaugen schauen und sie würde ihre Stirn kraus ziehen mit diesem fragenden Blick: Was soll das jetzt werden? Dann müsste er schon Worte finden, die ihr Herz berühren. Nicht diese hohlen Sprüche, die er immer schnell parat hatte. Nein, das würde sie nur abschrecken. Krampfhaft suchte er nach Gesprächsthemen, die Anita Fehlin vielleicht interessieren könnten. Nachdem er schließlich in seiner Zweizimmerwohnung im 3. Stock angelangt war, hatte er Kopfschmerzen. Er legte sich hin und war nach kurzer Zeit eingeschlafen. Als er nach gut zwei Stunden wieder aufwachte, dachte er sofort wieder an die Frau, die er im Park getroffen hatte. Sie ließ ihn nicht mehr los. Die Kopfschmerzen waren von ihm gewichen. Er grübelte wieder über Gesprächsthemen nach, die er anschneiden könnte bei einem möglichen Wiedersehen mit ihr. Er freute sich auf das südländische Ambiente im Café Ibiza. Es passte zu Anita, zumindest, was ihre äußere Erscheinung anging, dachte er sich. Er würde versuchen, mehr zufällig ihre Hand zu berühren.
Vielleicht könnte er von seiner Arbeit erzählen. Das Buch, an dem er schrieb. Eigentlich kam er überhaupt nicht voran mit seinen schriftstellerischen Bemühungen. Vielleicht wird es niemals ein Buch werden. Er könnte über seine Artikel reden, die er immer mal wieder für das Svenska Dagbladet schrieb. Selbst das waren noch brotlose Künste. Was könnte er Anita Fehlin in Ibiza außer einem Cappuccino anbieten? Vielleicht nur Schweigen und stumme Blicke. Das würde für eine weitere Verabredung sicherlich nicht reichen. Er brauchte lebendigen Gesprächsstoff, das war ihm klar. Die kleinen Artikel an Svenska Dagbladet würden ihn in Anitas Augen nur lächerlich machen und abermals klarstellen, dass er nur ein kleiner, unbedeutender Gelegenheitsjournalist war. Das mühevolle Herumpuzzeln an seinem neuen Buch musste wie ein Fass ohne Boden auf sie wirken.

Vielleicht der Deutschunterricht für die eifrigen Geschäftsleute am internationalen Sprachenzentrum Frederiksborgvej. Der Unterricht brachte ihm noch am meisten ein. Sonst könnte er die Miete für die kleine Wohnung im Glasvej kaum bezahlen und auf seine Rücklagen, die er durch den Verkauf der Eigentumswohnung in Deutschland hatte, wollte er eigentlich noch nicht zurückgreifen.

Vielleicht ergibt sich ein Gespräch, das über die alltäglichen Dinge hinausgeht. Schließlich lag ihm sehr daran, Anita Fehlin näher kennen zu lernen. Unbedingt.

6

Anita Fehlin war pünktlich im Lersøparken. Langsam kam sie ihm auf dem Sandweg entgegen. Sie war mit einer rostfarbenen kurzen Lederjacke und einer eng sitzenden schwarzen Hose bekleidet. Dazu trug sie halbhohe hellbraune Schuhe. Ihr volles schwarzes Haar fiel lang über den Kragen der Jacke. Es stand im Kontrast zu dem weißen Hemd, dass sie unter der geöffneten Jacke trug. Er eilte auf sie zu. Die Maisonne spiegelte sich in ihren bersteinfarbenen Augen, als er vor ihr stand.

„Wie schön, dass Sie da sind!"

Sie lächelte ihn an. „Versprechen muss man doch halten."

Er reichte ihr die Hand zur Begrüßung und spürte, schon fast vertraut, ihre schlanken Finger in seiner kräftigen Hand. Ihre Lippen hatte sie mit einem üppigen Rot nachgezogen. Das Gesicht war leicht geschminkt. Hätte sie bei ihrer makellosen Haut gar nicht nötig gehabt, dachte Jacob Specht. Was für eine Schönheit. Sie gingen langsam den Parkweg in Richtung Frederikssundsvej. Jacob überragte sie etwa um einen halben Kopf. An einem nahegelegenen kleinen See tummelten sich Schwäne und Eiderenten. Ob ich ihre Hand nehme, überlegte er. Doch er unterließ es.

„Was fangen wir nun mit diesem angebrochen Nachmittag an?", fragte er sie.

„Eigentlich darf das nicht mein Problem sein, denn Sie haben mich ja zu diesem Treffen überredet."

Er lachte kurz auf. „Das ist wahr. Ich wollte Sie sehr gern wiedersehen."

Er registrierte ein leichtes Lächeln auf ihren Lippen.

„Gut, dann schlagen Sie etwas vor."

„Es gibt da ein sehr gemütliches Café Ibiza am Frederikssundsvej. Man kann da einen wunderbaren Cappuccino trinken." Er schaute sie abwartend an.

„Und bei diesem Wetter ist es sicherlich möglich, in dem windgeschützten Innenhof zu sitzen umgeben von großen Palmenkübeln und mit Efeu bewachsenen alten Backsteinwänden.", versicherte er.

„Klingt gut. Da komm' ich mit." Sie zeigte ihm ihre weißen Zähne. Auf ihren Wangen bildeten sich kleine Grübchen. Ein wunderbares Lächeln, stellte er fest. Er spürte das Bedürfnis, sie in den Arm zu nehmen.

„Prima, dann wollen wir auch keine Zeit verlieren."
Sie wanderten weiter durch den Park. Mehr zufällig stieß er leicht gegen ihre Schulter. Sie wich ihm nicht aus, als er dicht neben ihr ging. Er ergriff er ihre zarten Finger. Sie ließ es geschehen.

„Vielleicht ist es besser, wenn wir uns mit dem vertrauten skandinavischen Du anreden." Sie nickte.

„Einverstanden. Anita und Jacob. Passt irgendwie."
Er blieb stehen und sah sie direkt an. Einige schelmische Falten bildeten sich in seinen Augenwinkeln.

„Aber dann sollten wir das Du auch mit einem kleinen Kuss besiegeln. Das ist doch so üblich. Oder?"

„Vielleicht in Deutschland in alten Zeiten, aber gut, ein in Kuss in Ehren soll niemand verwehren!", konterte sie kurz entschlossen.
Sie stand mit herunterhängenden Armen vor ihm und öffnete leicht die Lippen. Er beugte sich vorsichtig über ihren Mund. Es war nur ein kurzer, flüchtiger Kuss. Doch die Berührung ihrer Lippen war wie der Kontakt an eine elektrische Stromquelle, die seinen Körper für einen Bruchteil einer Sekunde durchflutete.
Dann gingen sie Hand in Hand weiter. Am Pflegeheim, an der Südwestspitze des Lersøparken hatte er sein Auto geparkt. Von dort aus fuhren sie zum Café Ibiza. Es lag nicht weit entfernt von Jacobs Zweizimmerwohnung im Glasvej entfernt. Deshalb parkte er das Auto direkt im

Theklavej. Hier fand er immer einen Parkplatz. In dieser Straße konnte man mit gutem Gewissen das Einstellen der Parkscheibe vergessen. In den Theklavej hatte sich bislang noch keine Parkkontrolleurin verirrt, obwohl diese eifrigen Damen ihrer Arbeit fast überall in Kopenhagen sehr intensiv nachgingen.

Neben seinem Wohnblock gab es die Post und ein Bestattungsinstitut. Auf der anderen Seite, Ecke Glasvej-Frederikssundsvej, prangte in großen weißen Buchstaben auf blauem Grund der Name JERUSALEM über dem Schaufenster eines Vierundzwanzigstundenladens.

Von diesem Laden lebte die Familie Najar, deren geschichtliche Wurzeln in der Altstadt von Jerusalem zu finden sind. Diese Palästinenserfamilie hatte sich vor dem Sechs-Tage-Krieg zunächst nach Beirut zu Verwandten geflüchtet.
Nachdem die Söhne Bilal und Ahmed beim Einmarsch der israelischen Armee in den Libanon 1982 umkamen, organisierten sie ihre Immigration nach Europa. Im Libanon gab es für sie keine Perspektive mehr. Die israelischen Truppen zerstörten viele Palästinenserlager und zwangen die Führung der Palästinenser, Beirut zu verlassen. Über Deutschland landeten sie schließlich mit zwei Söhnen und zwei Töchtern in Kopenhagen, wo sie sich durch Gemüsehandel und mit Produkten aus dem Nahen Osten eine Existenz aufbauten. Ihre Sehnsucht nach Jerusalem war geblieben und mit ihr der Hass auf alle Juden.

Jacob vermied es zunächst, Anita einen Hinweis auf die Nähe seiner Wohnung zu geben. Sie überquerten den Frederikssundsvej.

Rechts neben der Emmauskirche kam man über drei breite Granitstufen abwärts in das Café Ibiza. Der Name war in italienischem Stil mit grünen Lettern auf weißem Grund und roter Umrahmung direkt über der breiten Eingangstür angebracht. Als Italiener aus Neapel war ihm dieser Hinweis sehr wichtig. Seine Mutter kam von der kleinen spanischen Insel Ibiza. Mit diesem Namen dachte er stets an seine Mutter.

Jacob drückte die Schwingtür auf und ließ Anita in das Café eintreten. Der Geruch von Pasta und Pizza hatte sich noch nicht verzogen, obwohl der Mittagstisch nur bis vierzehn Uhr angeboten wurde.

7

Marco stand hinter dem Tresen und spülte Gläser. Auf einem Tablett dampften einige Cappuccinotassen.

„Hej Jacob!" Der Wirt nickte den beiden freundlich zu.

„Hej Marco! Bringst du uns bitte zwei Cappuccino nach draußen!"

„Schon in Arbeit. Sucht euch eine sonnige Ecke aus."

Jacob ging voraus in den Cafégarten. Einige junge Leute hatten sich an den runden Mahagonitischen platziert und tranken ihren Eiskaffee, ihren Cappuccino oder aßen ihre Pizza. Der Tisch im hinteren Winkel war noch frei. Sie setzten sich einander gegenüber. Das Sonnenlicht füllte diese Ecke aus. In den Efeuranken hatte sich eine Meisenfamilie eingenistet. Die Eltern mühten sich im eifrigen Wechsel die hungrigen Mäuler zu stopfen. Die Vögel forderten natürlich immer wieder zusätzliche Reinigungsaktivitäten heraus. Trotzdem hatte Marco diese Untermieter nicht vertrieben.

„Bald sind die Jungen flügge, dann hat sich das Problem von selbst erledigt", meinte er mit einem kleinen Schmunzeln.

„Es ist schön hier", stellte Anita fest, „der Straßenlärm vom Frederikssundsvej ist kaum wahrnehmbar. Italienische Geborgenheit." „Wo hast du denn deine dänische Geborgenheit?", griff Jacob den Faden auf.

Anita lächelte.

„Nicht einmal weit von hier. Sie liegt auch in Dänemark. In Helsingör, da wo das Hamletschloss über den Sund hinausragt. Unser Haus liegt in der Kongensgade. Dort lebe ich mit meinem siebenundsiebzigjährigen Vater. Meine Mutter ist eigentlich zehn Jahre jünger als er. Doch es gibt sie schon lange nicht mehr. Jedenfalls nicht in unserer Nähe."

Jacob zog die Augenbrauen hoch.

„Sie hat meinen Vater und mich zwölf Jahre nach meiner Geburt verlassen. Wir wissen nicht, wo sie sich befindet oder ob sie überhaupt noch lebt". Ihr Gesicht hatte einen nachdenklich traurigen Ausdruck angenommen."

„Es muss schwer für dich gewesen sein, in deinen jungen Jahren ohne Mutter aufzuwachsen."

„Es geht so. Ich habe einen wunderbaren Vater, der mich stets ermutigt hat, nicht am Leben zu verzweifeln. Er hat sich immer sehr bemüht. Es ist ihm oft gelungen, mich mindestens einmal am Tag zum Lachen zu bringen oder dass ich mich über irgendetwas freuen konnte."

Marco servierte den Cappuccino.

„Ihr habt euch den schönsten Platz in meinem Ristorante ausgesucht. In dieser Ecke schmeckt unser Cappuccino immer am besten."

Er lachte schelmisch. Außerdem ermutigt mein Meisenpärchen zur Zweisamkeit. Ich hoffe, sie stören euch nicht. Immerhin müssen sie vier Kinder großziehen."

„Wir mögen die Gesellschaft einer so fleißigen Vogelfamilie", bestätigte Anita Fehlin, „das gibt es doch allzu selten, dass man seinen Cappuccino in so liebenswürdiger Gesellschaft genießen kann." Jacob nickte bestätigend.

Bevor Marco die Tassen auf den Tisch abgestellt hatte, wedelte er kurz mit seinem weißen Handtuch imaginäre Krümel von der Tischplatte und eilte danach leichtfüßig zum Nebentisch, um eine weitere Bestellung aufzunehmen.

„Und wie sieht es bei dir aus?" wollte Anita wissen.

„Fast so ähnlich wie bei dir. Auch ein Einzelkind. Mutter ist erst vor kurzem verstorben. Der Vater, zweiter Steuermann auf großer Fahrt. Er hat das Meer um Kapp Horn 1976 nicht überstanden. Sein Schiff ging unter in stürmischer See als ich fünf Jahre alt war."

Sie bemerkte, wie sich sein Gesicht verschloss.

„Vielleicht sind es genug Familiengeschichten für heute. Ist wohl so, dass jeder von uns sein eigenes Päckchen zu tragen hat. Und du wohnst hier in der Nähe?", versuchte sie das Thema zu wechseln.

Er wunderte sich, dass sie nach seiner Wohnung fragte. In ihrem Blick konnte er jedoch keine besondere Erwartungshaltung erkennen.

Darum bemühte er sich, sehr allgemein auf ihre Frage einzugehen.

„Ja, in der Tat, ich wohne gleich um die Ecke. Zweizimmerwohnung im dritten Stock. Zu mehr reicht es in Kopenhagen nicht. Kopenhagen ist auch ein sehr teures Pflaster, wie du weißt. Deshalb versuche ich ja auch gestressten Managern die Deutsche Sprache beizubringen. Damit kann ich meine Miete und die Unkosten für das Auto begleichen. Nebenbei probiere ich ein Buch zu schreiben. Aber das geht sehr langsam voran. Ich bin nicht sicher, ob ich jemals damit fertig werde. Für Svenska Dagbladet liefere ich ab und zu ein paar Artikel, von denen man auch nicht reich werden kann. Aber das hatte ich dir ja alles schon kurz angedeutet."

Er hoffte mit den *paar* Artikeln für Svenska Dagbladet seinen Journalistenberuf in die richtige Fasson gebracht zu haben und auch seine schriftstellerischen Ambitionen hatte er bewusst relativiert. Am allerwenigsten wollte er von Anita als ein Aufschneider verstanden werden.

Er schwieg und schaute sie etwas betreten an. Eigentlich fand er es unpassend und peinlich, Anmerkungen über seine Arbeits- und Lebenssituation gemacht zu haben.

Anita schwieg eine Weile, so als müsse sie seine Informationen erst einmal verarbeiten. Doch dann schenkte sie ihm ihr entwaffnendes und befreiendes Lächeln, das ihn mutig fragen ließ:

„Gibt es außer deinem Vater noch weitere Männer im Leben einer so schönen Krankenschwester?"
Ein kleines ironisches Lächeln umspielte ihre Mundwinkel.

„Außer den Ärzten, Psychologen und Pflegern kann ich mir in der Abteilung für Kinder- und Jugendpsychiatrie keine weiteren Männer vorstellen."

„Vielleicht gibt es ja einen Mann außerhalb deines beruflichen Wirkungskreises, der ein besonderes Interesse an dir hat."

„Ich kenne niemanden!" Ihr Lächeln wirkte verbindlich und ermutigend auf ihn.

„Doch einen gibt es vielleicht, wenn du willst? Er blickte sie fragend an.

„Dich, auch wenn dieser Zustand brandaktuell ist. Zumindest erlebe ich einen jungen Mann, der sich mir mitgeteilt hat und der mir dadurch überhaupt nicht fremd erscheint. Danke für deine Offenheit. Es ist schon einige Zeit her, dass ich nach so kurzer Bekanntschaft jemanden wie dich kennen gelernt habe."

Ihn überraschte dieser direkte Hinweis. Er wusste gar nicht, wie er darauf reagieren sollte. Eine Pause entstand. Einige Zeit später tasteten sich seine Hände vorsichtig zu den ihren. Er spürte die Wärme, die von ihr ausging. Sie schwiegen lange und suchten dann die Brücke mit ihren Augen zueinander zu schlagen. Das Empfinden: Ich kenne dich schon sehr lange. Es gibt so vieles an dir, was mir vertraut ist. Ich möchte immer wieder mit dir zusammen sein, durchdrang seine Gedanken. Als sie *Ibiza* verließen, schlug er ihr vor, noch mit in seine Wohnung zu kommen. Sie läge ja gleich um die Ecke. Doch sie schüttelte den Kopf.

„Heute nicht, Jacob. Danke für den schönen Nachmittag. Ich möchte dich bestimmt wiedersehen. Fahre mich doch bitte zum Bispebjerghospital zurück."
Auf dem Weg zum Krankenhaus notierte sie Jacobs Adresse und gab ihm ihre Visitenkarte.

„Damit wir uns nicht aus den Augen verlieren und uns auch erreichen können, wenn wir nicht ins *Café Ibiza* einkehren wollen."

Er steckte ihre Adresse in die Jackentasche. Als er am Bispebjerghospital anhielt, schlang sie ihre Arme um seinen Hals wie eine Ertrinkende und küsste ihn auf den Mund als wäre es ein Abschied für immer. Er versuchte ihren Kuss und ihre Umarmung zu erwidern. Doch sie hatte schnell die Autotür geöffnet und stieg aus.

„Anita, werden wir uns wiedersehen?"

Er rief es ihr laut hinterher, als hätte er Angst, sie würde seine Worte nicht hören.

Sie drehte sich kurz um, ohne stehenzubleiben.

„Doch Jacob. Ich möchte dich sehr gern wiedersehen. Wir telefonieren miteinander."

Er schaute ihr noch nach, bis sie im Hospital verschwunden war. Als er zurückfuhr, spürte er noch lange die Betroffenheit, die dieser Abschied bei ihm ausgelöst hatte.

8

Von da an fiel es ihm schwer, nicht an Anita zu denken. Er konnte es auch nicht lassen, als er mit der Autofähre Tycho Brahe von Helsingør nach Helsingborg übersetzte. Er stand an der Reling und versuchte seine Gedanken in der leichten Morgenbrise aufzulösen. Es gelang ihm nicht. Die Möwen, die das Fährschiff wie auf der Stelle schwebend begleiteten, schienen sie wieder einzufangen.

Je mehr er sich über den Sund von Dänemark entfernte, und das Hamletschloss mit zunehmender Entfernung immer kleiner wurde, umso stärker wurde in ihm der Wunsch, Anita bald wiederzusehen. Die Fähre legte nach gut zwanzig Minuten an. Alle Fahrzeuge fuhren über den heruntergeklappten Bug an Land. Gut fünfzehn Minuten später hatte er sein Ziel erreicht.

Als er in Helsingborg das Büro von Svenska Dagbladet betrat, empfing ihn Bengt Johansson. Er kannte ihn schon einige Jahre. Sie hatten sich auf einem Seminar der Sydslesvigsk-Forening in Christianslyst das erste Mal getroffen und waren gut ins Gespräch gekommen. Es war die dänische Sprache, die sie in besonderer Weise verband. Johansson beherrschte sie perfekt und hatte ihm damals angeboten, gegen ein nicht allzu üppiges Honorar Artikel über die Dänische Minderheit in Schleswig-Holstein zu schreiben.

Dadurch waren sie in Kontakt geblieben, ohne dass er, bis auf drei Artikel, wirklich zum Schreiben kam. Ihn beschlich ein gewisses Unbehagen, als er ihm jetzt wieder begegnete. Johansson hatte den größten Teil seiner massigen Zweimeterstatur unter den Schreibtisch geschoben. Wie gewohnt lutschte er an einer halbgerauchten Zigarre, die inzwischen erkaltet war. Er polterte auch gleich los.

„Sieh einmal an, unser deutsch-dänischer Journalist. Was bringst du mir mit, Jacob? Hoffentlich einen interessanten Artikel für die schwedischen Bürger in Skåne." Mit einer weiten Handbewegung forderte er seinen Besucher auf, sich zu setzen.

„Damit kann ich dir heute leider noch nicht dienen. Sei aber sicher, dass ich schon einige Themen hin und her bewege, seit ich in Kopenhagen wohne. Oder kannst du mir vielleicht ein spannendes Thema für Skåne nennen? Immerhin war Südschweden ja lange Zeit Dänisch gewesen."

„Dann geh ich einfach davon aus, dass du einen Vorschuss brauchst." Johansson grinste verletzend. Er hatte Spechts Höhen und Tiefen schon richtig eingeschätzt. Jacob hatte ihm damals einiges anvertraut, auch den Mangel, sein finanzielles Budget richtig einzuteilen.

Jacob Specht nickte verkniffen. Es war ihm immer wieder unangenehm, seine zahlenden Mitmenschen erfahren zu lassen, dass er es selten schaffte, bis zum Monatsende mit seinem Geld auszukommen. Besonders Bengt Johansson wollte er nicht daran teilhaben lassen.

Eigentlich fühlte er sich ihm irgendwie freundschaftlich verbunden, weil er sicher war, dass Johansson ihm am Ende doch aus der Klemme helfen würde. Sein Unvermögen mit seinen Finanzen sinnvoll zu wirtschaften, trieb aber einen emotionalen Keil zwischen ihre Beziehung, die jede wirkliche Freundschaft langfristig zu beschädigen schien. Jedenfalls forderte er Johanssons ironische Seite immer wieder damit heraus.
Der Filialleiter von Svenska Dagbladet griff in die Schublade und schob ihm
4000 Schwedische Kronen zu, die er gegen Quittung einstecken durfte.

„Vielleicht versuchst du es mal mit einer kleinen überschaubaren Liebesgeschichte. Das mögen die Leute. So richtig aus dem Leben gegriffen. Eine dänisch-schwedische Romanze oder so was Ähnliches. Jedenfalls muss sie unseren Alltag berühren. Es muss nachvollziehbar sein. Man muss mitempfinden können. Die Leute brauchen ein paar schöne Seiten vom Leben. Der ganze Terror- und Energiequatsch belastet sie ohnehin schon mehr als genug. Und zu den kriegerischen Brennpunkten der Erde und deren wirtschaftlichen Sorgen finden sie auch keinen wirklichen Zugang."

Jacob dachte an Anita. Vielleicht könnte er diese neue Beziehung als Grundlage für eine solche Geschichte nehmen. Natürlich in einem verfremdeten Stil, so dass man die Hauptpersonen nicht als reale Menschen identifizieren konnte. Der Gedanke faszinierte ihn.

Es fehlten natürlich noch Fakten, aber die könnten sich ja mit der Zeit ergeben. Es brauchte noch Zeit, um Anita in einer Liebesgeschichte unterzubringen. Vielleicht wollte er es nicht wirklich. Dieses zarte Pflänzchen der aufkeimenden Beziehung in einer Alltagsschnulze zu vergeuden, erschien ihm am Ende doch sehr billig.

„Ist im Moment leider noch nicht möglich. Es bewegt mich so vieles. Vielleicht wird es etwas mit der Romanze in zwei bis drei Monaten als Serie.", versuchte er ihn zu vertrösten. Irgendwie schien Johansson immer noch von den schreibtechnischen Qualitäten des ausgestiegenen Sonderpädagogen überzeugt zu sein.

„Aha, der junge Mann hat sich verliebt. Das wäre doch der allerbeste Aufhänger. Das Happyend schreibst du dann vorweg und setzt es danach gleich in die Praxis um."

Bengt Johansson lachte scheppernd und zündete sich seine kalte Zigarre an. Den Rauch blies er mit selbstgefälligem Grinsen über den Schreibtisch. Jacob fand es furchtbar, dass Johansson ihn so leicht durchschauen konnte und sich dabei an seinem Zustand ergötzte. Specht rutschte unruhig auf dem Lederstuhl hin und her, als wollte er dem blauen Dunst ausweichen. Er mochte Johanssons Patentrezepte nicht. Doch diesmal konnte er sich eine solche Geschichte, direkt aus dem Leben gegriffen, zumindest vorstellen.

„Ich denke darüber nach. Vielleicht gibt es da bald wirklich eine gute Möglichkeit, das Thema zu Papier zu bringen. Ich muss allerdings noch ein paar Recherchen anstellen, um meinen roten Faden zu finden."
Johansson grinste wieder.
„Bis dahin könntest du dich ja um ein paar Artikel von allgemeinem Interesse bemühen", schlug er vor.
„Wie wäre es zwischendurch mit einem historischen Text über die glückliche Rettung von fast 7000 Juden über den Sund von Dänemark nach Schweden im Oktober 1943. Ist schon ein bisschen her. Aber macht sich immer wieder gut gegen den zunehmenden Rechtsnationalismus und Rassismus in unseren Ländern. Auch wenn man das Thema schon in unzähligen Büchern abgehandelt hat, verliert es kaum an Aktualität, da Israel permanent im Fokus steht."
Johansson saugte wieder an seiner Zigarre und beobachtete bei seinem Gegenüber die Reaktion seiner Worte. Specht runzelte die Stirn.
„Fang doch gleich in der Drottninggatan an. Direkt vor dem Rathaus. Da kannst du dich von dem in schwarzen Granit gehauenen Fischerboot mit den flüchtenden Juden inspirieren lassen."
Specht wusste eigentlich im Voraus, dass Johansson niemals einen Vorschuss ohne wirkliche Gegenleistung gibt. Als er sich erhob, konnte man sein Unbehagen in den Gesichtszügen ablesen.

„Ich werde mich gleich an die Arbeit machen und versuche, deinen Vorschlag umzusetzen. Doch dräng mich nicht zu sehr. Du weißt, dass gut Ding gut Weile braucht, besonders was die schöpferische Intensität des Autors angeht. Und immerhin: Das von dir vorgeschlagene Thema benötigt einige Recherchen. Da muss ich vorher noch mal einige Bücher wälzen." Er hob leicht die Hand, als er den Raum verließ.

„Und nochmals, danke für den Vorschuss", sagte er beim Hinausgehen.

„Passt schon, Jacob", grunzte Bengt Johansson jovial hinterher und drückte den Zigarrenrest im goldfarbenen Aschenbecher aus.

9

Als sich der Journalist auf den Weg zum Rathaus von Helsingborg machte, ahnte er noch nicht, dass das Unvorhergesehene in einer Weise sein Leben steuern würde, wie er es bisher noch nie erlebt hatte.

Der Traum der letzten Nacht rückte wieder in sein Bewusstsein. Ein Traum, der ihn schon ein paarmal bewegt hatte. Der Name Cubelles kam darin vor. Von einem Balkon aus konnte er über eine palmenbegrenzte Promenade in die Weite eines Meeres hinaussehen. Was hatte das zu bedeuten. Es war nicht das erste Mal, dass er von dem Namen Cubelles und dem Meer geträumt hatte. Wo liegt dieser Ort und an welchem Meer?

Doch dann drängte er diese Gedanken zurück. Er wollte einen Artikel für Bengt Johansson schreiben. Darauf musste er sich konzentrieren. Das Rathaus konnte er schon von weitem sehen. Als er sich dem mit roten Backsteinen gemauerten Rathaus in Helsingborg näherte, sah er eine blonde Frau vor der Gedenkstätte, dem Bootsrelief stehen. Sie betrachtete das in schwarzem Granit gemeißelte Boot. Es erinnerte an die dänischen Fischer, die unter Einsatz ihres Lebens Juden im Oktober 1943 über den Sund von Dänemark nach Schweden ruderten. An die 7000 Juden wurden auf diese Weise vor der Deportation in die Vernichtungslager gerettet. Das Relief war von den Flüchtlingen 1945 errichtet worden und trug nachfolgende Inschrift:

REJST AAR 1945 AF DANSKE FLYKTNINGE SOM I HELSINGBORG FANDT FRISTED OG VENNER

(Errichtet im Jahr 1945 von dänischen Flüchtlingen, die in Helsingborg Zuflucht und Freunde fanden.) Er stellte sich neben die junge Frau und versuchte das düstere Bild an dem sonnigen Maitag einzuordnen.

„Auch das ist die Geschichte meines Volkes", sagte sie halblaut mehr zu sich selbst. Doch als er ihre Worte vernahm, blickte er sie überrascht an. Die Sonne ließ ihre blonden Haare leuchten.

„Leider kann ich mich nicht auf jüdische Verwandte beziehen", schaltete er sich in ihr Selbstgespräch ein, „doch die Geschichte dieses Volkes interessiert mich sehr, zumindest ihre Flucht über den Öresund."
Sie schaute ihn irritiert an. Er versuchte ein gewinnendes Lächeln, von dem er wusste, dass es missglückte. Doch dann preschte er regelrecht vor. Die Frau interessierte ihn.
Vielleicht könnte sie ihm detaillierte Informationen zu diesem Thema geben. Das wäre doch etwas für seinen Artikel. Informationen, die bisher noch niemals öffentlich nachzulesen waren.

„Darf ich mich vorstellen. Ich heiße Jacob Specht und habe vor, über die Rettung der Juden von Dänemark nach Schweden zu schreiben. Deutscher von Geburt. Angehöriger der dänischen Minderheit in Schleswig-Holstein. Wohnhaft in Kopenhagen. Schreibe gelegentlich für Svenska Dagbladet. Vielleicht könnten Sie mir dazu einiges sagen, besonders weil Sie dem Volk Israel angehören."
Er witterte förmlich eine lebendige Story für Bengt Johansson.
Die Frau zögerte einige Sekunden, bevor sie ihm antwortete und sah ihn forschend an. Irgendwie hatte er wohl die Prüfung bestanden; denn sie schien nicht abgeneigt zu sein, seine Bekanntschaft zu machen.
„Sarah de Bloom. Schwedin mit jüdischen Vorfahren", stellte sie sich vor. Bibliothekarswesen in Hamburg studiert. Zurzeit angestellt in Örkelljunga."
„Sehr erfreut, vielleicht darf ich Sie zu einer Tasse Kaffee oder Tee einladen, wenn es Ihre Zeit erlaubt. Gleich hier um die Ecke im Café Fahlmans."
Nach einer kurzen Schweigeminute stimmte Sarah de

Bloom zu. Seine vor-schnelle Art schien sie nicht abzuschrecken. So gingen sie ins Café *Fahlmans* am Stortorget Ecke Kullagatan.

Das Café hatte Geschichte. Anno 1914. Ausbruch des I. Weltkrieges. Die Menschen werden wohl nicht viel davon gemerkt haben – hier in Schweden. Das Design des Cafés war inzwischen der Zeit angepasst. Runde und viereckige Tische aus hellem Buchenholz. Die Stühle mit gerundeten Rücken- und Armlehnen und dunkelgrüner Sitz- und Rückenpolsterung. Das Kuchenbuffet zum Café hin durch Glasschwingtüren abgetrennt. An einem Ecktisch mit Blick auf die Kullagatan gegenüber von Henning & Mauritzen half er ihr aus dem Mantel. Sie lächelten sich unverbindlich an.

„Auf einen Cafébesuch in Begleitung hatte ich mich nun schon gar nicht eingestellt", bemerkte sie.

„Bin eigentlich mehr auf einer Shoppingtour in Helsingborg."

„Was für Glück für mich und wie schön, dass Sie mir bei meiner spontanen Einladung keine Abfuhr erteilt haben. Ich danke Ihnen. Was möchten Sie trinken?"

„Am liebsten eine heiße Schokolade. Passt vielleicht nicht ganz zum Monat Mai, aber ich liebe heiße Schokolade."

Er bestellte die Getränke. Für sich einen Kaffee mit viel Milch. Was für eine schöne Frau, dachte er, als er wieder seinen Blick auf sie richtete. Er bewunderte ihre schlanken Finger, mit denen sie fast graziös ihre Worte begleitete. Ihr blondes Haar fiel ihr lang und wellig auf die Schultern. Nur die leicht geschwungene schmale Nase könnte vielleicht etwas zu ihrer jüdischen Abstammung sagen. Ihr Name war jedenfalls bis auf Sarah kein Hinweis auf das Volk Israel.

Als hätte sie seine Gedanken erraten, erklärte sie: „Meine Vorfahren kamen ursprünglich aus den Niederlanden und haben einige Jahrhunderte in Dänemark gelebt. Im Oktober 1943 sind sie über den Sund nach Helsingborg geflüchtet,

um der Deportation durch die Deutschen zu entgehen."
Sie atmete tief durch. Die kurze Schilderung ihrer Familien-
geschichte schien sie stark zu bewegen.

„Das Mahnmal, das wir am Rathaus gemeinsam betrachtet
haben, erinnert ja an dieses Ereignis. Knapp 7000 Juden sind
damals auf die sichere Seite nach Schweden gebracht
worden. Menschen die nicht in die Vernichtungslager der
Deutschen deportiert worden sind." Es bildeten sich ein paar
angestrengte Falten auf ihrer Stirn und ihre Augen ließen
den tiefen Schmerz der jüdischen Tragödie vermuten.

Doch dann entspannten sich ihre Gesichtszüge und ihre
Lippen formten sich zu einem leichten, abwartenden
Lächeln, das ihrem schmal geschnittenen Gesicht einen
freundlichen Ausdruck aber auch eine besondere Art von
Würde verlieh. Sie ist wirklich wunderschön, dachte Specht.
Vom Typ her so ganz anders als Anita. Er vermochte den
Blick nicht von seinem Gegenüber abzuwenden. Das Blau
ihrer Augen irritierte ihn. Er stellte sich für einen kurzen
Moment vor, sie im Arm zu halten, ihren schlanken Körper
zu spüren und den Duft ihres Haares in sich aufzunehmen,
indem er seine Wange an ihre Wange legte. Diese
Vorstellung erschreckte ihn, und er verwarf das Gedankengebäude sehr schnell. Er wollte Anita wiedersehen. Sie hatte
schon einen festen Platz in seinen Herzen.

Als ob sie seine Gedanken erahnte, senkte Sarah de Bloom
ihren Blick und trank von der heißen Schokolade, die eine in
Schwedenblau kostümierte Bedienung auf den Tisch gestellt
hatte. Zumindest ihre Schürze war Schwedenblau. Die Bluse
weiß. Das Gelb der schwedischen Flagge fehlte.
„In Skandinavien darf man doch gerne Du zueinander
sagen, ohne seine Persönlichkeit dabei aufgeben zu
müssen", wagte sich Jacob einen Schritt weiter vor. „Oder?"

„Ist mir recht. Das Du ist mir natürlich vertrauter als das Sie."

Sie reichte ihm ihre Hand. Er spürte den festen Druck ihrer schmalen zarten Finger. Eine Frau, die weiß was sie will, überlegte er. Für einen kleinen Moment dachte er über das Tempo dieser neuen Bekanntschaft nach, und wie er das alles mit Anita vereinbaren könnte. War es alles nur ein Zufall? Das Treffen vor dem Rathaus. Das *Café Fahlmans*. Sarah mit ihm an einem Tisch. Sollte er vielleicht etwas vorsichtiger mit seinen Äußerungen ihr gegenüber sein? Er versuchte diese Gedanken wegzuwischen.

Immerhin hatte er sie ja eingeladen. Eigentlich konnte er sich nicht vorstellen, dass von dieser Frau irgendeine Gefahr für ihn ausgehen könnte in Bezug auf Anita.

Er leerte seine Kaffeetasse und winkte der Bedienung zu. weil er sah, dass Sarah ihre Schokolade schon ausgetrunken hatte. Die Frau in Schwedenblau trat an den Tisch.

„En kop chokolade og en kop kaffe til."

Die Bedienung hatte keine Mühe, sein Dänisch zu verstehen. Im Grenzbereich überlappen oder verwischen sich die Sprachgrenzen ohnehin. Man spricht miteinander und versteht sich.

„Ist dir doch recht, noch eine weitere Tasse Schokolade?" Sarah nickte. „Sehr gern."

Eine Zeitlang saßen sie einander schweigend gegenüber. Die Bedienung in Schwedenblau brachte den Kaffee und die heiße Schokolade.

„Hoppas ni är tillfreds?" Jacob und Sarah bestätigten die Nachfrage der Bedienung mit einem leichten Kopfnicken.

„Alt er godt!", fügte Jacob hinzu.

Die Frau verschwand mit dem Tablett. Sie war geübt, Gespräche im Vorbeigehen aufzufangen. Sie konnte sich sehr gut die Gesichter einprägen und die Namen, die erwähnt wurden. Selbst Tage danach wäre sie in der Lage gewesen, eine fotografisch genaue Beschreibung der beiden Personen abzugeben.

Die Zentrale wird schon einiges mit ihren Informationen anfangen können. Es wird kein Problem sein, die Adressen ausfindig zu machen. Dann wird es nur noch ein kleiner Schritt sein, das Persönlichkeitsbild des Pärchens zu erstellen. Die Zentrale legte großen Wert darauf, dass alle, die erstmalig im *Eingangstor nach Schweden*, in Helsingborg auftauchten, näher beleuchtet wurden.

Hinter dem Kuchenbuffet schrieb sie einige Notizen in ein kleines schwarzes Buch und blickte dabei möglichst unauffällig zu dem Pärchen am Ecktisch.

Sie hatte diese beiden Personen noch niemals hier im Café Fahlmans gesehen. Irgendetwas schien nicht mit ihnen zu stimmen. Ihr erster Eindruck hatte sie meist nie getäuscht.

Sarah de Bloom hatte sich inzwischen wieder ihrem Gesprächspartner zugewendet. „Ja, wie sieht es bei mir aus als *Volljüdin*? Mit jüdischer Tradition kann ich dir allerdings nicht dienen. Meine Eltern hatten sich weit davon entfernt. Marx, Lenin, Che Guevara oder auch Fidel Castro waren ihre Idole, die sie bewunderten. Der Gott Israels hatte wohl eher einen geringeren Platz in ihrem Leben eingenommen, obwohl es jedem Juden schwerfällt, so gänzlich ohne Thora durchs Leben zu pilgern." Sie atmete tief durch.

„Auf einem Urlaubsflug nach Havanna stürzte ihr Flugzeug ab. Dabei haben sie dann all ihre Grundsätze, Einstellungen, Idole und Ziele mit in den Atlantik genommen. Damit war ich allein in dieser Welt. "Ein kleiner bitterer Zug umspielte ihre Mundwinkel.

„Sie sind viel zu früh gegangen.", fügte sie noch hinzu. „Ich war damals erst fünfzehn. Wie sehr hätte ich sie noch gebraucht. Was mir blieb, ist ein rotes Holzhaus am Vemmentorpasjö in der Nähe von Örkelljunga und ein Appartement in Cubelles. In Spanien. Katalonien. Direkt am Mittelmeer."

Jacob wunderte sich über die Nüchternheit ihrer Schilderung. Cubelles! Er horchte auf bei der Erwähnung dieses Namens. Cubelles! Es durchfuhr ihn. Ja, natürlich. Cubelles war der Ort, der in seinem Traum vorkam.

Von einem Balkon aus blickte er über eine mit Palmen gerahmte Uferpromenade hinaus aufs offene Meer. Ein Traum, der sich in gewissen Abständen wiederholt hatte.
Und an den Tagen danach gab es sogar Momente, wo der Name Cubelles deutlich in sein Bewusstsein drang. An einen besonderen Satz erinnerte er sich plötzlich wieder: *In Cubelles wirst du das Zeichen der Kraft finden!* Er atmete ein paarmal tief durch. Sollte er Sarah davon berichten. Er blickte in ihre Augen, die ihn aufmerksam fixierten.

10

Irgendwie spürte sie wohl, wie es hinter seiner Stirn arbeitete.

„Glaubst Du an Träume?", fragte er sie ganz direkt.

Ein kleines Grübchen zeichnete sich an ihrer rechten Wangenseite ab, als sie schmunzelte.

„Träume sind Schäume. Ich gebe da nicht viel drauf. Sie irritieren die Seele und belasten nur."

„Aber der Prophet Joel sagt, dass Träume eine zukunftsweisende und verbindliche Bedeutung haben, wenn sie von Gott kommen. Er bezieht seine Prophetie auf die letzten Tage der Weltgeschichte. Zumindest hat meine Mutter mir einmal davon berichtet."

Er versuchte ihr die bibelgläubige, verstorbene Mutter kurz zu erklären und erwähnte auch seinen Vater, der bei Kap Hoorn mit dem Schiff untergegangen war.

„Dann sind wir wohl beide Vollwaisen, " bemerkte sie trocken.

„Kannst Du etwas mit dem Propheten Joel anfangen?", fragte er.

Sie schüttelte den Kopf und war verwundert, dass er einen Propheten des Alten Bundes in ihr Gespräch einbrachte.

„Weder mit dem Propheten Joel noch mit Träumen kann ich etwas anfangen. Für mich sind Träume entweder etwas Beglückendes, die den Schlaf verschönern oder sie sind schrecklich und belastend und können die Nacht zum Albtraum machen. Ich nehme aber weder die beglückenden noch die belastenden Träume ernst. Es sind eben Träume, die keine Bedeutung für meine Lebensrealität haben."

„Dem kann ich so nicht entsprechen. Mir ist nur klar, dass meine Traumserie eine Intensität entwickelt hat, die mich zumindest nachdenklich gemacht hat. Vielleicht haben sie doch etwas mit Gott zu tun oder mit dem Teufel, wenn es diese Wesen denn gibt. Träume, die helfen und weiterbringen, könnte ich durchaus einem unsichtbaren Gott zuschreiben. Zumindest war meine Mutter dazu in der Lage, jedes Traumgeschehen an Gott fest zu machen. Ich habe sie allerdings nie wirklich in ihrem persönlichen Glauben ernst genommen."

Er dachte an ihre Gebete.

„Doch sie hat immer so geglaubt, als wäre Gott eine Realität in ihrem Alltag. Sei ehrlich, wenn du die Abläufe in dieser Welt beobachtest, dann musst du mir doch zustimmen, dass es enger geworden ist für die Menschen. Die Probleme häufen sich im Sekundentakt. Die Menschen sehnen sich nach Frieden und nach einer Luft, die man noch atmen kann. Vielleicht kann der Gott Israels für die Menschen dieser Welt und für sein Volk noch etwas tun?"

Jacob wunderte sich über sich selbst, dass er plötzlich so vehement als Glaubensverteidiger auftrat. Sarah hatte nachdenklich den Kopf gesenkt.

„Du meinst also, dass der alte Gott Israels, der ja auch ein Gott der Heiden sein will, im Traum zu Dir geredet hat und dass er am Schicksal der Menschen etwas ändern kann, wenn man sich an ihn wendet. Dass er dann in ihr Leben hineinredet."

Jacob nickte eifrig. „Genau das ist es. Was der Prophet Joel schreibt, dass Gott, wenn es ihn denn gibt, in den letzten Tagen seinen Geist auf alle Menschen ausgießen will. Auf Söhne und auf Töchter. Sie werden weissagen. Ältere Männer werden Träume von Gott erhalten. Junge Männer werden Gesichte, also Bilder sehen, die Gott ihnen gibt. Ich habe beides erfahren. Den Traum in der Nacht, der sich inzwischen so etwas wie ein Tagtraum in meinen Gedanken manifestiert hat. Eigentlich kann ich das nicht als Zufall bezeichnen. Mindestens dann nicht, nachdem Du dein Appartement in Cubelles erwähnt hast."

Sarah hatte seine Ausführungen mit zunehmendem Interesse verfolgt. Sie schaute ihn mit offenem Blick an. Jacob trank einen Schluck von dem inzwischen kalt gewordenen Milchkaffee. Ihr Blick schweifte gedankenverloren durch den Raum.

Irgendwie verspürte er plötzlich das Bedürfnis, ihren Kopf einfach in seine Hände zu nehmen, um ihr einen Kuss auf ihre vollen roten Lippen zu geben. Ein Eindruck den er allerdings schon häufiger hatte, wenn er einer schönen Frau gegenübersaß. Da kam wieder der alte Jacob hoch. Doch der hatte ihn in seinen Beziehungen nicht wirklich weiter vorangebracht.

Er schob diesen Gedanken schnell beiseite. Anita Fehlin! Von dieser Frau wollte er nicht mehr weichen. Jedenfalls nahm er es sich ernsthaft vor. Im Moment ging es um den roten Faden eines aufregenden Artikels, der sich im Gespräch mit dieser Sarah de Bloom herauskristallisieren könnte. Er musste dranbleiben am Thema.

„Da war noch mehr.", fuhr er fort. „Zum Propheten Joel möchte ich gern noch etwas sagen. Woher ich ihn als biblische Gestalt kenne? Meine Mutter war wie gesagt eine sehr bibelgläubige Frau und es verging wohl kaum ein Tag, an dem sie nicht in der Bibel gelesen hatte. Die Geschichten der Bibel hat sie mich von klein auf an gelehrt. So ist mir vieles inhaltlich vertraut und ich erinnere mich daran, auch wenn es zu einem persönlichen Glauben bei mir nicht ausgereicht hat. Das Vorbild und das Vertrauen meiner Mutter zu dem unsichtbaren Gott haben mich zumindest bewegt, selbst immer wieder in die Bibel hineinzuschauen. Ein Teil der Bibel sind ja das Gesetz und die Propheten, so habe ich es begriffen."
Jacob Specht legte eine kleine Pause ein und fuhr dann fort.

„Petrus, ein Jünger Jesu, bezog sich in seiner Pfingstpredigt auf den Propheten Joel und verwies eben in diesem Zusammenhang auf die verschiedenen Ausdrucksformen der Kraft, die durch die Ausschüttung des Heiligen Geistes den Menschen zur Verfügung stehen sollten."

Er forschte in Sarahs Gesicht und merkte, dass sie ihm mit unvermindertem Interesse folgte.

„In welcher Nacht der Traum erstmalig zu mir kam, kann ich nicht mehr genau sagen." Er schwieg einen Moment.

„Vielleicht war es um die Jahreswende herum. Ich sah mich in einem Ort herumschlendern. Eine kleine Stadt vielleicht. Helle vierkantige Häuser mit Dachterrassen. Palmen. Die Gärten mit weißen Mauern und schmiedeeisernen Gittern eingegrenzt. Die Baustilformen wechselten. Sie waren miteinander vermischt. Spanien, Italien, ein bisschen Mexiko oder gar Nordafrika. Die breite Strandpromenade mit großzügigen Pflastersteinen ausgelegt. Von mächtigen Palmen eingerahmt." Er stockte kurz und nahm einen Schluck aus seiner Tasse, um dann fortzufahren.

„Das Meer schwappte in eintönigem Singsang auf das Ufer. Die Menschen gingen stumm an mir vorbei. Das war komisch. Normalerweise reden und schwatzen die Menschen unermüdlich miteinander, wenn sie am Meer entlang promenieren. Ich schlenderte in Richtung Ortsmitte. Die Straße führte leicht bergan. Der Kirchturm überragte alle anderen Gebäude. Seine hochgezogenen romanischen Fensteröffnungen blickten nach allen Seiten wachsam weit ins Land. Es war, als folgte ich einer inneren Stimme, die mir immer wieder zurief: *Die Ekklesia de Santa Maria de Cubelles wird dir die Antwort geben. Ein Mosaikbild wird dir den Weg weisen zur Kraft des Allmächtigen.*

Ich stand in diesem Traum unter einer enormen Spannung."

Das Café hatte sich inzwischen gefüllt und fast alle Tische waren besetzt. Die Dame in Schwedenblau eilte geschäftig hin und her, um allen Bestellungen nachzukommen.

Zum zweiten Mal hatten sie Schokolade und Milchkaffee ausgetrunken. Sarah erhob keine Einwände gegen eine dritte Tasse.

„Damit dürfte der Kalorienanteil für mein Mittagessen gedeckt sein", wendete sie allerdings ein.

„Auf jede weitere Portion muss ich dann verzichten."
Jacob lächelte.

„Es ist erstaunlich, dass wir hier zusammen sitzen können, dass wir Zeit miteinander verbringen können. Wir haben uns ja gerade erst kennen gelernt."
Sarah schwieg. Jacob fuhr fort.

„Ich hoffe, dass aus dieser Begegnung nicht ein Lebewohl, sondern ein Wiedersehen wird, zumal ich glaube, dass ich durch dich wertvolle Impulse für meinen Artikel erhalten werde."
Mit diesem Nachsatz hatte er allerdings wieder die persönliche Verbindlichkeit in opportunistische Eigenwilligkeit verwandelt, ohne dass es ihm gleich bewusst wurde. Sarah machte ihn jedoch direkt darauf aufmerksam.

„Du kannst ja richtig romantische Statements weitergeben, verbunden mit journalistischem Egoismus."
Sie lächelte ihn an und es wurde ihm klar, dass er aufpassen musste, um nicht wieder auf ungeschickten Phrasen und Redewendungen auszurutschen.
Er nickte ein wenig betreten und versicherte ihr, dass es ihm wirklich um die Artikel gehe, die er zu schreiben habe.
Dabei erbrachte ihm sein Traum mit dem Ort Cubelles einen völlig neuen Aspekt, die Thematik seiner Artikel zu überdenken.

„Es ist schon eigenartig dieser Zusammenhang deines Traumes mit dem Ort Cubelles", musste auch Sarah de Bloom feststellen.

„Ich kenne übrigens das Mosaikzeichen, von dem Du geträumt hast. Es befindet sich am Nebeneingang der *Ekklesia de Santa Maria de Cubelles*. Ein Mosaikbild auf alten Backsteinen an der Nordseite der Kirche. Ich habe es nie verstanden. Meine Eltern konnten auch keinen Sinn darin sehen oder es mir gar erklären. Vielleicht hat es wirklich eine tiefere Bedeutung. Doch zurück zu deinem Traum. Von mir aus kannst du gerne nach Cubelles reisen, um von meinem Appartement aus deine Recherchen vorzunehmen, wenn sie denn zu deinem Artikel passen." Sarahs direkte Art faszinierte ihn. Er fand, ihr Angebot hatte was für sich. Mit ihrem Hinweis auf das Mosaikzeichen bekam sein Traum überraschend reale Konturen. Jedoch die Antwort muss noch gefunden werden, dachte er. Wie könnte sie lauten? Wonach suche ich eigentlich in diesem Zusammenhang? Ist es eine Kraft, die jede Schwachheit überwindet? Er dachte dabei an die Kinder, die von dem Psycho-Stille-Syndrom betroffen waren. Wie könnte die Antwort in dem Mosaikzeichen verborgen sein und den Hinweis zu weiteren Schritten geben? Jedenfalls hatte Sarah mit ihren Informationen über Cubelles sein Interesse und seine Neugier mehr als geweckt. Sarah de Bloom wollte noch ein bisschen mehr über den Mann erfahren, dem sie so freimütig ihr Apartment in Cubelles angeboten hatte. Sie schaute Jacob Specht direkt ins Gesicht.

„Was treibst du eigentlich außerdem noch, wenn du nicht gerade mit einer Frau in einem Café sitzt und ihr Komplimente machst? Ich werde jedenfalls morgen im Kulturhus in Örkelljunga sitzen und Bücher an Jung und Alt ausleihen und die Menschen ermutigen, neben Kaffee und Schokolade auch noch ein gutes Buch zu lesen. Als Bibliothekarin verdiene ich dabei ganz gut meinen Lebensunterhalt." Jacob lächelte.

„Wie schön. Ja, wenn du mich so direkt fragst, was ich außerdem noch so treibe, dann hast Du die eine Hälfte schon gehört. Ich recherchiere als Journalist freiberuflich. Hin- und wieder gibt es auch zahlungskräftige Auftraggeber. Oftmals ist es auch so, dass sich diese erst einstellen, wenn sie in der Presse meine Artikel gelesen haben."

Er merkte, dass er wieder einmal maßlos übertrieb. Er

ärgerte sich über sich selbst. Warum versuchte er eigentlich ständig, sich besser darzustellen, sich in ein glanzvolleres Licht zu heben? Hatte er das nötig?

Inzwischen zweifelte er selbst daran, ob ihm das etwas einbrachte. Etwas verlegen fügte er hinzu, dass er im Moment eigentlich nur für Svenska Dagbladet arbeite, und dass er davon kaum die Miete seiner Wohnung in Kopenhagen bezahlen könne.

„Das Geld für meinen Lebensunterhalt verdiene ich eher dadurch, dass ich dänischen und schwedischen Managern an der Abenduniversität in Kopenhagen Deutschunterricht erteile. Vier Mal die Woche."

Er stellte fest, dass es auf achtzehn Uhr ging. Insgeheim beschloss er, noch einmal bei Bengt Johansson vorbeizuschauen. Vor zwanzig Uhr verließ der Filialleiter des Svenska Dagbladet selten sein Büro. Ich werde mich jetzt von Sarah de Bloom verabschieden, beschloss er. Er schaute noch einmal auf die Uhr.

„Oh, ich glaube, es wird Zeit. Ich habe noch einen Termin. Wie machen wir das jetzt mit Cubelles?"

Sarah überlegte einen Moment. Wirkte unsicher. Schien sich dann aber doch zu einem Entschluss durchzuringen.

„Gut, ich habe es dir angeboten. Es passt mir am besten am Samstagnachmittag. Besuche mich doch in meiner privaten Einsamkeit am Vemmentorpasjö. Dann können wir die Einzelheiten noch besprechen."

Sie gab ihm ihre Visitenkarte und versuchte mit wenigen Worten den Weg zur ihrem Holzhaus am Vemmentorpasjö zu beschreiben. Ihr fiel dabei nicht auf, dass sich die Bedienung in Schwedenblau während der Wegbeschreibung am Nebentisch zu schaffen machte.

Jacob Specht gab Sarah de Bloom ebenfalls seine Adresse. Wenig später winkte er der Bedienung, um zu bezahlen.

„Ich freue mich jedenfalls, Sarah, dass wir uns kennen gelernt haben und der Gedanke, dich wiederzusehen, macht mich nicht nur aus journalistischen Erwägungen froh."

Sarah de Bloom zog die Augenbrauen hoch. Ein leichtes Lächeln umspielte ihre Mundwinkel. Er konnte ihrem Gesichtsausdruck nicht entnehmen, ob sie sich auch auf ein Wiedersehen freute.

Vielleicht kam sie auch nicht mit seinen vordergründigen Komplimenten zurecht. Die Bedienung stellte einen Teller mit der Rechnung auf den Tisch.
Nachdem er einen Schein unter den Rechnungsbeleg geschoben hatte, erhoben sie sich und verließen das Café. Die Frau in Schwedenblau notierte den Zeitpunkt ihres Aufbruchs in ihr kleines schwarzes Buch. Nach getaner Arbeit würde sie ihre Beobachtungen weiter an die *Zentrale* geben. Es wird nicht schwer sein, die männliche Begleitung ausfindig zu machen, zumal Sarah de Bloom der *Zentrale* als Schwedin schon bekannt sein dürfte. Draußen vor der Tür reichte Sarah Jacob Specht die Hand.

„Vielen Dank für die heiße Schokolade. War wirklich eine süße Idee. Also dann bis Samstag." Sie drehte sich um und ging in die Kullagatan Richtung Jörgens Plats. Er schaute ihr noch eine Weile nach, bis sich ihre blonden Haare im Gewirr der Fußgängerzone auflösten.

Ich werde Bengt Johansson mitteilen, dass ich nicht über die Rettung der Juden von Dänemark nach Schweden schreiben werde, beschloss er. Und er wird auch keine unmittelbare Liebesgeschichte von mir bekommen. Ich muss ihm erklären, warum ich nach Cubelles fahren werde, um das Geheimnis des Mosaikzeichens zu entschlüsseln. Ihm graute ein wenig davor, weil Bengt mit seinem ironischen Realismus schnell zum Sarkasmus neigte. Damit konnte er nur schwer umgehen. Einen weiteren Vorschuss von ihm zu erbetteln, das könnte seinen Sarkasmus in Boshaftigkeit umschlagen lassen.

Träume von Gott, sie sind eine Verpflichtung, überlegte Jacob oder zumindest eine Hilfe. Dabei glaube ich nicht einmal an den Erfinder guter Träume. Vielleicht ein bisschen. Vielleicht war er durch den Traum ein Fragender geworden. Sicher war er sich nur darüber im Klaren, dass er das Geheimnis des Mosaikzeichens von Cubelles aufklären wollte.

11

Als Jacob Specht in das Büro von Bengt Johansson trat, war der Filialleiter längst schon von der Dame in Schwedenblau informiert worden. Sie hatte ihm ebenfalls ein Foto gemailt, auf dem Specht mit seiner Begleitung im Café Fahlmans zu sehen war. Offenbar in angeregtem Gespräch vertieft.

Jacob Specht wusste nicht, dass Bengt Johansson zu denen gehörte, die ihre Mitarbeit aktiv der Zentrale zur Verfügung gestellt hatten.

Seit dem Karikaturenchaos, bei dem die Muslime in aller Welt ihren Propheten Mohammed durch Dänemark, Norwegen, Schweden oder besonders durch Charlie Hebdo in Frankreich beleidigt sahen, hatte er sich der Zentrale angeschlossen.

Schon lange ging es um mehr. Die Karikaturen waren nur der Auslöser gewesen und hatten den sogenannten Islamischen Staat und deren Anhänger zu Mordattacken mobilisiert. Inzwischen war es ein Kampf der Kulturen und Religionen, bei dem es um Macht und Energie ging und natürlich um Israel, das nach wie vor im Fadenkreuz der islamischen Weltreligion stand.

Da konnte ein Mann wie Bengt Johansson natürlich nicht stillhalten. Als engagierter Europäer und ein Schwede mit unumstößlicher nationaler Überzeugung sah er es als seine Pflicht an, mit Gleichgesinnten dagegen zu halten und für die Zentrale zu arbeiten. Er lutschte wieder an einer halbgerauchten erkalteten Zigarre, als er Jacob Specht mit der üblichen jovialen Geste anwies, den Stuhl vor seinem Schreibtisch zu besetzen.

„Na, mein Lieber, noch etwas auf dem Herzen? Hoffe, dass dein Besuch so kurz vor Feierabend nicht noch mehr finanzielle Unterstützung beinhaltet."

Für Jacob Specht hörte es sich so an wie: Es gibt kein Geld!

Er zwängte sich auf den Besucherstuhl.

„Es geht um Energie", begann er ohne Umschweife. Er fand, dass man den Begriff ganz gut anstelle von Kraft verwenden könnte. Energie klingt zeit-gemäßer und passt besser in die Problemskala dieser Welt.

Bengt zog seine buschigen Augenbrauen hoch und legte seine abgelutschte Zigarre in den Aschenbecher.

„Energie? Das ist in der Tat das Stichwort, das die Welt bewegt. Dafür ist jeder heute offen und besonders Svenska Dagbladet. Also dann leg mal los." Jacob zog die Stirn kraus und wusste nicht so recht, wie er beginnen sollte.

„Also, ich traf eine Frau, eine Jüdin mit holländischen Wurzeln mehr zufällig an dem Bootsrelief, das man am Rathaus von Helsingborg zur Erinnerung an die Flucht der Juden aus Dänemark nach Schweden im Jahre 1943 angebracht hat."

Johansson unterbrach Specht mit einer breiten Handbewegung. Er war ja schon über das Zusammentreffen seines Besuchers mit dieser Frau von Maria Lindström, der Dame in Schwedenblau, informiert worden.

Laut forderte er sein Gegenüber auf: „Kürzer, Specht, zusammenfassender! Denk daran, dass ich auch noch irgendwann mal heute Dienstschluss haben muss." Er steckte sich seinen Zigarrenstummel wieder in den Mund und versuchte ihn anzuzünden.

Jacob Specht bemühte sich um eine kürzere Version. Er beschrieb seinen Traum mit dem Mosaikzeichen. Dabei nannte er auch den Namen Sarah de Bloom und ihr Angebot, das Apartment in Cubelles für die Zeit seiner Recherchen zu nutzen. Dabei registrierte er sofort das verächtliche Naserümpfen seines Gegenübers. Doch als er berichtete, dass es dieses Mosaikzeichen wirklich in Cubelles an der spanischen Mittelmeerküste gäbe, krauste Johansson interessiert die Stirn.

„Darum möchte ich nicht über die Flucht der Juden aus Dänemark schreiben, sondern das Mosaikzeichen von Cubelles entschlüsseln."

Er schilderte ihm ausführlich das Phänomen Psycho-Stille-Syndrom, das erstmalig im Norden Deutschlands, in Schleswig-Holstein verstärkt beobachtet worden war.

„Vielleicht steckt hinter dem Mosaikzeichen der Schlüssel zu einer Energiequelle, die man bislang kaum oder noch gar nicht berücksichtigt oder beachtet hat."

„Und wie sollen deine Recherchen gewinnbringend für unsere Zeitung umgesetzt werden?" Der Leiter von Svenska Dagbladet, Abteilung Helsingborg, hob fragend seine Augenbrauen, so dass seine graublauen Pupillen auf Specht zielten und ihn zu durchbohren schienen. Jacob ließ sich diesmal nicht aus der Ruhe bringen.

„Ich werde das Angebot von Sarah de Bloom annehmen und nach Cubelles reisen. Am besten im Auftrag von Svenska Dagbladet. Alle Recherchen und Ergebnisse werde ich exklusiv deiner Zeitung zur Verfügung stellen. Die Zwischenberichte werde ich dir per E-Mail zusenden."

Bengt Johansson schwieg eine Zeitlang und paffte dabei dicke Rauchringe in den Raum. Schließlich schien er einen Entschluss gefasst zu haben.

„Gut ich werde darüber noch mal schlafen und mit einigen Leuten Rücksprache führen. Du erhältst in den nächsten Tagen einen definitiven Bescheid von mir per E-Mail. Also kontrolliere deinen elektronischen Briefkasten regelmäßig."

Bengt erhob sich mit der ganzen Fülle seines massigen Körpers vor seinem Besucher. Jacob machte den Eindruck eines ertappten Schülers und zwängte sich aus dem Besuchersessel.

Bengt wechselte seinen Zigarrenrest in die linke Hand und verabschiedete den Journalisten mit einem kräftigen Händedruck über den Schreibtisch hinweg. Mit einem etwas unsicheren „Also dann!" verließ Jacob Specht das Büro in der Kullagatan.

Beim Hinausgehen rief ihm Bengt noch hinterher: „Und was wird mit deinem Deutschkursus für die Geschäftsleute und Unternehmer in Kopenhagen?"

„Sind nur noch zwei Treffen, dann geht's in eine vierwöchige Pause. Das sollte ausreichen für Cubelles – oder?"

„Wir werden sehen, was es wird", grübelte Johansson laut hinterher. Kurz dachte er noch über Sarah de Bloom nach. Arbeitete sie gar für den Mossad, dem operativen Auslandsnachrichtendienst Israels? Immerhin für eine Jüdin nachvollziehbar. Johansson hatte diese Vermutung bereits an die Zentrale weiter gegeben. Man wusste noch zu wenig über sie. Aber man wird es herausfinden.
Specht schloss die Bürotür hinter sich ohne eine weitere Bemerkung.

Daheim angekommen, rief er Nora Meyer an. Nicht, weil er das Bedürfnis hatte, ihre Stimme zu hören. Ihn interessierte lediglich die Sache mit dem Psycho-Stille-Syndrom.

„Hallo Nora, ich bin's, Jacob aus Kopenhagen. Geht's dir gut?"

„Jacob! Was für eine Überraschung. Ich dachte schon du hättest mich ganz aus deinen Gedanken gestrichen. Du kennst es ja, aus den Augen, aus dem Sinn."

„Nora, ich bitte dich. Schließlich gibt es immer einige Startschwierigkeiten, wenn man sich an einem völlig neuen Ort zurechtfinden muss. Kopenhagen ist keine kleine Stadt. Nicht mit Schleswig vergleichbar. Wenn man nicht aufpasst, kann man schnell die Orientierung verlieren."

„Kann ich mir gar nicht vorstellen, dass ein Jacob Specht in einer großen Stadt Orientierungsprobleme haben kann. Wie vielen hübschen Frauen hast du denn das Herz inzwischen schon gebrochen und in die Orientierungslosigkeit verabschiedet?"

Er bemühte sich, nicht auf ihre ironische Bemerkung einzugehen und versuchte das Gespräch auf den Schulalltag zu lenken.

„Wie geht's im pädagogischen Bereich und besonders mit den stumm gewordenen Kindern?" Am anderen Ende der Leitung wurde es ganz still.

„Bist du noch da, Nora?"

„Natürlich bin ich noch da. Es hat sich überhaupt nichts geändert, außer, dass du nicht mehr in meiner Nähe wohnst. Ja, und was die Kinder angeht, so breitet sich das Psycho-Stille-Syndrom immer mehr aus. Wöchentlich kommen neue Kinder dazu. Mitschüler, Eltern und natürlich wir als Lehrer verzweifeln in unserer Hilflosigkeit." Nora atmete tief durch.

„Professor Runstedt hat alle Hände voll zu tun mit dauerhaft untergebrachten Kindern. Manche Kinder kommen zu ihm in die Psychiatrie in die ambulante Behandlung. Eigentlich müsste man sagen, in die ambulante Betreuung. Mehr als die Eltern, die ihre Kinder daheim behalten, kann er scheinbar auch nicht ausrichten. Es ist einfach schrecklich!"

Jacob spürte ihre Betroffenheit und überlegte, wie er darauf antworten könnte. In sein Zögern hinein fuhr Nora fort:

„Noch etwas, Jacob. An deinem alten Arbeitsplatz, der geschlossenen Abteilung des Landesjugendheimes, hat es einen Fall gegeben. Ein vierzehnjähriger Jugendlicher zeigte auch die Symptome des Psycho-Stille-Syndroms. Erstmalig hat es in Schleswig-Holstein einen Vierzehnjährigen erwischt." Jacob spürte, wie nahe ihm diese Information ging. Seine alte Wirkungsstätte.

Die hatte er ja jetzt verlassen und damit auch die problembeladenen Jugendlichen. Für einen Augenblick schien es ihm so, als wäre er vor der Verantwortung geflüchtet. Etwas hilflos fragte er:

„Aber was unternimmt die Landesregierung gegen diese Entwicklung? Ein Professor Runstedt tritt doch auch auf der Stelle. Gibt es da keine konzertierte Aktion zwischen den verantwortlichen Politikern, Ärzten, Lehrern und Eltern. Die Zeit drängt doch." Er hoffte, dass Nora ihm Konkreteres mitteilen könnte. Doch sie antwortete nach einer Pause ausweichend.

„Ich weiß es nicht, Jacob. Selbst die Presse scheint noch nicht den Mut gehabt zu haben, das Problem aufzugreifen. Es gab bisher noch keine eindringlichen Hinweise auf das Syndrom. Keine wirklichen Fortschritte in den Therapie-ansätzen." Jacob schwieg und auch Nora. In das Schweigen hinein fragte sie plötzlich ohne Übergang.

„Wann sehen wir uns wieder, Jacob, ich vermisse dich so sehr. Wenn ich am Freitagabend im *Wikinger* an unserem Ecktisch sitze, überkommt mich fast das heulende Elend. Da hast du mich zum ersten Mal geküsst, ganz sanft, weißt du noch. Ich sehne mich nach dir. Ich möchte dich wieder-sehen." Nora schluchzte.
Specht war irritiert. Ihre Sehnsucht war so greifbar.

„Wir werden uns wiedersehen, Nora", versuchte er sie zu beruhigen, bestimmt hier bei mir in Kopenhagen."
„Wann, Jacob, wann wird das sein, wann kann ich dich besuchen kommen?"
„Im Moment geht es nicht. In Kürze werde ich wohl für eine Zeitlang nach Spanien verreisen. Sobald ich wieder zurück bin, werde ich mich bei dir melden, Liebes."
Er fragte sich im gleichen Moment, warum er Liebes zu Nora gesagt hatte. Er empfand nichts für sie. Lediglich Freundschaft. Er liebte sie nicht.
Nora schien sich mit seinen Vertröstungen vorerst zufrieden zu geben und fragte auch nicht, warum er nach Spanien müsse.

„In Ordnung, Jacob, bis bald. Ich freue mich sehr auf unser Wiedersehen. Ich kann es kaum erwarten."

„Bis bald, Nora, mach's gut."

Er legte den Hörer auf. Gleichzeitig wusste er, dass es dauern wird, seine alte Freundin nach Kopenhagen einzuladen.

12

Schon am nächsten Tag erhielt Specht per E-Mail die Nachricht von Bengt Johansson.

„Geht in Ordnung. Das Hauptbüro in Stockholm von Svenska Dagbladet übernimmt deine Recherchen mit der Absicherung, dass unsere Zeitung das Exklusivrecht für alle Ergebnisse deiner Nachforschungen erhält. Sollten andere Medien vor Svenska Dagbladet Artikel von dir veröffentlichen, dann hat unsere Zeitung das Recht, alle Honorarkosten und Spesengelder von dir zurück zu fordern. Du erhältst in den nächsten Tagen noch einen entsprechenden Vertrag, den du unter Angabe deiner Kontonummer umgehend an mich zurückzusenden hast. Viel Glück - Bengt."

Noch am selben Abend, nachdem Jacob Specht ihm unterbreitet hatte, in Cubelles Nachforschungen über das Mosaikzeichen vorzunehmen, war Bengt Johansson in seinem Büro mit Maria Lindström zusammengetroffen. Die Frau bestätigte ihm nochmals, dass Specht sich mit Sarah de Bloom in Fahlmans Café aufgehalten habe, und dass bei ihrem Gespräch Begriffe wie Cubelles und Mosaikzeichen durchaus gefallen seien. Außerdem habe man sich am kommenden Samstag bei Sarah de Bloom im Klättervägen in Östra Tockarp am Vemmentorpasjö verabredet.

„Gut gemacht, Maria", lobte sie Johansson, „das Fahlmans Café ist wirklich eine gute Informationsbörse, wenn man bedenkt, wer sich dort alles trifft, um bei einer Tasse Kaffee wichtige Dinge auszutauschen. Vielleicht sollte ich mal mit deinem Chef Yngwe Imberg sprechen. Es wäre doch gut, wenn unter den Tischen Abhöranlagen installiert werden, damit wir bei den Leuten, die wir ins Visier nehmen, deine Arbeit erleichtern."

Maria Lindström nahm Johanssons Lob und Vorschlag kommentarlos entgegen. Lediglich ein leichtes Lächeln umspielte ihre Mundwinkel. Eigentlich war sie an dem schwergewichtigen Bengt interessiert. Sie mochte seine joviale väterliche Art, mit der er fast immer seine Ziele durchsetzte. Er stand meist über den Dingen und war nur schwer aus der Ruhe zu bringen. Ihr gegenüber hatte er sich noch nie mit seinen Ironiespielchen versucht. Vielleicht mochte er sie auch. Um das herauszufinden, fragte sie ihn ganz unverblümt: „Hättest du nicht noch Lust auf eine Tasse Kaffee. Natürlich nicht bei Fahlmans, sondern bei mir? Dann können wir diesen Tag doch gemeinsam beschließen." Dabei strich sie wohl mehr zufällig mit der Zungenspitze über ihre Lippen.

Johansson schien von ihrer Frage offenbar überhaupt nicht irritiert zu sein. Er griff sich eine neue Zigarre aus dem Etui und wollte sie anzünden, bevor er antwortete.

„Bitte nicht, Bengt", bat ihn die Frau, „du weißt doch, dass ich davon nur einen Hustenanfall bekomme."
Er schien ein Einsehen zu haben und legte die Zigarre zurück ins Etui. Dann musterte er Maria Lindström eine Zeitlang, so als wollte er ihr Anliegen eingehend analysieren.
Die Frau rutschte ein wenig unruhig auf dem Besucherstuhl hin und her, als könne sie dadurch die Antwort ihres Gegenübers beschleunigen.

Johansson fand Maria attraktiv, wohlgeformt, keinesfalls zu mager. Bisschen klein. Aber passt schon zu mir. Maria hatte ihre schwedenblaue Arbeitskleidung noch an. Die wohlgeformten Beine hatte sie dezent übereinander geschlagen. Ihre Bluse wurde von einem kräftigen Busen ausgefüllt. Die blonde Kurzhaarfrisur umrahmte ein rosiges etwas pausbäckiges Gesicht mit einer schmalen Nase und vollen Lippen. Maria fixierte ihn mit ihren blauen Augen und wartete auf eine Antwort.

71

Johansson kam zu dem Entschluss, dass es gut wäre, mit dieser Informantin enger befreundet zu sein. Als Team könnten sie der Zentrale gute Dienste erweisen. Laut sagte er: „Einen guten Kaffee könnte ich nach diesem Tag schon gebrauchen. Warum eigentlich nicht, Maria. Ich komme mit zu Dir."

Er erhob sich von seinem Stuhl und legte noch ein paar Sachen in den Schreibtisch, bevor er ihn abschloss. Zusammen verließen sie sein Büro. Auf dem Weg zum Fahrstuhl dachte er an seine Frau Emma und seine beiden Kinder Ole und Lisa in Landskrona. Die rechneten heute sowieso nicht mehr mit ihm. Es kam häufiger vor, dass er im Nebenzimmer seines Büros übernachtete, wenn sein Arbeitstag sich bis in den späten Abend hineinzog. Maria ging ihm voraus mit dem leicht wiegenden Gang eines Raubtieres, das zum Sprung ansetzte. Mal sehen, ob der Löwe sie zähmen wird, dachte Johansson und grinste in sich hinein.

Was er nicht wusste, war die Tatsache, dass Maria Lindström noch eine Mutter hatte, die in Bartoszyce wohnt, nahe der russischen Enklave um Kaliningrad. Bis zu ihrem siebzehnten Lebensjahr war Maria Sadowski zweisprachig aufgewachsen. Polnisch und russisch. Durch ihren verstorbenen Mann, Ole Lindström, war sie emotional und äußerlich zu einer guten Schwedin mit blonden Haaren und einem unverkennbaren Skånedialekt geworden. Wenn sie ihre Informationen an die Sektion Kaliningrad weitergab, dann sprach sie eben fließend Russisch.

13

Wenn man von Svenstorp in Richtung Tockarp fuhr, dann ging es gut einen Kilometer bergab. In dem großen waldreichen Tal breitete sich der Vemmentorpasjö mit seinen drei Inseln aus.

Gleich nach der Abzweigung Richtung Åsljunga erreichte man den Klättervägen. In der Einfahrt zu Sarah de Blooms Holzhaus standen vier mächtige Eichen. Man fuhr auf eine große Rasenfläche, die nach Osten und Süden durch einen höher gelegenen üppigen Mischwald abgeschirmt wurde. Diese Begrenzung wurde an zwei Seiten des Grundstücks durch einen gut fünf Meter breiten Fluss verstärkt, durch den sich die braunmoorigen Wassermassen aus dem Vemmentorpasjö bis nach Båstad schoben.

An der Westseite führte die asphaltierte Straße von Svenstorp nach Tockarp direkt am Haus vorbei. Im Vorgarten drängten sich hohe Tannen, so dass man den flachen Gebäudekomplex von der Straße aus kaum einsehen konnte. Auf der gegenüberliegenden Seite wohnte in Ferienzeiten eine dänische Familie mit ihren zwei Kindern.

Das Nachbarhaus an der Nordseite des Anwesens stand meist leer. Hin und wieder wurde es von Menschen bewohnt, die keiner kannte. Es war genau wie Sarahs Haus falurot gestrichen. Die meisten Holzhäuser Schwedens leuchten in diesem Rot. Die Fenster und Türen waren weiß umrahmt und gaben dem Haus ein freundliches Gesicht.

An diesem Tag kamen am frühen Morgen vier Männer mit drei Violinen und einem Violoncello. Sie waren mit einem alten VW-Bus angereist und grüßten freundlich über den Zaun zu Sarah de Bloom hinüber, als sie ihre Geigenkästen und ihr Gepäck ins Haus trugen.

„Wir üben täglich ein paar Stunden und hoffen, dass wir Sie nicht stören!", versuchte einer der Männer zu erklären.

„Keinesfalls, ich liebe klassische Musik. Öffnen Sie ruhig die Fenster, damit ich Ihre Musik mit genießen kann."

Sie lächelte dem Sprecher des Streichquartetts zu. Längst schon hatte sie herausgehört, dass diese Männer keine gebürtigen Schweden waren. Ihr harter russischer Akzent hatte sie verraten, als sie untereinander sprachen. Obwohl sich der Sprecher der Gruppe sehr bemühte, gelang es ihm nicht, den singenden Tonfall der Schweden nachzuahmen.

Klättervägen war etwas Besonderes. Die Morgensonne brachte die Tautropfen auf der am Vortage gemähten Rasenfläche zum Glitzern. In der Ferne rief ein Kuckuck zum wiederholten Male seine Jahreszahl.

Unzählige andere Vögel versuchten sich in der frühen Morgenstunde in jubilierendem Wettstreit zu übertreffen. Das helle Grün der Buchenblätter und das Dunkelgrün der hohen Tannen umrundete das Grundstück zur Flussseite hin. Die Stille des frühen Morgens erhielt durch den Gesang des gefiederten Chores einen Hauch von greifbarem Frieden. Sarah hatte die Tür weit geöffnet und setzte sich auf die Stufen vor dem Eingang.

Die zunehmende Wärme der Morgensonne streichelte ihr Gesicht. Sie schloss die Augen. Heute wird Jacob Specht kommen. Sie konnte nicht leugnen, dass sie diesem Treffen mit einer gewissen Spannung entgegensah.

Bis zur Mittagszeit war die Temperatur auf vierundzwanzig Grad angestiegen. Ungewöhnlich für die Jahreszeit. Die Luft war schwül und drückend geworden. Der Himmel bezog sich und nahm der Sonne ihren Schein. Die hellen Haufenwolken verfärbten sich schwarzgrau. Es grollte von Südwesten her. Ein Blitz erhellte für Sekunden die immer dunkler werdende Kulisse. Mit dem darauffolgenden Donnerdröhnen fielen die ersten Regentropfen aus den Wolkenmassen. Es dauerte keine zehn Minuten mehr, bis der Mischwald sich gegen den Regensturm stemmte, der von Südwest her über das Land peitschte. Danach legte sich eine feuchte Frische über den Klättervägen. Nebelschwaden dampften vom Boden durch die Stämme und verwischten die Konturen des Waldes.

14

Gegen dreizehn Uhr traf Jacob im Klättervägen ein. Er stellte das Auto auf dem Nebenparkplatz ab. Vier mächtige Eichen wachten fest und unverrückbar im Einfahrtsbereich. Sarah kam ihm entgegen und begrüßte ihn.

„Wie schön, dass du da bist!" Es war lange her, dass sie im Klättervägen besucht worden war.

„Hast du gleich hergefunden bei dem Unwetter?"
Er lächelte.

„Na ja, erst ab Svenstorp war ich mir wieder sicher, dass ich bald den Klättervägen erreicht haben müsste."
Svenstorp war ein kleines gepflegtes Straßendorf mit vier Wohnhäusern und einem mit Milchvieh bewirtschafteten Bauernhof. Auch hier waren die Holzhäuser überwiegend falurot gestrichen. Lediglich der große Kuhstall des Landwirts bestand aus massivem, weiß verputztem Mauerwerk. Nach Svenstorp ging es noch mal richtig steil bergab in Richtung Vemmentorpasjö und nach gut einem Kilometer hatte Jacob Specht sein Ziel erreicht.

„Ich habe ein Lunchbuffet vorbereitet. Hinterher gibt es Kaffee mit Eiscreme."
Sarah ging voraus ins Haus.

„Wunderbare Aussichten. Außer einem Glas Milch und einer schnellen Zigarette gab es keine weiteren Leckereien am Samstagmorgen für mich. Vielen Dank für die Einladung."

„Es ist schön, besucht zu werden. Es passiert nicht allzu oft, dass sich jemand hierher verirrt."
Jacob konnte es sich nur schwer vorstellen, dass eine so schöne Frau wie Sarah unter Kontaktschwierigkeiten leiden könnte.

Im Nebenhaus war gerade Mozarts Adagio für Violine und Orchester verstummt.

Der Eingang befand sich an der Rückseite des Hauses. Einen Flur gab es nicht. Man stand gleich im Wohnzimmer. Jacob hängte seine braune Lederjacke an die Garderobe. Sarah gab ihm ein paar Filzpantoffeln. Das Wohnzimmer war komplett mit unterschiedlich gemasertem Holz vertäfelt. Auch die Decke. Die Essecke war zum Küchenbereich hin mit einem Tresen abgegrenzt. In der Mitte des üppig angerichteten Lunchbuffets hatte Sarah eine gelbe Kerze angezündet, die eine gewisse feierliche Atmosphäre verbreitete. Es roch nach frischem Flieder.

Da fiel es Jacob schlagartig ein.

„Oh, einen Moment bitte. Ich muss noch mal zum Auto."

Als er wieder ins Wohnzimmer trat, schaute Sarah ihm erwartungsvoll entgegen.

Mit einer eleganten Geste zog er hinter seinem Rücken einen Strauß gelber Rosen hervor und reichte ihn ihr.

„Oh, wunderschöne Blumen. Ich mag besonders gelbe Rosen", schwärmte sie.

„Woher wusstest du es?"

„War eben die richtige Intuition. Mitunter gelingt es mir auch noch mal, etwas richtig zu machen."

Sarah schmunzelte.

„Muss ich dich jetzt bedauern oder bewundern? Doch den Strauß werde ich erstmal in eine Vase stellen und dann essen wir."

Sarah platzierte den Rosenstrauß ans Ende des großflächigen Tisches, so dass neben der gelben brennenden Kerze die feierliche Atmosphäre noch verstärkt wurde. Sie freute sich, dass Jacob da war. Doch sie bemühte sich auch, es ihm verbal nicht allzu sehr zu zeigen. Sie schenkte ihm Orangensaft ein, nachdem er ihr gegenüber Platz genommen hatte.

„Fühlst du dich nicht ein wenig einsam hier im schwedischen Wald? Ich kann mir schon vorstellen, dass mitunter die Menschen fehlen und einem die Decke auf den Kopf fallen will."

Er nahm einen Schluck aus seinem Glas.

„Manchmal schon. Doch richtig einsam wird es hier nie. Du glaubst gar nicht, wieviel Leben es hier rundherum gibt. Im Wald, am Fluss oder am See."

Als sie Johannes Brahms Piano Concerto Nr. 2 aufgelegt hatte und die ruhigen Klänge den Raum erfüllten, lächelte Jacob Specht.

„Was für ein schöner Tag. Ein wunderbares Essen."

Er ließ seinen Blick über die liebevoll angerichteten Speisen gleiten.

„Musik meines Lieblingskomponisten und eine wunderschöne Frau in schwedischer Einsamkeit. Was kann sich ein Mensch da noch wünschen."

Sarah errötete. Nachdem er sich mit dem Hauptgericht, gedünsteten Lachs mit Dillsoße und Salzkartoffeln, versorgt hatte und sie sich auch den Teller gefüllt hatte, wünschte sie ihm guten Appetit und meinte, dass mit der Schönheit sei ja wohl übertrieben.

„In dem Punkt musst du überhaupt nicht bescheiden sein", betonte er.

„Du verkörperst perfekt das schwedische Schönheitsideal. Schlank und hoch gewachsen mit hellblonden Haaren, blauen Augen und einer zarten Haut, die jeden Mann nervös macht."

„Es reicht, Jacob Specht!", mahnte sie mit entschlossener Stimme.

„Das Depot an Komplimenten ist bei mir für heute gut aufgefüllt."

Mit einem Lächeln signalisierte sie ihm, dass seine Worte ihr doch gefallen hatten. „Wir sollten jetzt aber Details für deine Reise nach Cubelles besprechen. Wirst du hier übernachten?", fügte sie wie beiläufig hinzu.

„Nein, Sarah, ich habe noch einiges vorzubereiten und abzuklären. Vielleicht ein andermal." Er dachte dabei an

Anita und wunderte sich, dass ihm die Absage so leicht über die Lippen kam. Er bemerkte ihre Enttäuschung.

Laut sagte er: „Lass uns bei aller Formalität diesen Nachmittag gemeinsam genießen. Ich bin sicher, es wird nicht das letzte Mal sein, dass wir einander begegnen. Immerhin werde ich ja mindestens in deinem Appartement in Cubelles übernachten."

Sarah lachte auf.

„Wenn du damit zufrieden bist, dann nehme ich es so an. Ich werde dir einen Stadtplan von Cubelles und Barcelona mitgeben. Dann bekommst du noch von mir einen Namen, Juan Braixos. Er ist der Mann, der das Appartement verwaltet und der dir bei Nennung meines Namens den Wohnungsschlüssel geben wird. Auch er wird dir seinen Namen nennen. Lass dich nicht dadurch irritieren, wenn er sehr zurückhaltend auf dich wirkt. Er hat sicherlich seine Gründe dafür."

Jacob Specht irritierte Sarahs Vorinformation ein wenig. Er schwieg und sie auch.

Im Nebenhaus versuchten die Männer mit dem russischen Akzent die Kommunikation zwischen Sarah und Jacob verstehbar aufzuzeichnen. Die in Sarahs Haus verteilten Wanzen transportierten jedes gesprochene Wort deutlich in das Aufnahmegerät. Die Männer grinsten sich an. Selbst das Klavierkonzert von Johannes Brahms, das Sarah als dezente Tischmusik aufgelegt hatte, konnte die Qualität der Aufnahme nicht beeinträchtigen. Sie verstanden jedes Wort.

„Die Zentrale in Kaliningrad wird zufrieden sein", meinte einer der Agenten.

„Was versprichst du dir eigentlich von dem Mosaikzeichen?", wollte Sarah wissen. Jacob Specht überlegte einen Augenblick. Durfte er Sarah einweihen? Er dachte an die Worte von Bengt Johansson und an die

Verpflichtung, alle Informationen direkt und unmittelbar an ihn zu liefern, damit Svenska Dagbladet in dieser Angelegenheit die Vorrechte der Erstinformation behält. Er nahm einen Schluck Kaffee, den ihm seine Gastgeberin inzwischen eingeschenkt hatte.

Sarah schaute ihn erwartungsvoll an. Er zögerte noch, doch dann bedachte er den Vertrauensvorschuss, mit dem Sarah ihm entgegenkam. Immerhin war er ja auch ein Fremder für sie, dem sie ihr Appartement in Cubelles zur Verfügung stellte. Er gab sich einen Ruck.

„In erster Linie hat es mit der Kraft zu tun, über die ich in meinem Traum einen Eindruck erhalten habe. Ich habe dir ja in Fahlmans Café davon erzählt."

Sarah nickte.

„Es ist so wichtig zu erfahren, ob diese Kraft etwas mit der Realität zu tun hat. Ja, und dann gibt es da auch noch eine Sache, die zurzeit viele Menschen bewegt. Du musst mir aber versprechen, mit niemandem darüber zu reden."

„Da kannst du dich darauf verlassen", versicherte sie ihm.

„Unmittelbar betroffen sind in diesem Fall viele junge Menschen. Sehr junge Menschen, die gerade mal die ersten Schuljahre absolvieren. Und diese Kinder, Jungen oder Mädchen, verstummen plötzlich. Sind nicht mehr ansprechbar und zu irgendwelchen körperlichen oder sprachlichen Aktionen zu bewegen."

Sarah hörte aufmerksam zu. Sie überlegte schnell, ob ähnliche Verhaltensauffälligkeiten in ihrer Umgebung bekannt waren. Ihr fiel spontan nichts ein. Jacob fuhr fort.

„Ärzte, Pädagogen, Psychologen und vor allem die Erziehungsberechtigten wissen sich keinen Rat mehr. Jedenfalls im Moment nicht. Sie alle scheinen zur Hilflosigkeit verurteilt zu sein und wirken wie gelähmt. Selbst die Medien halten sich noch zurück, auf diese Ereignisse zu reagieren. Es scheint sich da eine Katastrophe ungeahnten Ausmaßes anzubahnen wenn nicht, ja wenn nicht bald ein Weg, eine Lösung gefunden wird, diesen Kindern zu helfen. Außerdem weiß man noch nicht einmal, auf welche Altersgruppen sich dieses Phänomen noch ausweiten wird. Man nennt es übrigens in Norddeutschland das Psycho-Stille-Syndrom. Verwertbare Informationen aus anderen Bundesländern oder gar aus anderen Nationen liegen ebenfalls noch nicht vor."

„Und was hat das mit Cubelles und dem Mosaikzeichen zu tun?", wollte Sarah wissen.

„Genau das weiß ich auch noch nicht. Vielleicht hat es mit der Kraft zu tun, die ich über diesen Weg zu finden erhoffe. Es ist nur eine vage Hoffnung auf Hilfe. Dennoch möchte ich diese Hoffnung soweit wie möglich ausloten. Vielleicht verrenne ich mich auch nur in eine fixe Idee, die in meiner eigenen Lebensproblematik liegt, oder aber ich finde tatsächlich einen Hinweis, der zur Lösung führt. Eben darum danke ich dir, dass du mich und meinen Traum nicht verlachst, sondern mir im Gegenteil durch Cubelles und durch das dir bekannte Mosaikzeichen Ermutigung und Ansporn gegeben hast."

Jacob meinte so etwas wie ein glückliches Lächeln bei ihr zu bemerken.

„Kann dieses ganze Unternehmen nicht auch bedrohliche oder gar gefährliche Formen annehmen?", fragte sie zaghaft.

„Wer sollte ein Interesse an meinen Recherchen haben, und im Übrigen wissen nur wir beide davon.", beruhigte er sein Gegenüber.

Sie waren inzwischen bei der Eiscreme angelangt und bedienten sich weiter an dem frisch gefilterten Zoégas-Kaffee. Jacob Specht war der Geruch dieses Kaffees bereits vertraut.

Wenn man durch Helsingborg fährt in Richtung E4, dann kommt man an der Kaffeerösterei vorbei, die seit 1886 Zoégas-Kaffee anbietet. Die Zoéga-Familie hatte ihre

Wurzeln in Italien und kam 1881 nach Schweden, wo sie ihr Unternehmen in Landskrona starteten. Die Geburt der Zoégas-Company war 1886 in Helsingborg, wo sie noch heute den unvergleichlichen Skånerost für den Kaffeekenner herstellen.

Die letzten Passagen von Johannes Brahms Piano Concerto Nr. 2 waren inzwischen verklungen. Sarah hatte den Tisch bis auf die Kaffeetassen abgedeckt. Das Licht der gelben Kerze brannte noch. Jacob Specht fühlte sich ausgesprochen wohl in Sarahs Nähe. Sie war so ganz anders als Anita. Irgendwie zugänglicher. Sie wirkte sehr hilfsbereit und entgegenkommend, und sie strahlte eine verbindliche Wärme aus, die ihn auf eigenartige Weise berührte. Durch das Lunch-Buffet, den Nachtisch und den Kaffee hatte sie ihn regelrecht verwöhnt. Das Haus strahlte insgesamt eine Geborgenheit aus, die er lange vermisst hatte. Sarah kam ihm sehr vertraut vor. Wie eine Verwandte, vielleicht wie eine Schwester, die er schon sehr lange kannte.

Er bemerkte, dass die Zeit vorangeschritten war. Schon sechzehn Uhr vorbei.
Über den Tisch hinweg ergriff er vorsichtig Sarahs Hände und schaute ihr dabei in ihre blauen Augen.
    „Vielen Dank! Es war wunderschön, das Essen, vor allem die Gemeinschaft mit dir. Du strahlst eine wunderbare Ruhe aus. Ich habe mich sehr wohl gefühlt, irgendwie zu Hause. Ganz bestimmt ein Grund, wiederzukommen und etwas mehr Zeit mitzubringen, wenn du willst."
    „Das wäre schön. Es war auch für mich eine gute Zeit."
Sie unterstrich es mit ihrem weichen Lächeln.
    „Wie gesagt, leider etwas kurz!", fügte sie noch hinzu.
Jacob trank den Rest seines Kaffees aus und erhob sich. Sarah brachte ihn zum Auto und winkte ihm nach, als er bergan in Richtung Svenstorp schnell aus ihrem Blick verschwand.

Als sie in ihr Haus zurückkehrte, beobachtete sie, wie die Männer von nebenan im Aufbruch begriffen waren. Kein allzu langes Üben, dachte sie. Der eine, der sie angesprochen hatte, winkte ihr noch mit einer gewissen Vertraulichkeit zu. Schnell hatten sie ihre Instrumente in ihrem Fahrzeug verstaut und fuhren davon.

15

Einige Tage bevor Jacob Specht nach Cubelles abreiste, hatte er sich noch einmal mit Anita Fehlin verabredet. An einem späten Sonntagnachmittag fuhren sie mit der Fähre nach Helsingborg und von dort direkt nach Ängelholm an den Strand. Jacobs Lieblingsstrand, an dem er häufiger schon gewesen war.

Die Abendsonne tauchte von Westen her die Skäldervikbucht in gleißendes Silber. Der Wind bewegte die Gischt gekrönten Wellen in eintöniger Regelmäßigkeit gegen den Strand. Dort zerbrachen sie auf dem Zenit ihrer Kraft und verteilten sich in rückläufig unbedarfter Gleichgültigkeit auf dem feuchten Ufersand, um von der nächsten Welle überrollt zu werden. Der Wind bewegte das Riedgras zwischen den hohen Dünen. Es schien als wollte es sich gegen den Wind von See her stemmen. Doch das schien ein erfolgloses Unterfangen.

Jacob hatte den Arm um Anita gelegt. Sie ließ es geschehen. Er wollte ihr Worte sagen. Worte, die er für sie längst schon in seinem Gedankengebäude zurechtgelegt hatte. Doch er fand einfach nicht den Anfang. Stumm gingen sie weiter, nur umgeben von dem Rauschen der Wellen und dem Kreischen der Möwen.

Bei jedem Schritt drückten sich ihre Fußspuren tief in den Sand. Jacob hielt an und schaute seiner Begleiterin in ihre bernsteinfarbenen Augen. Sie zog die Stirn kraus.

„Wie wird es mit uns weitergehen, Anita? Es ist mir sehr wichtig, das zu wissen."

Sie schmunzelte.

„Was kannst du dir vorstellen, Jacob?"

„Das Einzige, was ich mir vorstellen kann, ist, dass ich dich weder aus den Augen noch aus meinem Herzen verlieren möchte." Anita lachte kurz auf.

„Du bist zu romantisch. Meine Adresse hast du doch ohnehin schon bekommen und das mit dem Herzen ist doch eine Angelegenheit, die Zeit benötigt und Wachstum, meinst du nicht auch?"

Jacob nickte. Hand in Hand schlenderten sie weiter. Er berichtete ihr von seiner Absicht, beruflich nach Spanien zu fliegen, um in Cubelles Recherchen über ein Mosaikzeichen anzustellen.

Anita fragte nach.

„Hast du einen bestimmten Grund für deine Reise oder ist es nur ein allgemeines Interesse, das dich an einen schönen Platz am Mittelmeer treibt?"

„Keinesfalls!"

Jacob fühlte sich angeregt, mehr von seinem Vorhaben zu berichten. Anita sollte teilhaben an seinen Absichten und Überlegungen. Obendrein hoffte er, mit seiner aktuellen Lebensthematik doch einen gewissen Eindruck bei ihr zu hinterlassen.

So berichtete er ihr von Svenska Dagbladet und seinem Sonderauftrag. Von dem Traum, der ihn mit Cubelles in Verbindung brachte. Seine Bekanntschaft mit Sarah erwähnte er nur kurz.

Anita horchte aufmerksam und interessiert zu. Sie stellte keine Zwischenfragen. Erst als er ihr von den dramatischen Ereignissen mit den Grundschulkindern in Schleswig-Holstein erzählte, stutzte sie und unterbrach ihn in seinem Bericht.

„Beschreibe mir doch das Erscheinungsbild des Psycho-Stille-Syndroms etwas näher und auch was man bisher unternommen hat, diesen Kindern zu helfen?" Jacob bemühte sich, die Reaktionsweisen der betroffenen Kinder umfänglicher zu schildern.

„Ein Hilfsprogramm oder überhaupt Therapieansätze gibt es bis heute wohl noch nicht so richtig. Man bemüht sich zwar, einen Weg der Hilfe zu suchen. Doch bisher steckt man immer noch in einer Sackgasse."

Anita blieb stehen, schaute ihn an und schien dabei seine Worte zu verarbeiten. Sie sah ihn mit ihren großen Bernsteinaugen an und schluckte ein paar Mal.

„Vielleicht finde ich einen Hinweis zur Lösung des Problems in Cubelles.", fügte er wichtig hinzu und übersah dabei die Betroffenheit, die sich in ihren Gesichtszügen ausgebreitet hatte.

„Deine Informationen sind nicht neu für mich", bemerkte sie. „Mal abgesehen davon, dass ihr das Erscheinungsbild als Psycho-Stille-Syndrom bezeichnet. Das Phänomen als solches gibt es auch bei uns in Dänemark. Ebenso aus den anderen skandinavischen Ländern, besonders aus Schweden, haben wir Informationen über die Ausbreitung dieses Syndroms. Es fehlen zwar im Moment genauere Zahlen, doch scheint man ebenso wie in Deutschland diesem sogenannten Psycho-Stille-Syndrom mit Hilflosigkeit und zunehmender Verzweiflung gegenüber zu stehen, besonders bei den betroffenen Erziehungspersonen. Gerade aus diesen Kreisen haben wir Meldungen über Suizide und Suizidversuche. Mein Lehrauftrag am Bispebjerghospital war einzig und allein an diesem Thema festgemacht. Wir sind entsetzt, dass dieses Syndrom immer mehr um sich greift, inzwischen auch bei älteren Kindern."

Anita schwieg erschöpft. Jacob nahm sie in den Arm und strich ihr übers Haar. Er erkannte, dass seine Absicht nach Cubelles zu reisen, immer bedeutungsvoller wurde. Auch wenn er sich über das Ergebnis der anstehenden Recherchen überhaupt nicht im Klaren war. Es erstaunte ihn aber, dass selbst seine persönlichen Beziehungen, die sich in letzter Zeit wie ein Puzzlespiel in den Gesamtzusammenhang eingefügt hatten, seine Absicht bestätigten, nach Cubelles zu reisen.

Anita schmiegte sich an ihn. Sie redete weiter.

„Es ist so furchtbar, Jacob. Das Psyche-Stille Syndrom, wie du es nennst, greift immer mehr um sich. Und es nimmt keinerlei Rücksicht auf das Geschlecht oder die soziale Stellung. In allen Schichten breitet sich dieses Syndrom aus. Die Kinder verstummen einfach und wirken wie lebende Tote. Roboterhaft erstarrt. Wir versuchen alles Mögliche. Doch alle therapeutischen Ansätze erbrachten bisher nichts, verpufften ins Leere. Die Regierung ist hellhörig geworden und versucht alle Bemühungen zu unterstützen. Wir stehen aber nach wie vor einem riesigen Fragezeichen gegenüber. Was können wir tun? Wie können wir überhaupt helfen? Sind wir an die Grenzen unserer Möglichkeiten gekommen? Haben wir den Zenit schon erreicht? Es muss doch etwas geben, das diese Entwicklung aufhalten kann!" Anita verstummte.

Jacob war berührt von den bewegenden Worten und wusste nicht, wie er ihr in dieser Situation seine persönlichen Gefühle mitteilen könnte. Das muss ich wohl erst einmal zurückstellen, bedauerte er insgeheim.

Ein paar Tränen glitten über ihre Wangen.

„Es ist so furchtbar", wiederholte sie sich, „dass man überhaupt nichts machen kann". Jacob drückte sie noch fester an sich.

„Vielleicht kann man doch etwas machen", sagte er halblaut.

Anita wandte ihm fragend das Gesicht zu.

Er streichelte vorsichtig die Tränen aus ihrem Gesicht. Sie ließ es geschehen, auch als er ihr einen Kuss auf die Stirn hauchte. Doch dann fuhr er fort. Er besann sich auf seinen Traum und berichtete, als wäre es eine Realität.

„Es ist in Cubelles, in Spanien, genauer gesagt in Katalonien. Dort wirkt eine Kraft in hilfreicher Weise an Menschen. Ich glaube, dass diese Kraft die Rettung sein könnte." Er fragte sich selbst, ob er jetzt wieder in seinen typischen Übertreibungsmodus verfiel.

Anita blickte ihn verständnislos an. Auf der Rückfahrt nach Kopenhagen sprachen sie nur wenig miteinander. Natürlich hätte er ihr noch viel zu sagen gehabt, doch die bevorstehende Reise nach Cubelles und der Auftrag, der damit verbunden war, füllte zunehmend seine Gedanken aus. Dazu bewegten ihn auch die Anmerkungen, die Anita über das Psycho-Stille-Syndrom gemacht hatte.

Als sie sich nach ihrer Ankunft in Kopenhagen voneinander verabschiedeten, gab er ihr einen Kuss, den sie erwiderte.

„Es ist schon so etwas in meinem Herzen für dich, das ich als eine wachsende Liebe bezeichnen würde.", versicherte er ihr. Sie lächelte und eilte davon, ohne näher auf seine Bemerkung einzugehen.

16

Als Jacob Specht in seiner Wohnung im Glasvej angekommen war, legte er sich zunächst auf seine grün gepolsterte Jugendstilcouch und dachte über seine Reisevorbereitungen nach. Der Deutschunterricht in der Abenduniversität am Frederiksborgvej war während seiner Abwesenheit organisiert. Die Geschäftsleute hatten umfangreiche Gruppenaufgaben zu bearbeiten, die er nach seiner Rückkehr korrigieren und besprechen würde.

Mit Cubelles war etwas Neues in sein Leben gekommen. Er schloss die Augen und versuchte seine Gedanken zu ordnen. Es gelang ihm nicht wirklich. Zu viele Begriffe taumelten durch seinen Kopf. Professor Runstedt und das Psycho-Stille-Syndrom, das nicht nur eine norddeutsche Angelegenheit zu sein schien. Anita Fehlin, die mit ihrer nüchternen Liebenswürdigkeit sein Herz berührt hatte. Sarah de Bloom, in deren Nähe er sich so wohl gefühlt hatte. Svenska Dagbladet und Bengt Johansson, der in der letzten E-Mail nachgefragt hatte, ob er eine Pistole besitze.
Was sollte er mit einer Pistole. Womöglich damit auf Menschen schießen. Es schauderte ihn innerlich. In seiner Wehrdienstzeit hatte es ihm Spaß gemacht, mit den unterschiedlichsten Waffen zu schießen. Aber das war doch etwas anderes. Da hatte er auf Scheiben oder auf sogenannte Pappkameraden geschossen, nicht auf lebende Menschen. Afghanistan oder Mali war ihm erspart geblieben. Könnte er in eine Situation kommen, auf Menschen zu schießen? Ich werde Bengt noch mal ansprechen, was er mit dieser Frage gemeint hat. Irgendetwas hat er sich bestimmt dabei gedacht.
Er öffnete die Augen. Die Abendsonne, die mit letzten Strahlen durch das Fenster glitzerte, versuchte seine innere

Unruhe zu glätten. Er stand auf und schenkte sich ein Glas Wein ein. Während er in kleinen Schlucken trank, und das Glas immer wieder absetzte, kam ihm die Pistole nicht aus dem Sinn. Warum muss er als Journalist im Besitz einer Waffe sein. Ich will doch nicht in den Krieg ziehen. Im Gegenteil. Meine Absicht ist zu helfen, wenn möglich, sogar zu retten. Ich will doch nicht zerstören oder gar töten, sondern Leben erhalten.

Er schüttelte irritiert den Kopf und beschloss, Bengt Johansson in jedem Falle später noch anzurufen. Den Flug nach Cubelles hatte er für Mittwoch gebucht. Jedenfalls ist die Unterbringung durch Sarah gesichert. Er spürte, dass sich seine innere Anspannung eher auf - statt abbaute. Sie wollte ihn nicht mehr loslassen. Auf was für ein Abenteuer hatte er sich da eigentlich eingelassen?

Nur aufgrund eines Traumes, von dem er meinte, dass er einen Bezug zur Realität habe?
Allzu gerne hätte er sich mit seiner Mutter über seine persönliche Situation unterhalten. Auch wenn er ihren Glauben oft belächelt hatte, so könnte er jetzt ihre Gebete oder auch ihre bibelfesten Erklärungen und Ermutigungen ganz gut gebrauchen. Das hätte ihm Sicherheit gegeben.

Wie oft hatte er durch seine Mutter erfahren, dass Gebet hilft, wenn man Gott und seinem Wort vertraut und dass man dann in schwierigen Situationen nicht allein ist. Ich werde es schon machen, dachte er. Vieles habe ich doch schon bewältigt und geschafft. Er zögerte, weil er bemerkte, dass er sich belog. Eigentlich hast du nicht wirklich etwas geschafft in deinem bisherigen Leben, und es wurde ihm dabei wiederum deutlich bewusst, wie fern er immer noch von dem Gott seiner Mutter war. Er kam sich vor wie ein Falschspieler. Cubelles ist eine Herausforderung, die ich angenommen habe, redete er sich selbst mutig zu.

Ich werde nicht zurückweichen. Wer weiß, wie positiv am Ende das Ergebnis sein wird. Aber bitte ohne Pistole. Er stand auf und fing an, einige Sachen auf den weißlackierten Wohnzimmertisch zu stapeln. In jedem Fall werde ich meinen Laptop mitnehmen.

„Es gibt einen Internetanschluss in meiner Ferienwohnung am Mittelmeer, Wireless Local Area Network.", hatte Sarah erwähnt. Wie praktisch, dachte er. Den Zugangscode klebte er sich auf die Unterseite seines Laptops.

So bin ich ja weiter mit dem Rest der Welt verbunden, und Sarah versicherte, dass er dann ja übers Internet eine schnelle Verbindung zu ihr habe. Dabei dachte er allerdings mehr an Anita Fehlin und zwangsläufig auch an Bengt Johansson.

17

Am Abend beschloss er noch einmal in den Krämerladen *Jerusalem* rüber zu gehen. Er nahm eine Stofftasche mit. Yussuf stand hinter der Ladentheke. Der Libanese fragte ihn mit seinem stets freundlichen Lächeln.

„Was wünscht du?"

„Gib mir doch ein Viertelpfund von den Strauchtomaten, drei gelbe Bananen und vierhundert Gramm Erdnüsse."

Die Erdnüsse von *Jerusalem* mochte er besonders gern. Vielleicht lag es daran, dass sie auf eine spezielle Weise geröstet waren. Er bezahlte mit einem Hundert-Kronen-Schein. Yussuf gab ihm lächelnd das Wechselgeld zurück und wünschte ihm weiterhin eine gute Woche. Jacob lächelte auch.

Vor der Tür fiel sein Blick auf die Emmauskirche, die auf der anderen Straßenseite im Frederikssundsvej lag. Ein Jugendstilbau von 1895. Nicht besonders groß, mit einem kleinen Glockenturm auf dem Dachfirst. Knapp zweihundert Besucher hatten Platz in ihr. Sie war besonders bekannt durch ein reiches Musikleben. Gospel und Klassik. Meistens am Freitagabend.

Irgendetwas drängte Jacob Specht zu dem Kirchenbau. Er ging über die Fußgängerampel mit seiner Einkaufstasche in der Hand die knapp fünfzig Meter bis zum Gotteshaus. Die Portaltür war nicht verschlossen. Entlang der Bankreihen ging er bis nach vorn und setzte sich mit dem Blick zum Altar. Gedämpftes Licht. Jesus hing goldüberzogen und leicht stilisiert an einem etwa fünfzig Zentimeter hohen Kreuz. Rückwärts auf der Empore glänzte die Orgel silberfarben mit ihren verschieden angeordneten Pfeifen.

Jacob Specht schien der einzige Besucher zu sein. Er schloss die Augen und versuchte die Stille des Raumes in sich aufzunehmen. Das Bild seiner Mutter drängte sich vor sein inneres Auge. Bist du hier, Mutter, fragte er sich leise oder bist du, Gott, gar selber hier? Die Vision von Cubelles schob sich in seine Gedanken. Was mache ich nur? Ist alles eine fixe Idee, der ich nachlaufe? Hilf mir Gott, wenn es dich gibt. Er spürte, dass da jemand sein musste. Als er die Augen öffnete, stand vor dem Altar ein Mann mittleren Alters in einem grauen Norwegerpullover, dunkler Hose und Lederlatschen. Er schien dort irgendetwas zu ordnen.

Specht beobachtete ihn. Plötzlich sagte der Mann, ohne dass er den Kopf umwandte: „Sie sind nicht zufällig hier, nicht wahr? Ihre Reise bewegt Sie sehr, eine Reise von der Sie nicht genau wissen, zu welchem Ergebnis sie führen wird!"

Der Mann am Altar wendete sich dem Kirchenbesucher zu. Ein gepflegter, rostroter Vollbart umrahmte eine schmale, scharf geschnittene Nase und zwei lebendige blassblaue Augen. Die hohe Stirn war von dichtem, leicht gewelltem, rotbraunem Haar umgeben.

Er schlurfte mit seinen Latschen auf Jacob zu.

„Frederik Magnussen, ich bin hier der Pastor!", stellte er sich vor und gab dem Kirchenbesucher die Hand. Jacob ergriff sie. Er war überrascht und erhob sich.

„Jacob Specht, Journalist!", sagte er.

„Es stimmt tatsächlich. Ich habe eine Reise vor mir und das Ergebnis dieser Reise ist in der Tat offen oder besser gesagt mit einigen Fragezeichen besetzt. Vielleicht können Sie mir weiterhelfen. Gibt es im kirchlichen Bereich Symbole der Kraft oder der Hilfe?"

Mit dieser Frage war ihm klar, dass er sich nicht als aktiver Kirchenchrist ausgewiesen hatte. Der Pastor ließ es sich aber keineswegs anmerken.

„Natürlich gibt im kirchlichen Raum eine Menge Symbolik. Das Kreuz zum Beispiel. An ihm hat Jesus Christus unsere Schuld auf sich genommen und ist für unsere Sünden gestorben. Oder das Abendmahl. Es versinnbildlicht die unmittelbare Gemeinschaft mit dem Herrn, indem wir in Erinnerung an ihn symbolisch seinen Leib und sein Blut zu uns nehmen. Die Taube ist ein Symbol des Heiligen Geistes. Aber auch Feuerzungen sind ein Zeichen für die Kraft Gottes. Durch diese Kraft hat er sich den Menschen in besonderer Weise mitgeteilt. Können Sie dort auf dem Ölgemälde rechts am Altar sehen. Der Heilige Geist fällt zu Pfingsten wie mit Feuerzungen auf die Apostel. All dies trägt dazu bei, dass der Glaubende sich orientieren kann, und dass die Gegenwart Gottes für ihn erfahrbarer wird."

Jacob dachte an seinen Glaubensmangel und war überrascht, mit welch' einfachen Worten der Pastor Glaubenssymbole zu definieren wusste.

„Was ist mit den Menschen, die nicht glauben, die verunsichert oder zweifelnd sind und dennoch der Hilfe Gottes bedürfen?"

Magnussen überlegte eine Weile. Dann sagte er einen Satz, der voller Weisheit war und dennoch Jacob Specht nicht so recht weiterbrachte.

„Gott lässt seine Sonne scheinen über Gerechte und Ungerechte!" Specht stellte keine weiteren Fragen.

„Vielleicht darf ich mal wieder vorbeikommen?"

„Jederzeit, herzlich gern."

Der Pastor schaute ihn an, als erwarte er noch mehr von seinem Gegenüber.

Specht wendete sich aber ab und ging dem Ausgang zu.

„Leben Sie wohl und Gott möge Sie behüten!", rief ihm Magnussen hinterher.

Jacobs halblauter Dank ging im Quietschen der Kirchentür unter.

18

Daheim rief er Bengt Johansson an. „Das mit der Pistole kann ich überhaupt nicht einordnen."
Bengt reagierte in seiner üblichen moderat jovialen Art und Weise.

„Reine Vorsichtsmaßnahme, Jacob, kein Grund zur Beunruhigung. In einigen europäischen Ländern ist für Journalisten schon Selbstschutz angesagt. Und du weißt ja, im katalonischen Teil Spaniens hat es schon einige Terroranschläge gegeben."

„Aber mein Auftrag bezieht sich doch lediglich auf die Erforschung der Hintergründe und Auswirkungen eines Mosaikzeichens. Was hat das mit der Bedrohung von Journalisten zu tun?"
Johansson schob seinen Einwand beiseite.

„Immerhin versuchst du eine Lösung zu finden für ein zunehmend globales Problem. Nach meinen Informationen scheint das Psycho-Stille-Syndrom in vielen Ländern als Phänomen schon bekannt zu sein. In der Öffentlichkeit hält man sich zwar immer noch sehr bedeckt. Die Zahlen steigen aber permanent. Pharmazeutische Firmen, Forschungsanstalten und vor allem Geheimdienste scheinen hellhörig geworden zu sein. Das Bemühen, das Problem in den Griff zu bekommen, wird aggressiver werden. Da wird man auch schon mal über Leichen gehen!"

„Und deshalb, meinst du, sollte ich mich bewaffnen nur, weil du mir ein solch düsteres Bild vor Augen malst? Die einzigen Waffen, die ich mitnehmen werde, sind meine Schreibutensilien und mein Laptop."
Johansson wollte nicht weiter diskutieren.

„Es ist deine Entscheidung. Ich habe dich jedenfalls gewarnt. Trotzdem wird man dir in Spanien eine Waffe zukommen lassen als Angehöriger einer schwedisch-spanischen Sportschützenkooperation für Kurzwaffen. Die nötigen Papiere wird man gleich mitliefern, damit alles seine Ordnung hat. Und nun: Lycka till! Wir hören voneinander." Er legte den Hörer auf.

Specht war überrascht und irritiert. Johanssons Vorhaltungen gingen nach seinem Verständnis weit über die journalistischen Bemühungen einer Tageszeitung hinaus. Und die persönliche Freiheit des Individuums schien dabei offenbar keine große Rolle zu spielen. Ein unbehagliches Gefühl beschlich ihn. Er nahm das Svenska Dagbladet zur Hand. Für diese Zeitung werde ich also in der nächsten Zeit arbeiten und mich nach Bengt Johansson Aussagen auch in Gefahr begeben.

Er sinnierte vor sich hin. Wie könnte er den ersten Artikel gestalten? Sofort schob sich das Psyche-Stille-Syndrom in den Vordergrund seiner Gedanken. Von der Thematik her wäre das ein konkretes Einleitungsthema. Seinem Wissen nach war darüber noch nicht wirklich berichtet worden. Zumindest waren ihm Pressemitteilungen über das Psycho-Stille-Syndrom noch nicht in die Hände gekommen.

Sein Blick fiel auf eine kurze ältere Meldung über Pat Robertson, den Leiter einer großen evangelikalen Bewegung in den USA. Auf einer Massenveranstaltung mit mehreren tausend Besuchern hatte er in einer prophetischen Weise verkündigt, dass über die Vereinigten Staaten innerhalb der nächsten drei Jahre gewaltige Katastrophen kommen werden. Mehrere Millionen Amerikaner würden dadurch ihr Leben verlieren und die USA dabei in ein Chaos eines unbeschreiblichen Ausmaßes stürzen. Nichts würde danach noch in dieser großen Wirtschaftsnation funktionieren. Viele Menschen würden diese Prophetie sehr ernst nehmen und überlegen, wie sie sich darauf vorbereiten könnten. Jedoch habe man noch keinerlei Vorstellung in welcher Form die angekündigten Katastrophen auftreten werden.

Alles sei möglich: Erdbeben, Terroranschläge mit Nuklearwaffen, riesige Tsunamie-Flutwellen, die große Teile der USA überschwemmen oder auch riesige Waldbrände, die aufgrund anhaltender Dürreperioden ganze Ortschaften vernichten. Aber auch der totale wirtschaftliche Kollaps dieses Wirtschaftsgiganten wäre dabei denkbar. Doch nun wolle man erst einmal die nächsten drei Jahre abwarten, schloss der Schreiber seine Kurzinformation, ob sich die Vorhersage des *Propheten* auch erfülle.

Unabhängig von der Dimension dieser Aussage verglich Specht seinen Traum und sein Anliegen mit der Prophetie des Pat Robertson. Immerhin wollte er, genau wie dieser bekannte Evangelist seine prophetische Erfahrung als eine von Gott gewirkte Erkenntnis gelten lassen, obwohl er selbst noch eine sehr dürftige Beziehung zu Gott hatte und er am Ende dazu neigte, doch einiges in den Bereich der Schwarzmalerei einzuordnen.

Er las noch einmal den Kurzartikel. Dabei fiel ihm auch ein wesentlicher Unterschied auf. Pat Robertson Prophetie endete im Inferno und Chaos. Bei seinem angenommenen prophetischen Traum gab es den Hinweis auf Hoffnung und Hilfe in schwieriger Situation. Das machte ihn irgendwie froh, aber auch unsicher, denn er vermochte sich einfach nicht vorzustellen, wie diese Hilfe greifbar werden könnte.

Specht grübelte über das Glatteis nach, auf das er sich begeben hatte, zumal bei ihm der Glaube eher noch als ein Glaube auf schwachen Füßen zu definieren war.

Beides visionäre Botschaften, die eine als Traum, die andere als eine durch Gott gewirkte und öffentlich ausgesprochene Prophetie. Sie könnten sich am Ende als Trugschluss erweisen. Was wäre dann?

Für wahr kann man diese Dinge doch erst nehmen, wenn sie Realität werden – also in die Wirklichkeit treten. Erst dann läge die Bestätigung vor, dass sie der Wahrheit entsprechen und kein Hirngespinst waren.

Durch Pat Robertsons prophetische Rede sprach seiner

Ansicht nach ausschließlich der Zorn Gottes.

Berechtigung dafür gab es in dieser Welt sicherlich genug dafür. Sein Traum, wenn er denn Wirklichkeit werden würde, beinhaltete doch mehr die Hilfe Gottes, die er in seiner Liebe zu den Menschen offenbaren möchte.

Bei diesem gedanklichen Fazit spürte Specht einen Hauch von Auserwählung. Einen heiligen Schauer in seiner Brust. Gleichzeitig fragte er sich aber auch, ob dieses Gefühl nicht auch der menschlichen Arroganz gleichkäme, und er sich nur allzu gern in dieser charakterschwachen Seite seines Wesens sonnen möchte.

Er nahm seinen Laptop zur Hand und begann mit seinem Einleitungsartikel. Als Arbeitstitel wählte er zunächst die Fragestellung: „Gibt es mehr zwischen Himmel und Erde, das schicksalhaft unser Leben prägt?" Doch beim näheren Hinsehen erschien ihm dieser Titel zu weitschweifig und irritierend. Da ist mein Glaubenszweifel gleich mit eingebunden, dachte er. Deshalb entschloss er sich für die abgekürzte Form: „Mehr zwischen Himmel und Erde?", und als Untertitel fügte er hinzu: „Das Psycho-Stille-Syndrom".

Zunächst beschrieb er allgemein die Vereinzelung des Menschen in einer verunsicherten und digitalisierten Welt des Klimawandels, der Naturkatastrophen und der Globalisierung mit ihren Kriegs- und Terrorbrennpunkten. Der Mensch werde immer mehr zur Massenware, der dann brauchbar sei, wenn er funktioniere im Sinne des Profits. Beiseitegeschoben, in die Ecke gestellt, nicht mehr wahrgenommen werde er immer dann, wenn er nicht mehr die Norm der ihn umgebenden Welt erfülle. Ist er als Wirtschaftsfaktor uninteressant, dann werde der Mensch eher als Last oder Ballast wahrgenommen. Man schaue nur auf den Umgang mit den älteren Menschen, die zunehmender Pflege bedürfen. Jetzt wollte er eigentlich das Beispiel von Kevin Kuslowsky anführen. Dabei weiß ich gar nicht, wie es ihm im Moment geht. Ich werde Nora anrufen, sie wird mir sicherlich die neueste Entwicklung mitteilen können. Während er über-legte, wie er das Gespräch mit Nora Meyer beginnen könnte, packte er einige notwendige Sachen für Cubelles in den Koffer. Die Kultursachen werde ich morgen früh reinlegen, beschloss er.

Er aß eine Kabanossi aus dem Kühlschrank und löffelte hinterher einen Joghurtbecher mit Erdbeergeschmack leer. Dann ging er ans Telefon. Er wählte ihre Nummer. Nora war sofort am Apparat.

„Wie schön, dass du anrufst Jacob, es tut gut, deine Stimme zu hören. Wie geht es dir? Ich liebe dich!"
Nora verstand es, all ihre überschwänglichen Gefühle in wenige Worte zu legen.

„Nora, ich fahre noch in dieser Woche nach Spanien. Bitte, ich brauche einige Informationen für einen Zeitungs-artikel.", kam er gleich auf den Punkt, ohne auf ihre Ge-fühlsäußerungen, die seine Person betrafen, einzugehen.
„Wie kann ich dir helfen?", hakte sie ein.

„Wie geht es Kevin Kuslowsky? Du weißt doch, der erste Schüler, der mit dem Psycho-Stille-Syndrom an eurer Schu-le auffiel." Schweigen.
„Bist du noch da, Nora?"

Es platzte aus ihr heraus.
„Kevin ist tot! Und seine Mutter auch!"
Sie schluchzte.
Jacob schwieg entsetzt. Nach einer Weile.
„Was ist passiert, Nora!"
„Ich weiß es nicht genau. Es gibt Gerüchte. Der Vater von Kevin hat einiges gesagt. Es ist furchtbar, Jacob!"
„Bitte, Nora, erzähle es mir!"

„Professor Runstedt hatte sich so sehr für Kevin eingesetzt. Was hat er nicht alles unternommen. Nichts hat in irgendeiner Weise geholfen. Die Eltern wurden immer ungeduldiger. Dann ist wohl der pharmazeutische Konzern *Novavitacoop* an die Familie herangetreten. Angeblich hätten sie ein Medikament entwickelt, das helfen sollte. Sie haben die Eltern darauf aufmerksam gemacht, dass es die Testphase noch nicht ganz durchlaufen habe. Dennoch haben sich die Eltern entschieden für eine Medikamententherapie durch *Novavitacoop*.

Sie hatten immer das Bild ihres fröhlichen, sportbegeisterten Jungen vor Augen, der in der Schule nur gute Leistungen erbrachte. Es kam zu einer Katastrophe. Die Tabletten haben bei Kevin einen Herzstillstand bewirkt, den man nicht mehr rückgängig machen konnte. Ach ja, die Mutter. Sie litt vorher schon unter heftigen Depressionen, die wohl wesentlich durch den Zustand ihres Sohnes hervorgerufen worden waren. Zwei Tage nach Kevins Tod hat sie sich vor einen Lastwagen geworfen."

Jetzt schwieg Jacob eine ganze Weile.

„Wie soll das nur alles weitergehen?", fragte er schließlich in seiner Betroffenheit.

„Bitte Jacob, sag mir, wann ich zu dir nach Kopenhagen kommen kann, ich versuche bis dahin alles an neuen Informationen zu sammeln, die es im Zusammenhang mit dem Psycho-Stille-Syndrom gibt."

Nora wollte ihre Chance wahrnehmen. Es war so vordergründig für Jacob Specht. Doch andererseits war es für ihn durchaus ein Angebot für seine journalistische Arbeit.

„Ich melde mich, sobald ich aus Spanien zurück bin. Hab' noch ein bisschen Geduld. Ich nehme dein Angebot gerne an und freue mich auf unser Wiedersehen."

Er hörte, wie Nora begeistert durchatmete. Doch nun war es zu spät, die Einladung rückgängig zu machen. Außerdem, wer weiß, wofür dieses Treffen gut sein wird.

„Ich freue mich so sehr, dich wiederzusehen. Du gehst mir nie aus meinen Gedanken. Bis bald Jacob. Ich liebe dich!"

Er wollte noch etwas Relativierendes antworten, doch Nora hatte den Hörer aufgelegt, als befürchte sie eine negative Reaktion ihres Gesprächspartners.

„Ich liebe dich aber nicht", murmelte er leise.

Warum waren sie sich damals in Schleswig eigentlich so nahe gekommen? Sicher, Nora ist eine schöne Frau. Er überlegte, wie oft sie über Nacht bei ihm gewesen war.

Doch für wirkliche Liebe hatte es niemals ausgereicht. Im Grunde hatten sie nur ihre Einsamkeit miteinander geteilt. Zumindest empfand er es so im Nachhinein.

Er ordnete noch die letzten Dinge für seine morgige Abreise. Den fertig gepackten Koffer hatte er auf die Erde gelegt. Kultursachen und Laptop lege ich morgen früh rein. Jetzt werde ich noch ein wenig die Wohnung aufräumen und dabei überlegen, wie ich den Einleitungsartikel beenden kann.

Nachdem er alles an seinen Platz gelegt und die Wohnung noch einmal durchgesaugt hatte, setzte er sich an den Schreibtisch. Die Überschrift gefiel ihm immer noch nicht.

„Mehr zwischen Himmel und Erde – das Psycho-Stille-Syndrom". Das war keine Überschrift für eine Einleitung. Damit schrieb er schon Tatsachen fest, für die er noch keinerlei Ergebnisse vorlegen konnte.

Ich beginne mit den Kindern allgemein, beschloss er.

„Kinder: Keine Zukunft ohne sie!"

Das wird für jedermann nachvollziehbar sein. Für eine solche These braucht man keine Beweise. Sie ist in sich logisch und fassbar. Dazu passten auch viel besser die bereits geschriebenen Sätze über die Vereinzelung des Menschen in einer immer unsicherer werdenden egozentrierten Welt.

Die alten Menschen und besonders die Kinder seien dabei

doch die wirklichen Verlierer, meinte er.

Und so schloss er seinen ersten Beitrag an Svenska Dagbladet mit den Fragen: „Wie werden denn die Menschen in dem übersättigten Europa reagieren, wenn die Kinder nicht mehr so reagieren und funktionieren, wie man es bisher immer von ihnen gewohnt war? Ist dann ein Europa ohne funktionsfähige Kinder ein Europa ohne Zukunft?"

Nachdem Jacob Specht seinen Artikel noch einmal durchgelesen und einige geringfügige Korrekturen vorgenommen hatte, nickte er zufrieden. Diesen Text kann ich mit gutem Gewissen an Bengt Johansson senden. Das ist ein Anfang und die Fortsetzung kann ich mit der Fallbeschreibung von Kevin K. beginnen. Er war zufrieden und gönnte sich vor dem Schlafengehen noch ein Glas Rotwein und eine Zigarette, nachdem er den redigierten Text per E-Mail an Bengt Johansson abgeschickt hatte.

19

Maria Lindström hatte die Sektion Kaliningrad rechtzeitig über das Gespräch zwischen Sarah de Bloom und Jacob Specht in Café Fahlmans und das Treffen im Klättervägen unterrichtet. Ewgeni, Viktor, Ivan und Eugen waren in der Abwesenheit der Bibliothekarin in das Haus im Klättervägen vor dem Besuch von Jacob Specht eingedrungen. Die Wanzen waren schnell installiert. Spuren hinterließen sie niemals. Sie waren ein eingespieltes Team und auf Erfolg programmiert.

Die russische Sektion hatte ein primäres Interesse an wirkungsvollen Hilfen oder Mitteln. Das sogenannte Psycho-Stille-Syndrom hatte sich in Russland schon rasant ausgebreitet.

Die Medien waren zum Schweigen aufgefordert worden. Neben dem Alkohol- und Drogenproblem mit all seinen negativen Folgeerscheinungen konnte man sich in Russland nicht auch noch das Psycho-Stille-Syndrom leisten. Zu viele waren betroffen. Fieberhafte Forschungen und Versuche hatten keine Abhilfe geschaffen.

Im Gegenteil. Die Fassungslosigkeit, besonders auch in den reicheren Schichten der Bevölkerung, hatte zugenommen. Beim Alkohol- oder Drogenkonsum gab es jedenfalls die Möglichkeit des Entzugs und AIDS konnte man mit einer Tablettentherapie begegnen.

Bei dem Psycho-Stille-Syndrom gab es bisher nur Hilflosigkeit. Da sollte jeder Weg und jedes Mittel recht sein, um an eine wirkungsvolle Lösung des Problems zu kommen.

„Es scheint", so folgerte man in Kaliningrad, „dass Jacob Specht vermutlich einer Lösung auf der Spur ist, die das Problem umfassend bewältigen könnte."

Natürlich war man bestrebt, alle Mittel einzusetzen, um die Lösung herauszufinden. Kontrolle seiner Emails, Aufzeichnung seiner Gespräche mit anderen Personen. Unauffällige Verfolgung seiner Person, wo auch immer.

Die Sektion Kaliningrad scheute keinerlei Kosten und Aufwand. Alle Geheimdienstagenten waren umfassend geschult und ausgebildet und handelten in der Konsequenz unnachsichtig und wenn es sein musste mit brutalen Abschlussszenarien. Die menschlichen Eigenschaften wie Mitgefühl, Barmherzigkeit und Gnade gab es bei den Leuten aus Kaliningrad kaum. Zumindest gehörten diese Charakterzüge nicht zum Ausbildungsplan der Agentengruppe. Sie waren sich durchaus ihrer Bedeutung bewusst und entwickelten dabei einen Elitestatus, in dem sie mit großer Akribie und Begeisterung ihre Aufträge ausführten.

20

Jacob Specht landete am 25. Mai gegen 20:30 Uhr auf dem Flughafen in Barcelona. Als er mit seinem Gepäck in den Terminal kam, hielt ihn plötzlich jemand leicht am Jackenärmel fest. Er drehte sich um und sah in das blasse Gesicht eines hageren Mannes zwischen dreißig und vierzig. Er blickte ihn fragend an.

„Juan Braixos", stellte sich sein Gegenüber halblaut vor.

Specht nickte. Das muss der Katalane sein. Ein Mann mit diesem Namen sollte ihm den Schlüssel für Sarahs Wohnung überreichen.

„Sarah de Bloom", erwiderte er wie abgemacht, woraufhin ihm der Katalane mit einem Handschlag ein kleines Etui in die Hand fixierte.

„Ich werde mich umgehend wieder melden, es ist alles dabei", sagte er in fast akzentfreiem Deutsch und verschwand in der Menschenmenge, ehe Specht ein weiteres Wort an ihn richten konnte.

Jacob ließ das Etui mit dem Schlüssel in seine Manteltasche gleiten. In der nächsten Toilette fand er in dem Etui als Schlüsselbeigabe einen kleinen Zettel. Darauf stand eine Telefonnummer. Er lernte sie auswendig und zerriss das Stück Papier in kleine Schnitzel, die er in der Toilette wegspülte.

Es ist gut, wenn du so wenig Aufsehen wie möglich erregst und alle wichtigen Daten in deinem Kopf speicherst, sagte er sich. Das hatte auch Sarah ihm geraten, als er bei ihr im Klättervägen war.

Die Fahrt von Barcelona nach Cubelles dauerte im Taxi gut 45 Minuten. Der Taxifahrer wollte nur das Fahrziel wissen und stellte keine weiteren Fragen. Ein Gespräch wäre auch nicht möglich gewesen. Er hatte wohl schnell festgestellt, dass sein Fahrgast weder Spanisch noch Katalanisch sprach.

Gegen 22:30 Uhr erreichten sie Cubelles. Sie hielten in der Carrer Josep Tarradellas direkt hinter dem Gebäude, weil auf der Strandpromenade der Autoverkehr untersagt war, um in die Passeig Maritim 27 zu gelangen. Er bezahlte den Taxichauffeur, der wortlos das Geld einstrich und ohne Gruß davonfuhr.

Das dreistöckige Gebäude trug den bezeichnenden Namen Las Tres Carabellas. Mit drei Karavellen stach Kolumbus am 3. August 1492 mit seinem Flaggschiff, der Karacke *Santa Maria*, sowie den beiden Karavellen *Niña* und *Pinta* von Palos de la Frontera bei Huelva aus in See.

Ungesehen konnte er das Apartment Nr. 2 im 3. Stock betreten. Alle Rollos waren heruntergelassen. Kein Lichtstrahl fiel nach draußen, nachdem er den Schalter betätigt hatte. Auf der Promenade war es still um diese Zeit.

Nur das gleichmäßige Rauschen der Brandung war durch die geschlossenen Fenster zu hören. Specht stellte seinen Schalenkoffer in dem kleinen Wohnzimmer ab. Der Raum war mit schweren Pinienholzmöbeln ausgefüllt. Eine Anrichte stand an der Wand zur Balkonseite.

Vor dem großen Fenster zum Meer gruppierten sich um einen kleinen vierkantigen Tisch ein Sofa mit zwei Sesseln, einem Fernseher und einem CD-Player. Zur Küche hin war ein kleiner Esstisch mit drei Stühlen platziert. Die Wohnung war ganzflächig mit weißmelierten Terrazzoplatten ausgelegt und nur hier und da mit einigen kleinen Läufern bedeckt. Wahrscheinlich war es auf diesen Platten an heißen Tagen am erträglichsten. Es roch muffig, wie lange nicht gelüftet. Specht löschte das Licht, öffnete die Balkontür und trat hinaus. Nach einigen tiefen Atemzügen ging er wieder zurück ins Zimmer und ließ die Tür geöffnet.

Alles sah genauso aus, wie Sarah de Bloom ihr Ferienappartement beschrieben hatte, stellte er fest. Nachdem er seine Lederjacke abgelegt hatte, setzte er sich in einen Sessel und zündete sich eine Zigarette an.

An den Wänden hingen kleinere und größere Ölgemälde mit den unterschiedichsten Motiven. Dazwischen ein kleiner viereckiger und ein größerer runder Spiegel. Besonders beeindruckend war eine große Truhe aus Indonesien. Alle Seiten und der Truhendeckel waren mit reichhaltigen Schnitzereien versehen, die das Leben und den Glauben der Menschen in Indonesien widerspiegelten.

Nachdem Specht die Zigarette ausgedrückt hatte, ging er über einen schmalen Flur in die kleine Küche und stellte den Kühlschrank an. Er inspizierte das Badezimmer und das Schlafzimmer und überlegte, ob er wieder auf den Balkon gehen sollte. Doch er verwarf diesen Gedanken sofort wieder.

So wenig Aufsehen erregen wie möglich, nahm er sich vor. Hier werde ich sicherlich eine Zeitlang in Ruhe arbeiten und nachforschen können. Ein guter Platz zum Ordnen der Aufzeichnungen und Gedanken. Vielleicht werde ich hier die Antwort finden.

Müdigkeit erfasste ihn und das Verlangen, sich lang hinzulegen. Er zog die Schuhe aus und streckte sich auf der dreiteiligen Couch aus. Ein Windhauch glitt durch die offene Balkontür wie eine sanfte Berührung über sein Gesicht.

Er musste wieder an Sarah de Bloom denken.

Sarah de Bloom. Ohne sie wäre er jetzt nicht hier. Er versuchte sich ihr Bild ins Gedächtnis zu rufen. Ihre tiefblauen Augen, die schmale Nase und ihre vollen Lippen. Das blonde Haar, das ihre ebenmäßigen Gesichtszüge umrahmte. Doch allzu schnell wurden seine Gedanken an die Frau wieder von den Überlegungen an den eigentlichen Auftrag abgelöst. Gleich morgen früh werde ich mich auf den Weg machen und erste Erkundigungen einholen. Er konnte nicht ahnen, dass schon der nächste Morgen ihm eine herbe Überraschung bereiten würde.

Aus dem Schalenkoffer nahm er seine Lieblings-CD und legte sie in den Player. Nachdem er das Licht gelöscht und die Augen geschlossen hatte, genoss er Wolfgang Amadeus Mozarts Konzerte für Violine und Orchester Nr. 3 in G-Dur und Nr. 5 in A-Dur. Die Klänge füllten den Raum aus und entspannten und beruhigten ihn, zumal die Interpreten dieses Klassikers, die junge Anne-Sophie Mutter und die Berliner Philharmoniker unter Herbert von Karajan nach seiner Auffassung an Genialität und Frische nicht zu übertreffen waren.

Noch bevor die Schlussklänge das Wohnzimmer ausfüllten, war Jacob Specht auf der dreiteiligen Couch eingeschlafen. Der milde Maiwind vertrieb durch die geöffnete Balkontür die abgestandene Luft aus der Wohnung, was seinen tiefen Schlaf ungemein begünstigte.

Die breite Strandpromenade von Cubelles lädt zum Schlendern ein. Eingerahmt von zwei mächtigen Palmenreihen, über die man vom Balkon aus gerade noch hinwegblicken kann und von wo aus sich der Blick in der Weite des Mittelmeeres am Horizont verliert.
Zwischen den weißgeriffelten Promenadenplatten heben sich dunklere, angedeutete Wellenstrukturen ab. Kinder hüpfen die Wellenbewegungen entlang, dem Menschenstrom entgegen, der sich an Wochenenden schwatzend und gestikulierend auf-und abbewegt.
Die kastenförmigen, meist hell verputzten Gebäude sind zur Seeseite mit großzügigen Balkonen ausgestattet. Dort kann man an lauen Abenden die Paella servieren oder sich mit Vino Tinto zuprosten.
Der Sandstrand wölbt sich breitflächig bis an die Promenadenmauer. An heißen Tagen, besonders aber an Wochenenden, findet man kaum einen Liegeplatz. Weiße Segel kreuzen gegen den Wind oder jagen mit voll aufgeblähten Flächen über das ufernahe Meer.

Cubelles hat einen berühmten Sohn. Charlie Rivel oder auch als Akrobat Schööön bekannt. Charlie Rivel, so sein Künstlername, wurde als Josep Andreu 1896 in Cubelles geboren. Sein Vater war Katalane und seine Mutter Französin. Das Baby wurde in der Ekklesia de Santa Maria de Cubelles getauft. Die Eltern blieben nur einige Tage in Cubelles und machten sich dann auf den Weg nach Frankreich.

1954 besuchte Charlie Rivel zum ersten Mal Cubelles. Er versprach, zurückzukommen. Das tat er auch. Er ließ sich später in Cubelles nieder. Eine Straße wurde nach ihm benannt und eine Schule. Ein Denkmal wurde für ihn errichtet. Als er 1983 als einer der größten Clowns der Zirkusgeschichte starb, hat man ihn in einem aufwändigen Sarkophag auf dem Friedhof von Cubelles beigesetzt.

Jacob Specht wusste zu diesem Zeitpunkt noch nicht, dass er in Kürze bei seinen Nachforschungen den Friedhof von Cubelles näher kennen lernen und einige überraschende und sehr irritierende Entdeckungen machen würde.

22

An diesem Morgen war der Himmel über Cubelles strahlend blau. Nur vereinzelte Haufenwolken schoben sich über das wie Gold gleißende Wasser des Mittelmeeres.
Obwohl ein scharfer Wind vom Land her gegen das Meer blies, schlugen die Wellen aus entgegengesetzter Richtung in regelmäßiger Eintönigkeit auf den Sandstrand.

Die hoch aufgerichteten Blätter der mächtigen Palmen entlang der Strandpromenade flatterten verwirrt durcheinander, als könnten sie dem Kontrast des unruhigen Wellenganges von See her und dem scharfen Wind von Land her nur mit Irritation begegnen.

Einige Jogger liefen in monotoner Gleichgültigkeit den Strandweg entlang. Männer trugen Baguettes unter dem Arm und eilten einer frischen Tasse Kaffee oder einem Espresso entgegen. Vereinzelt waren die Tische vor den Bars und Restaurants besetzt. Frauen blickten den Menschen nach, die vorbeischlenderten. Männer vertieften sich in Tageszeitungen und tauchten gelegentlich ein Stück Croissant in den Café con leche.

Als Jacob Specht an diesem Morgen sein Meterbrot aus der kleinen Bäckerei in der Carrier Girona abholte, spürte er, dass irgendetwas nicht in das gewohnte Bild passte. Ein Schauspiel der Natur. Der Sturm vom Meer her schien außer Kontrolle geraten zu sein. Die Fluten wechselten ihre Farben von grün bis strahlend blau und dann wieder in ein diffuses Anthrazit. Das gleichmäßige Rauschen der Brandung war in ein wildes Tosen übergegangen. Die Wellen wurden aus verschiedenen Richtungen gegen den Strand gepeitscht. Die Palmenzweige bäumten sich gegen Nordost.

Als Jacob Specht in sein Appartement treten wollte, fand er ein geschlossenes Kuvert an die Eingangstür geheftet. Er riss es mit dem Klebestreifen von der Tür. Unverzüglich ging er auf den Balkon und schaute prüfend auf die Promenade. Ihm fielen keine auffälligen Personen ins Auge. Eine ältere Frau mit zwei kleinen Hunden. Ein Mann, der dickbäuchig mit einem Buch unter dem Arm vorbeischlenderte. Eine junge Frau, die sich mit zwei unruhigen Kindern abmühte. Er setzte sich auf den Balkonstuhl und öffnete das Kuvert. Auf einem weißen Zettel standen nur drei in deutscher Sprache verfasste Sätze: „Gehen Sie zum Cementiri an der Carrer Mossèn Miquel Corti. Das Grab von Juan Braixos liegt im ersten Grabgebäude in der zweiten Reihe. Bedenken Sie seinen Tod!"

Er wählte die Telefonnummer, die im Schlüsseletui gewesen war, und die er auswendig gelernt hatte. Es meldete sich die Mailbox von Juan Braixos. Jacob Specht durchfuhr es. Was hatte das zu bedeuten.

Wieso war der Mann, der ihm am Flughafen von Barcelona im Auftrag von Sarah de Bloom die Appartementschlüssel übergeben hatte, plötzlich verstorben? Und wer hatte ihm die Nachricht an die Tür geheftet? Er wählte Sarahs Handynummer. Auch hier meldete sich nur die Mailbox.

„Sarah, bitte, rufe sofort zurück, Juan Braixos ist verstorben!"

Nach dem Frühstück suchte er in dem Stadtplan von Cubelles, den er auf der Anrichte gefunden hatte, den Friedhof. Er lag im Stadtteil Santa Maria außerhalb bewohnbarer Bebauung. Einen Fußweg von einer knappen Stunde schätzte er. Von seiner Wohnung aus ging er bis zum Plaza del Santa Maria. Von dort schaffte er es über die Carrer Nou am Stadtrand entlang bis zur Carrer Mossèn Miquel Corti und weiter bis zum Friedhof in gut fünfzig Minuten.

Der Cementiri war unterhalb des Stadtrandes in einer Senke angelegt. Er war mit einer hohen Mauer umgeben. Das große schmiedeeiserne Tor stand offen. Die Verstorbenen waren in vier Reihen übereinander in oberirdischen Grabhäusern bestattet. Jedes Grab war mit einer Inschriftenplatte verschlossen. Davor gab es eine Halterung mit einer Plastikvase, in die man frische Blumen stellen konnte.

Jacob Specht fand sehr schnell am ersten Grabgebäude in der zweiten Reihe das Grab von Juan Braixos. Geboren am 17. August 1974, verstorben am 25. Mai 2019. Dann ist er ja noch am gleichen Tag zu Tode gekommen, an dem ich in Barcelona gelandet bin, also gestern, schoss es ihm durch den Kopf. Und schon liegt er hier bestattet?

Er versuchte, aus der schwarzen glatt geschliffenen Marmorplatte mit der goldenen Inschrift weitere Informationen zu entnehmen. Aber außer einem eingravierten Palmenwedel und dem Namen mit dem Geburts- und Sterbedatum gab es keine weiteren Hinweise auf das schnelle Dahinscheiden des Juan Braixos.

Er versuchte sich das blasse Gesicht und die hagere Gestalt des Mannes ins Gedächtnis zu rufen. Es gelang ihm nur dürftig. Er hatte ihn ja auch nur sehr kurz am Flughafen in Barcelona gesehen. Wie konnte es nur passieren, dass Juan Braixos nicht mehr lebte?

Ein Friedhofsarbeiter mit einer Karre voller vertrockneter Blumensträuße näherte sich auf dem mit kleinen weißen Steinen ausgefüllten Weg. Jacob Specht machte einen schnellen Schritt auf ihn zu und stellte sich ihm in den Weg: „Do you remember the burial of Juan Braixos?", fragte er und zeigte etwas hilflos auf die Grabplatte in der zweiten Reihe. Er bemerkte sofort, dass der Mann kein Englisch verstand, deshalb versuchte er es noch einmal auf Deutsch.

„Entschuldigung, können Sie mir weiterhelfen? Können Sie sich an die Beerdigung von Juan Braixos erinnern? Gestern noch oder heute früh?
Der Friedhofsarbeiter zuckte mit den Schultern.
„Nix verstehen!" Specht reagierte schnell.

„Natürlich, Sie verstehen sicherlich etwas Deutsch!" Der Mann starrte ihn an. Nach einer Weile nickte er stumm mit dem Kopf und blickte unsicher auf das Grab von Juan Braixos. Specht wiederholte sein Anliegen.
„Ich würde gerne wissen, ob Sie bei der Beerdigung von Juan Braixos in der Nähe waren? Immerhin habe ich ihn an seinem Sterbetag noch lebend angetroffen!"
Jacob Specht bemerkte, wie verwirrend er mit seinen Informationen auf den Friedhofsarbeiter wirken musste.
Der Mann zuckte wiederum nur mit den Schultern und blickte verstört von der Grabplatte zu seinem Gegenüber und umgekehrt.
„Kann nix dazu sagen. Nix gesehen. Mache Arbeit hier. War keine Beerdigung. Gestern nicht und nicht heute Morgen. Auch nachts keine Beerdigung. Muss weiter nun!"
Als er mit seinem Karren davonschob, schüttelte er alle paar Meter verständnislos den Kopf über den verwirrten Ausländer.
Specht warf noch einen Blick auf die Grabplatte von Juan Braixos und verließ zutiefst irritiert den Friedhof. Sollte er sofort zur Polizei gehen? War hier ein Verbrechen geschehen? Man stirbt doch nicht, um innerhalb weniger Stunden beerdigt zu werden.

Was hatte das alles zu bedeuten? Juan Braixos! Er wollte sich doch noch mit mir treffen. Nun ist er tot und schon beerdigt. Welche Informationen hatte er für mich? Er registrierte die Aussichtslosigkeit seiner Recherchen und beschloss, in das Appartement in der Paseo Maritimo zurückzukehren.

Als er am späten Nachmittag in Sarahs Ferienwohnung saß und vom Balkon aus auf das gleißende Meer hinausblickte, fühlte er doppelt stark die Widersprüchlichkeit der Ereignisse. Warum mussten der Schönheit dieses Anblicks und seine Recherchen über das Mosaikzeichen schon mit einem Toten begleitet werden.

Er schloss seinen Laptop an und verfasste einen kurzen Bericht über den Ablauf der Geschehnisse, den er als E-Mail an Bengt Johansson und an Sarah de Bloom sendete.
Es dauerte keine halbe Stunde, als Bengt ihm antwortete.
    „Wende dich direkt an Pater Antonio Martinez. Er wohnt im Pfarrhaus neben der Ekklesia de Santa Maria de Cubelles. Der Pater erwartet dich".

23

Antonio Martinez war ein fast zwei Meter großer Mann, dessen Körperfülle sich vorteilhaft auf seine Körperlänge verteilte. Trotz seiner einhundertachtzehn Kilo wirkte er mit seinen zweiundsiebzig Jahren sportlich durchtrainiert. Das war er auch. Mindestens einmal am Tag schwamm er eine halbe Stunde im Mittelmeer. Egal, ob das Wasser eine Temperatur von achtzehn oder vierundzwanzig Grad hatte. Dichtes silberglänzendes Haar fiel bis auf seinen Hemdkragen und bedeckte die Ohren. Seine gütigen Augen und die schmale aristokratische Nase wurden von einem gepflegten graumelierten Vollbart umrahmt. Als er Jacob Specht begrüßte, spürte er einen festen, aber durchaus nicht unangenehmen Händedruck, der die optische Vitalität des Mannes unterstrich.

„Kommen Sie nur herein", begrüßte er den Besucher in klarem Deutsch mit leichter Hamburger Färbung. Er lächelte Specht freundlich an.

„Ich bin über Ihr Kommen schon informiert und habe Sie erwartet."

Specht konnte sein Erstaunen kaum verbergen. Diese imposante Gestalt und dann die Begrüßung in fehlerfreiem Deutsch mit leichtem Hamburger Einschlag.

Martinez hatte sein Lächeln beibehalten, als habe er das Erstaunen bei Jacob Specht von vornherein einkalkuliert.

„Zehn Jahre Hamburger Diaspora, Katholisches Pfarramt St. Joseph auf der Großen Freiheit 1. Da lernt man schon ein bisschen Deutsch, auch, wenn sich die Gesprächspartner nicht immer auf hohem Niveau bewegten."

Sein Schmunzeln ließ seine Lachfalten etwas deutlicher hervortreten.

„Ein fröhlicher Mensch", dachte Specht für einen Moment, ein Gedanke, der ihm die Ernsthaftigkeit seines Anliegens in den Hintergrund drängte.

Der Pater führte ihn durch eine große halbverglaste Flügeltür ins Haus. Ein gemauerter Rundbogen rahmte sie nach oben hin ab. Rechts und links vor der Eingangstür standen wie Wachposten in einem schmalen Vorgarten zwei mächtigen Palmen.

Über einen braunschwarz gefliesten Flur gelangten sie in das Arbeitszimmer des Geistlichen, in dem es angenehm kühl war.

„Bitte, setzen Sie sich doch", sagte er mit einer verbindlichen Geste und wies auf eine Ledersesselgruppe, die um einen runden Eichentisch unter dem Fenster zur Gartenseite hin platziert war.

„Ich werde uns einen frischen Kaffee machen lassen, wenn Sie mögen".

„Ja gern, vielen Dank."

Der Pater verschwand aus dem Raum. Specht schaute sich um. Drei Wandseiten, sogar über der Tür, waren mit Regalen voller Bücher ausgefüllt. Der schwere Schreibtisch aus dunkler Eiche war so gestellt, dass beim Schreiben das Licht durch das Fenster in die Innenfläche der rechten Hand fiel und sie so keinen Schatten auf das Papier werfen konnte. Er ist also Rechtshänder, dachte Specht.

Auf dem Schreibtisch hatte alles seinen Platz. Die braunlederne Schreibunterlage in der Mitte. Dahinter eine Federschale aus schwarzem Marmor mit mehreren Fächern. Rechts davon ein weißer Totenkopf, der echt zu sein schien und links ein Strauß duftender blauer Lavendel in einer schmalen silbernen Vase. Auf der Schreibunterlage eine aufgeschlagene Bibel in schwarzem Ledereinband.

Martinez kam wieder ins Zimmer. Er lächelte immer noch.

„Beinahe hätten wir noch Milch besorgen müssen. Sie nehmen doch Milch in den Kaffee?"

Specht nickte.

„Ja bitte und keinen Zucker."

Zucker gehörte grundsätzlich nicht zu seinem Speiseplan, aus Gesundheitsgründen. Der Pater setzte sich in den Sessel, der mit der Lehne zur Bücherwand stand, so dass seine Gesichtszüge nicht unmittelbar vom Tageslicht erhellt wurden.

„Ihr aktuelles Problem ist Juan Braixos, wie mir berichtet wurde."

„Eigentlich nur zweitrangig, obwohl mich die Ereignisse um diesen Mann schon sehr beschäftigen. Deshalb würde ich mit Ihnen zuerst gerne über Juan Braixos sprechen. Mein eigentliches Anliegen ist das Mosaikzeichen von Cubelles. Ich hoffe sehr, dass Sie mir darüber einiges berichten können."

Er bemerkte, wie der Pater bei seinem zweiten Anliegen seine buschigen Augenbrauen leicht nach oben zog, doch sofort wieder in eine Mimik des allgemeinen Interesses verfiel.

„Übrigens, falls es Sie interessiert, Bengt Johansson kenne ich von einem Besuch in Schweden. Wir sind uns in Helsingborg im Café Fahlmans begegnet und er konnte mir einige interessante Informationen über Schweden geben. Aus erster Hand sozusagen. Eine beeindruckende Persönlichkeit übrigens, dieser Johansson. Er hat mich dann noch mal in Hamburg besucht und ich konnte ihm dort ein wenig als Fremdenführer zur Hand gehen."

„Wie klein doch die Welt ist", kommentierte Specht kurz die Anmerkungen des Paters über den Schweden Bengt Johansson. Er selbst war über den Leiter der Filiale von Svenska Dagbladet in Südschweden etwas anderer Meinung. Doch das gehörte nicht hierhin.

Ziemlich detailliert berichtete er dem Geistlichen dann seine Begegnung mit Juan Braixos und der Tatsache, dass dieser nun auf dem Friedhof von Cubelles in der zweiten Reihe eines Totenhauses liegen soll.

„Juan Braixos ist mir bekannt", begann Antonio Martinez. „Ich kenne ihn seit vielen Jahren als ein treues Mitglied unserer Gemeinde. Auch wenn ich jetzt nicht mehr so häufig predige, so hatten wir doch immer wieder einen freundschaftlichen Kontakt, der über die offiziellen Gottesdienste hinausging. Es erstaunt mich schon sehr, dass er nicht mehr unter den Lebenden sein soll. Gestatten Sie mir, dass ich kurz einmal telefoniere."

Er nahm den Hörer und wählte eine Nummer. Offenbar meldete sich der Gesprächsteilnehmer sofort.

Zumindest konnte er heraushören, dass der Pater spanisch mit der Gegenseite sprach und nicht katalonisch.

Die Haushälterin des Geistlichen kam mit einem Tablett herein.

Wohl gut zehn Jahre jünger als der Pater, vermutete Specht. Eine zierliche Person mit klaren Gesichtszügen und straff nach hinten gekämmten Haaren, die sie zu einem Knoten geflochten hatte.

Sie platzierte die Tassen vor den beiden Männern. Die Kaffeekanne stellte sie zusammen mit etwas Kleingebäck und einem silbernen Milchkännchen in die Mitte des Tisches. Mit einem fast schüchternen Lächeln nickte sie dem Gast zu.

„Gracias Maria", bedankte sich der Pater, der inzwischen sein Gespräch beendet und den Telefonhörer aufgelegt hatte. Das gleiche schüchterne Lächeln erhielt auch Antonio Martinez, bevor sie den Raum verließ.

„Also ich habe den Polizeichef des Ortes angerufen und ihn gebeten, die Sache mit Juan Braixos zu überprüfen. Jedenfalls klingt es schon recht merkwürdig, was Sie mir da berichtet haben. Er hat mir versprochen, den Fall näher zu untersuchen. Doch kommen wir jetzt zu Ihrem zweiten Anliegen, dem Mosaikzeichen von Cubelles. Auch dazu kann ich einiges sagen und auch diese Angelegenheit hat mit einer Person zu tun, die ich ebenfalls recht gut kannte. Carlos Lindenburg. Ein Mann mit spanischer Mutter und deutschem Vater."

Martinez nahm die Kanne und schenkte den Kaffee ein.

„Also Carlos Lindenburg war eine ganz außergewöhnliche Persönlichkeit. Eines Tages saß er in der Kirche in der letzten Reihe. Er fiel mir dadurch auf, dass er beim Beten die Hände hob und die Augen geschlossen hatte. Für mich war dieser Anblick nicht überraschend. Besonders in meiner Hamburger Dienstzeit sind mir die außergewöhnlichsten Menschen begegnet. Jeder lebt nun mal seinen Glauben in der ihm eigenen individuellen Art und Weise. Und in Jesus Christus treffen wir ja alle wieder zusammen. Er ist die Mitte unseres Friedens." Jacob Specht folgte sehr aufmerksam den Ausführungen des Paters.

„Ein erstes tiefgreifendes Ereignis erfuhren wir, als Maria Gracias Soares geheilt wurde. Sie wurde wie immer in ihrem Rollstuhl in die Kirche geschoben. Seit dem vierten Lebensjahr konnte sie nach einer Kinderlähmung ihre Beine nicht mehr bewegen."

Der Pater machte eine kleine Pause, als wollte er sich die Situation noch einmal deutlicher vor Augen führen.

„Also Carlos Lindenburg stand wie immer in der letzten Reihe, hatte die Hände erhoben und hielt mit geschlossenen Augen seine stille Zwiesprache mit Gott. Als Maria Gracias Soares an Lindenburg vorbeigeschoben wurde, stieß sie plötzlich einen schrillen Schrei aus. Die schon anwesenden Gottesdienstbesucher drehten sich zu ihr um. Der Rollstuhl stand da, aber er war leer. Maria hatte sich aus ihm erhoben und ging mit zaghaften Schritten den Mittelgang entlang auf den Altar zu. Auf den Stufen vor dem Altar kniete sie sich nieder und pries laut den Namen Jesus. Ihm dankte sie laut schluchzend für ihre Heilung. Ein Wunder war geschehen. Maria Gracias Soares konnte wieder gehen."

Martinez schwieg eine Weile und fuhr dann fort.

„Später berichtete mir Maria, dass sie in dem Moment, als sie an Carlos Lindenburg vorüber geschoben wurde, von einer Kraft erfasst wurde, die sie von den Haarspitzen bis zu den Fußspitzen durchdrang. Ihre Beine wurden mit Leben und Kraft erfüllt und sie konnte sich aus ihrem Rollstuhl erheben. Nach diesem Ereignis wurde sie natürlich verschiedenen Ärzten vorgestellt. Jedoch konnte keiner eine wirkliche Erklärung für diese plötzliche Heilung abgeben. Man blieb dabei. Es musste ein Wunder Gottes gewesen sein, das die junge Frau erlebt hatte. Später sprach ich mit Lindenburg. Er war plötzlich von der hintersten Reihe ins Rampenlicht gerückt. Das war ihm zutiefst unangenehm. Doch Maria Soares konnte es nicht lassen, seinen Namen immer wieder im Zusammenhang mit ihrer Heilung zu nennen."

„Ich bin ein fehlbarer Mensch wie jeder andere auch und von Gottes Gnade abhängig", sagte er mir, als ich mit ihm sprach. „Nur Gott kann spontan heilen, ein Mensch kann so etwas nicht. Doch die Kraft Gottes kann durch einen Menschen hindurchwirken. Das ist möglich. Zumindest gibt die Bibel darüber eindeutige Aussagen und viele Beispiele. Der Herr ist Geist und da wo der Geist Herr ist, da ist Freiheit. Freiheit von der Angst, vor dem Tod, vor der Krankheit."

„Carlos Lindenburg hatte mich neugierig gemacht. Ich fing an, in meiner Bibel neu zu forschen. Und ich sage Ihnen, von da an wurde sie mir zum spannendsten aller Bücher, ein richtiger Thriller. Es betrübt mich beinahe, dass ich dieses Buch all die Jahre meines Dienstes überwiegend nur von einer intellektuellen Seite her betrachtet und genutzt habe."

Jacob Specht rutschte ein wenig unruhig in seinem Sessel hin und her.

„Ja und in welchem Zusammenhang steht denn nun das Mosaikzeichen von Cubelles mit Carlos Lindenburg?"

Der Pater trank seinen Kaffee aus.

„Leider habe ich in einer halben Stunde einen Termin, auf den ich mich noch vorbereiten muss. Wenn es Ihnen recht ist, dann schauen Sie morgen wieder bei mir vorbei. Sagen wir so gegen zehn. Ich werde Sie dann weiter über das Mosaikzeichen aufklären."

Specht nickte zustimmend.

„Vielen Dank, dass Sie sich die Mühe machen wollen. Ich komme gern wieder, zumal ich sehr an weiteren Hinweisen und Informationen interessiert bin. Das Mosaikzeichen von Cubelles ist ja der eigentliche Grund, warum ich in ihre Stadt gekommen bin und meine Recherchen anstelle."

Die Männer hatten sich erhoben und Pater Martinez geleitete seinen Gast zum Ausgang. Specht gab ihm seine Visitenkarte mit Handynummer.

„Ich denke, dass ich Ihnen noch einige aufschlussreiche Informationen geben kann", versicherte der Pater seinem Gast und drückte ihm herzlich die Hand, als er sich vor der Tür von ihm verabschiedete.

Specht dankte ihm noch mal mit einem freundlichen Lächeln und machte sich auf den Weg in die Paseo Maritimo zu seinem Appartement.

Unterwegs kaufte er sich ein Meterbrot, ein gegrilltes halbes Hähnchen, eine Honigmelone und eine Flasche Rotwein.

24

Sarah hatte auf seine E-Mail geantwortet. Sehr nüchtern, wie ihm schien. Fast teilnahmslos. Oder war sie einfach nur unter Zeitdruck und konnte ihm nicht ausführlicher schreiben?

„Wende dich bitte direkt an die örtliche Polizei. Sie wird sicherlich eine Erklärung dafür finden, warum Juan Braixos so überraschend verstorben ist. Sollte sich keine Aufklärung ergeben, denke bitte daran, den Schlüssel, den du von ihm erhalten hast, nach Beendigung deiner Recherchen mitzubringen."

Er öffnete die Balkontür. Eine frische Brise drang vom Mittelmeer her ins Zimmer. In der Ferne durchzogen weiße Segel den Horizont. Am Strand hockten Menschen und redeten miteinander. Andere spielten Volleyball ohne Feldbegrenzung und Netz und wieder andere wanderten die Wasser-Strandlinie entlang und kühlten sich die Füße.

Auf der Uferpromenade schlenderte ein Pärchen eng umschlungen. Sie war etwas kleiner als der Mann und hatte lange schwarze Haare. Ihre Gesichtszüge schienen eine gewisse Ähnlichkeit mit Anita zu haben. Sie wiegte leichtfüßig ihre Hüften. Er konnte beobachten, wie sie sich angeregt mit dem Mann unterhielt.

Anita Fehlin. Er empfand plötzlich eine starke Sehnsucht nach dieser Frau und spürte, wie sehr er ihre Nähe vermisste. Vielleicht werde ich sie anrufen, überlegte er. Ihre Stimme hören. Er setzte sich auf dem Balkon in einen weißen Plastikstuhl und streckte die Beine lang aus. Deutlich sah er ihre bernsteinfarbenen Augen vor sich, ihre ebenmäßigen glatten Gesichtszüge, die vollen roten Lippen. Er stellte sich vor, sie in den Arm zu nehmen, ganz eng, ihr Gesicht zu streicheln, ihre Augen und ihren Mund zu küssen. Aber vor allem vermisste er ihre direkte Art, mit ihm zu reden. Es ist mehr als nur eine Schwärmerei, dachte er. Ich möchte sie einfach wiedersehen und ihr sagen, was ich wirklich für sie empfinde.

Er erinnerte sich an das Café Ibiza im Frederikssundsvej in Kopenhagen. Die wenigen Momente, wo sie in selbstverständlicher Vertrautheit beieinander saßen. Dieses erste Sich-Kennen-Lernen. Das sich Aufeinander-Zubewegen, aber dabei schmerzlich empfinden zu müssen, dass der Abstand zwischen zwei Menschen noch unendlich groß sein kann.

„Anita, ich liebe Dich", sagte er halblaut und hoffte, dass sie es irgendwie hören oder zumindest verspüren müsste, was er für sie empfand.

Er wusste genau, dass ihm im Moment die richtigen Worte bei einem Anruf fehlen würden. Später, dachte er. Später werde ich sie anrufen. Oder vielleicht morgen, wenn ich mehr weiß über das *Mosaikzeichen von Cubelles*. Er beobachtete, wie die Sonne langsam im Meer versank und sich in einer tausendfachen Feuerglut aus Rot und Orange am Horizont verteilte.

Er stellte fest, wie hungrig er inzwischen geworden war und machte sich über das halbe Hähnchen und das Meterbrot her. Dazu trank er den Rotwein aus einem Wasserglas.
Als er später am Abend gegen halb elf noch ein wenig auf der Promenade entlangschlenderte, fiel ihm auf, dass er nur noch wenigen Menschen begegnete. Einzelne Appartements waren erleuchtet. In seinem Ferienhochhaus mit den drei Stockwerken brannte nur in der Parterrewohnung links neben dem Haupteingang Licht. Alle anderen Appartements schienen außer dem seinen unbewohnt zu sein. Das lag wohl daran, dass noch keine Ferienzeit in Spanien war. Als er in die Wohnung zurückkehrte, klingelte sein Handy. Pater

Martinez war am Apparat.

„Es gibt Neues über Juan Braixos zu berichten. Erstaunliches hat mir der Chef der örtlichen Polizeistation, Marcos Miranda, über diesen Mann mitgeteilt."

„Was ist mit ihm?", fragte Specht neugierig.

„Nicht jetzt am Telefon, morgen, morgen kann ich Ihnen mehr dazu sagen. Nur so viel: Die Grabstelle ist untersucht worden. Kommen Sie doch morgen schon um neun vorbei, da ich später durch einen Termin verhindert bin. Gute Nacht, schlafen Sie gut und schließen Sie ihre Eingangstür zusätzlich mit der Sicherheitssperre. Man kann nie wissen!"

„Gute Nacht, bis morgen", sagte Specht noch, doch der Pater hatte schon aufgelegt.

Er war sich nicht sicher, ob der Anruf des Geistlichen seine Gedankenwelt günstig beeinflusst hatte und ihm einen ruhigen Schlaf bescheren würde. Er überprüfte das zusätzliche Sicherheitsschloss.

Nach einer letzten Zigarette und einem Glas Rotwein auf dem Balkon ging er ins Bett. In seiner kleinen Taschenbibel, die er sich vor seiner Abreise besorgt hatte, suchte er nach einem Wort, das ihm seine innere Unruhe nehmen könnte. Seine Mutter hatte diese Praxis immer angewendet und auch ihn für die Stresssituationen seines Lebens ermutigt, so zu handeln. Im 1. Petrusbrief Kapitel 5 Vers 7 las er: *„Alle eure Sorge werfet auf ihn; denn er sorgt für euch."*

Er wusste genau, wer mit *„ihn"* gemeint war. Jesus Christus. Die Unverbindlichkeit seines Glaubens berührte ihn schmerzhaft.

Wie kann ich meine Sorgen auf jemanden werfen, den ich nicht sehe oder wenigstens spüre und an den ich schon gar nicht glaube?

Mutter, irgendetwas fehlt, das du mir hättest mitgeben können oder zumindest verraten müssen. Ich kann nicht so glauben, wie du es konntest. Und nun kannst du es mir nicht mehr sagen. Indem er noch eine Zeit lang über seine Mutter nachdachte, schlief er ein.

Gegen zwei Uhr dreißig in der Nacht trat eine schwarz gekleidete Gestalt mit schwarzen Fingerhandschuhen in das Treppenhaus. Die Eingangstür war nur angelehnt. Eine eng anliegende Kapuze mit Augenschlitzen verdeckte das Gesicht. Leichtfüßig eilte sie die drei Stockwerke hinauf und weiter bis auf die Dachterrasse.

Dort nahm sie ein zusammengerolltes Seil von der Schulter. Fachmännisch wickelte sie das Seil zweimal um das Stahlgeländer und sicherte es mit einem Karabinerhaken. Von der Dachterrasse aus turnte die Gestalt lautlos auf den Balkon des dritten Stockwerkes herab.
Sie nickte zufrieden, als sie feststellte, dass die gläserne Balkontür nur gekippt war. Aus einem Rucksack nahm die Person ein dünnes Stahlseil mit einer Schlaufe. Das Seil schob sie über die gekippte Tür und hakte die Schlaufe gekonnt über den Verriegelungsgriff. Dann zog sie die Tür so weit zu sich heran, dass sie mit dem Stahlseil den Verriegelungsgriff in eine Querstellung ziehen konnte. Lautlos öffnete die Gestalt die Balkontür und trat ins Wohnzimmer. Auf der Anrichte legte sie einen flachen, in braunem Packpapier eingewickelten Karton ab.
Beim Hinausgehen, rollte sie das dünne Stahlseil über der linken Hand zusammen und steckte es in den Rucksack. Dann turnte sie gekonnt wieder auf die Dachterrasse, um über das Treppenhaus zu verschwinden. Die ganze Aktion hatte gerademal zehn Minuten gedauert. Jakob Specht schlief tief und fest.

25

Als Jakob Specht am nächsten Morgen nach einem aus-
giebigen Duschbad ins Wohnzimmer trat, fiel ihm sofort das
Päckchen auf der Anrichte auf. Er eilte spontan zur
Eingangstür und überprüfte die Verriegelung. Unverändert,
die Tür war absolut gesichert.

Er ging zur Balkontür. Nicht verriegelt. Er überlegte
angestrengt und war sich sicher, dass er sie in gekipptem
Zustand vor dem Schlafengehen belassen hatte. Wegen der
frischen Luft. Auf dem Balkon konnte er keinerlei ver-
dächtige Spuren entdecken. Er schaute nach oben zur
Brüstung der Dachterrasse. Von dort könnte jemand her-
untergekommen sein, vermutete er. Er ging ins Wohnzimmer zurück und nahm das Päckchen in die Hand. Knapp
tausend Gramm schätze er. Sprengstoff? Auf das braune
Packpapier hatte man seinen Namen und die Appartement-
adresse geschrieben. Der Absender war nur mit zwei Buchstaben bezeichnet. B.J. Er schmunzelte. Bengt Johansson.
Oder?

Vorsichtig öffnete er die Verpackung. Eine solide schwarz
gefärbte Pappschachtel kam zum Vorschein. Behutsam hob
er den Deckel ab. Zunächst kamen verschiedene amtlich
aussehende Papiere zu Vorschein. Die offiziellen Nach-
weise, dass Jakob Specht sowohl dem Sportschützenverein
København als auch der Sportschützenvereinigung Barcelona angehöre. Darunter lagen in einem rot gepolsterten
ausgeformten Hohlraum eine schwarz-brünette Pistole, ein
mit 9mm-Patronen gefülltes Ersatzmagazin und verschiedene Reinigungsutensilien. Das Magazin fasste 16 Patronen.
Am vorderen Ende des Laufes war Walther CP99 eingra-
viert.

Er nahm sie aus dem Karton heraus. Sie lag gut in der Hand und wirkte mit achtzehn Zentimetern Gesamtlänge nicht übermäßig groß. In einer beigefügten Beschreibung wird die Waffe als Rückstosslader mit dem Verriegelungssystem eines Brownings beschrieben. Neben drei automatischen Sicherungssystemen kann der Schütze den Schlagbolzen durch einen Knopf in Ruhelage bringen. Am hinteren Teil des Griffs war durch eine Verdickung ein Rückstossdämpfer eingearbeitet. Nach Erfahrungsberichten sei die Pistole sehr zuverlässig und präzise, vor allem die 9mm-Ausführung.

Nun bin ich also bewaffnet, dachte Specht. Bengt Johansson hatte es nicht bei der Vorwarnung belassen, sondern dafür gesorgt, dass er in den Besitz der Pistole und den nötigen Legitimationspapieren kam. Ich glaube kaum, dass ich sie gebrauchen werde.

Er legte sie in den Pappkarton zurück und verstaute die Waffe ganz hinten in der untersten Schublade der Anrichte.

Im Osten verteilten sich die Sonnenstrahlen silbern glitzernd über das Mittelmeer. Es wird ein schöner Tag. Specht holte sich vom Bäcker zwei Croissants, ein Meterbrot, einen Liter Milch, ein Paket Kaffee, ein Glas Erdbeermarmelade, ein halbes Pfund Butter, einen Schnittkäse und ein Glas Joghurt.

Nachdem er in Ruhe auf dem Balkon gefrühstückt hatte, machte er sich nach einer abschließenden Zigarette auf den Weg in die Innenstadt. Er war gespannt, was ihm Pater Martinez zu berichten hatte.

26

Als er klingelte, schien ihn der Pater schon erwartet zu haben. Er öffnete sofort die Tür, fasste ihn leicht am Arm und zog ihn in den Flur.

„Kommen Sie gleich mit in mein Büro, es gibt interessante Neuigkeiten!" Kaffee und etwas Gebäck waren bereitgestellt. Specht setzte sich in den Sessel. Der Pater schenkte ihm den Kaffee in die Tasse. Dabei bemerkte er, dass die Hände des Geistlichen leicht zitterten.

„Also stellen Sie sich vor", begann Antonio Martinez, „man hat ihn nicht gefunden!"

„Wen hat man nicht gefunden?"

„Na ja, den Juan Braixos. Seine Urne war nicht mehr in dem Grab oder ist vielleicht darinnen auch niemals gewesen. Alles nur ein böser Scherz, den sich irgendwelche Leute aus irgendwelchen Gründen erlaubt haben. Ich kann mir das alles nicht anders erklären, und wo befindet sich denn nun der Juan? Ist er noch lebendig, oder ist er wirklich schon tot? Was sollte dieser Blödsinn mit der Grabplatte? Damit macht man doch keine Witze!"

Es sprudelte nur so heraus aus dem Pater und man merkte, dass ihn die ganze Angelegenheit zutiefst mitgenommen hatte. Er wirkte sehr erregt. Die Gelassenheit und Ruhe, die er vorher ausgestrahlt hatte, war im Moment jedenfalls dahin.

„Wie geht man denn mit diesen Fakten bei der Polizei um", wollte Specht wissen.

„Der ganze Vorfall soll wohl zunächst noch unter dem Punkt „*Übler Scherz*" abgehakt werden. Doch so lange Juan Braixos nicht aufgetaucht ist, wird man weiter ermitteln. Vermutlich scheint wohl mehr dahinter zu stecken. Jedenfalls hielt man sich bei der Polizei sehr bedeckt. Wir werden sehen."

Er nahm einen Schluck aus seiner Kaffeetasse und betrachtete sein Gegenüber mit einem fragenden Blick, so als erwarte er von Specht eine einleuchtende Antwort.

Jacob schüttelte unmerklich den Kopf.

„Eigenartig, auch ich kann mir das alles nicht erklären. An einen üblen Scherz mag ich nicht glauben. Er wäre jedoch das einzige Anzeichen dafür, dass Juan sich vielleicht doch noch unter den Lebenden befinden könnte. Lassen wir die Geschichte erst einmal auf sich beruhen. Ändern können wir zum gegenwärtigen Zeitpunkt wohl nichts. Deshalb bitte ich Sie, mir mehr von Carlos Lindenburg zu erzählen. So, wie ich Sie gestern verstanden habe, hat er primär etwas mit dem Mosaikzeichen von Cubelles zu tun."

„Das ist richtig. Carlos wurde schnell von seinen Mitmenschen zu einem Wunderdoktor gemacht. Personen mit den unterschiedlichsten Gebrechen suchten seine Nähe auf in der Hoffnung, dass sie ähnlich wie Maria Gracias Soares Heilung erfahren könnten." Er atmete tief durch.

„Sie erwarteten die gleiche Kraft, die angeblich bei der gelähmten jungen Frau gewirkt hatte, als sie an Lindenburg in der Kirche vorüberging. Und so war es auch in etlichen anderen Fällen! Besonders Menschen mit übermäßig seelischen Nöten, die jede ärztliche Hilfe aufgegeben hatten und seit Jahren unter ihren Belastungen litten, erfuhren in einem Augenblick totale Befreiung. Carlos Lindenberg konnte sich kaum noch vor den Hilfesuchenden verbergen. Er zog sich mehr und mehr zurück und blieb den Gottesdiensten fern."

„Das kann ich gut nachvollziehen. Lindenburg hat sich wohl sehr stark durch die Kranken belästigt gefühlt. Aber immerhin hat er ja auch etwas weitergegeben. Zeichen eines lebendigen Gottes, der Kranke heilt. Genau das ist es doch, wodurch Jesus Christus wahre Menschenmassen bewegt hat. Und offenbar scheint die gleiche Kraft, mit der der Gottessohn geheilt hat, auch durch Carlos Lindenburg wirksam geworden zu sein."

„Die Hilfesuchenden, die Kranken waren nicht sein Problem. Er konnte sich mit ihnen freuen, wenn sie Heilung erfuhren. Sein Problem war es, dass die Leute ihn mehr und mehr als eine Art Wunderheiler betrachteten, den sie verehrten. Dabei wollte er nur, dass Gott die Ehre zugesprochen wurde, der durch die Kraft des Heiligen Geistes seinen auferstandenen Sohn verherrlichte. Deshalb gestaltete er aus verschiedenen Fliesenbruchstücken ein Mosaikbild, das Gott den Vater, Gott den Sohn und Gott den Heiligen Geist als eine Einheit symbolisierte. Kein überragendes Kunstwerk. Doch steckte persönlicher Glaube dahinter. Er hatte stets den festen Glauben, dass Gott der Vater, Gott der Sohn und Gott der Heilige Geist ein und derselbe Gott sind." Antonio Martinez nahm eine Bibel in die Hand, schlug sie auf und fuhr fort.

„Die Gewissheit und den Glauben an den dreieinigen Gott scheint es schon lange nicht mehr zu geben. Sie wird schon gar nicht in den heutigen Bibelübersetzungen vom Wort her klar bestätigt. Lediglich in der *King-James-Bible* gibt es das Wort im 1. Johannesbrief, Kapitel 1, Vers 7, dass der Vater, der Sohn und der Heilige Geist ein und dieselbe Person sind. In allen anderen Bibelübersetzungen dieser Welt ist dieses Wort nicht mehr zu finden. Warum eigentlich? Vielleicht ist dies das eigentliche Geheimnis der Wirksamkeit eines lebendigen Gottes. Anhand des Mosaikzeichens wollte Carlos Lindenburg den Menschen die Einheit und die einzigartige Wirksamkeit Gottes erläutern und damit von seiner Person ablenken." Der Pater atmete tief durch.

„So habe ich ihn jedenfalls verstanden. Gott allein sollte alle Ehre zukommen. Das Mosaikzeichen wurde am Nebeneingang der Kirche angebracht. Und immer, wenn die Kranken dahin kamen und sich im Gebet auf Gott konzentrierten, geschahen nach wie vor Zeichen und Wunder ohne die Anwesenheit eines Carlos Lindenburg."

„Aber so etwas ist doch einfach unmöglich", versuchte Jacob Specht einzuwenden.

„Das Ganze klingt doch nach Hokuspokus."

Der Pater schüttelte den Kopf.

„Es gibt so viele Dinge zwischen Himmel und Erde, die wir nicht verstehen."

Er nahm einen Schluck Kaffee.

„Zur Zeit der ersten Christen wurden viele Kranke auf die Straßen hinaus in die Nähe des Apostel Petrus getragen, in der Hoffnung, dass wenigstens sein Schatten auf sie fiele. Andere kamen aus den Städten rings um Jerusalem herum mit ihren Kranken oder mit solchen, die von unreinen Geistern Geplagte waren. Alle wurden gesund."

Martinez schlug die Bibel wieder zu und legte sie beiseite.

„Jedenfalls war Carlos Lindenburg ein paar Monate später verschwunden. Ohne Abschied und ohne einen Hinweis auf seinen zukünftigen Wohnort. Die Menschen hatten sich auf das Mosaikzeichen eingestellt, das sie berührten, ähnlich, wie man Jesus zu seinen Lebzeiten hier auf Erden berührte. Und man kann es kaum glauben. Weiterhin erfuhren die Kranken und Leidenden Heilung und Stärkung. Sie schrieben es nicht mehr Carlos Lindenburg zu, sondern dem Mosaikzeichen von Cubelles, durch das für sie die Kraft Gottes wirksam wurde. Natürlich wurde dadurch unsere *Ekklesia de Santa Maria de Cubelles* zu einem regelrechten Wallfahrtsort. Die Menschen kamen von überall her und erwarteten, ähnlich wie in Lourdes ihr persönliches Wunder. Auch die Geschäftsleute in Cubelles profitierten nicht schlecht davon."

Antonio Martinez schmunzelte leicht über das Fazit, das er mit seinem letzten Satz über das Mosaikzeichen von Cubelles zog.

„Und wo ist das Mosaikzeichen jetzt?", wollte Jacob Specht wissen, „denn ich habe es nicht am Nebeneingang der Kirche entdeckt, obwohl ich mir die *Ekklesia de Santa*

Maria de Cubelles schon von innen und außen angesehen habe, bevor ich zu Ihnen kam."

Ein Lächeln breitete sich in den Gesichtszügen vom Pater Martinez aus. Er streifte mit der Hand ein paar Mal über seinen graumelierten schwarzen Vollbart und es wirkte so, als wisse er es genau und wolle dieses Wissen für sich behalten.

Specht wartete und blickte seinen Gesprächspartner gespannt an. Martinez zögerte. Doch dann gab er sich einen Ruck.

„Ich habe das Mosaikzeichen von der Kirchenwand entfernt!"

Sein Lächeln verstärkte sich. Zwei Reihen weißer Zähne strahlten schelmisch durch den graumelierten Bart.

„Ich habe das Mosaikzeichen von Cubelles von der Kirchenwand gemeißelt. Im wahrsten Sinne des Wortes bei Nacht und Nebel. Niemand hat mich beobachtet. Zumindest ist mir nichts zu Ohren gekommen. Es gibt kein Mosaikzeichen mehr. Die Bruchstückchen habe ich entsorgt!"

Im Blick des Paters breitete sich so etwas wie zufriedener Triumph aus.

„Aber warum?", fragte Jacob entsetzt.

Er fühlte sich betrogen. Ein Ergebnis, das ihm die Überflüssigkeit seiner Recherchen krass und schonungslos vor Augen stellte. Sollte er darüber schreiben, über eine Realität, die keine mehr war, die sich einfach in ein paar entsorgten Bruchstücken äußerte. Bengt Johansson hätte für so etwas nur ein müdes ironisches Lächeln übrig. Damit kann man keine Leser vom Hocker reißen.

Natürlich sind ein paar Wunder geschehen. Aber die geschehen doch immer wieder und überall auf der Welt. Oder sollte er etwa über das leere Grab von Juan Braixos schreiben? Eine Beerdigung ohne Anlass, ohne einen Toten? Lächerlich! Resigniert starrte er den Geistlichen an, der sich gerade seine Kaffeetasse nachfüllte und auch ihm unaufgefordert Kaffee nachschenkte.

Seinen Blick „*Und nun?*" beantwortete Martinez wiederum mit seinem strahlenden Lächeln.

„Natürlich habe ich meine Gründe gehabt. Sehr gute und wichtige sogar. Stellen Sie sich vor, das Mosaikzeichen von Cubelles mutierte immer mehr zu einem Götzenbild. Die Menschen sahen in ihm nicht mehr den Hinweis auf Gottes umfassendes Wirken in dieser Welt, das er jedem Menschen erfahrbar machen möchte. Nein, im Gegenteil, die Kranken verlagerten ihr Verlangen nach Hilfe auf ein kümmerliches Steinmosaik, das zu einem Götzen mutiert war, eine dürftige künstlerische Darstellung, der übernatürliche Kräfte zuge-schrieben wurden. Ein simples Mosaikbild, das sie berührten und küssten. Eben nur ein Götzenbild. Lediglich aus ein paar zerbrochenen Fliesenstückchen aneinandergeordnet. Vielleicht ein schwaches Kunstwerk, mehr aber auch nicht."
Der Pater schwieg einen Moment, so als wartete er darauf, dass sein Gegenüber seine Worte erst einmal verdauen müsse, um dann fortzufahren.

„Eigentlich müssten Sie mich verstehen, wenn ich diesem Irrsinn ein Ende bereitet habe. Und dennoch ist damit das Geheimnis Gottes nicht vom Tisch. Es lebt weiter. Stünd-lich, täglich. In jedem Augenblick des Universums und einer vergänglichen Welt. Bei jedem Atemzug." Martinez lächel-te.

„Jesus lebt, und er will mit uns sein, jeden Tag, bis ans Ende dieser Welt. Mit Jesus präsentiert sich uns der all-mächtige himmlische Vater mit der menschlichen und barmherzigen Seite seines Wesens. Durch den Heiligen Geist ist Gott zu jeder Zeit und an jedem Ort auf dieser Welt allen Menschen nahe. Damit lebt auch das Mosaikzeichen von Cubelles weiter, aber in einer anderen Wahrheit: *Meine Hilfe kommt von dem Herrn, der Himmel und Erde gemacht hat!*" Mit der Ernsthaftigkeit und Dringlichkeit, mit der der Pfarrer seine Sicht der Dinge darstellte, verschwand auch das unbefangene belustigte Lächeln aus seinem Gesicht.

„Seien Sie nicht enttäuscht!", fuhr er fort. „Nehmen Sie die Gewissheit des Glaubens mit, die das Mosaikzeichen vermitteln sollte. Diese Gewissheit ist nicht gegenständlich, sondern lebendiger Glaube, der wie ein *zweischneidiges Schwert* Ihr Leben durchdringt. Der Glaube braucht wenig Platz. Nämlich nur ihr suchendes, anklopfendes und bittendes Herz! Könnten Sie sich vorstellen, gerade jetzt Jesus Christus als Ihren Herrn und Erlöser in Ihrem Leben aufzunehmen?"

Jacob Specht schaute sein Gegenüber eine Weile irritiert an. Der Vorschlag schien ihn fast zu überfordern. Doch dann nickte er. Ein wenig überrumpelt, noch zaghaft. Er wollte es jetzt. Er wollte den Gott, an den seine Mutter schon geglaubt hatte, wollte ihn mehr erfahren als bisher. Vielleicht schaffte dieser Moment und dieser Mann es, ihn aus dem kümmerlichen Dasein seines persönlichen Unglaubens herausholen. Er nickte dem Pfarrer zu. Antonios Martinez kam um den Schreibtisch herum auf ihn zu, stellte sich neben seinem Gast und legte ihm beide Hände sanft auf den Kopf. Jacob Specht ließ es ohne Einwände geschehen. Auch Jesus hatte seinen Mitmenschen die Hände aufgelegt. Die Worte des Paters flossen mit leichtem Hamburger Akzent wie Salböl über sein Haupt.

„Du lebendiger Gott, Schöpfer Himmels und der Erde. Erfülle diesen Mann mit deinem Heiligen Geist und führe ihn zur Erkenntnis der Wahrheit, damit Du, Jesus Christus, als Retter, Raum in seinem Herzen gewinnst und Jacob Specht sich in deiner Hand geborgen weiß in der Zeit und in der Ewigkeit, und dass er dich immer wieder erfährt als eine lebendige Hoffnung, die trägt – an guten, wie an schlechten Tagen! Schenke ihm ein großmütiges Herz, das bereit ist, deine Gabe weiterzugeben, jedem, der sie braucht, ohne Ansehen der Person. Lass ihn begreifen, dass Du Liebe bist, die über jegliches Bitten und Verstehen hinausgeht und dass Dein Heiliger Geist auch heute noch wirksam ist, unverändert und überall für jeden, der Dich will!"

So hatte Jacob Specht noch niemals jemanden beten hören. Auch nicht seine Mutter. Er spürte bei diesem Gebet, dass etwas in sein Leben gekommen war, das er so niemals zuvor erfahren hatte. Zunächst fiel ein Felsen von seinem Herzen. Tonnenschwer. Die Last und die Schuld seines Lebens. Er spürte sie förmlich hinwegrollen. Tränen schossen ihm in die Augen. Doch dann kam der warme Strom von den Haarspitzen bis zu den Fußspitzen. Immer wieder in mehreren Wellen überflutete dieser Strom seinen Geist, seine Seele und seinen Leib. Wie hin und her gerissen weinte und lachte er fast gleichzeitig. Ein Gefühl unendlicher Freude, Glück und Dankbarkeit ergriff ihn völlig und ganz. Er konnte seine Gefühle vor dem Pater nicht zurückhalten. Er wollte es auch nicht, weil er in diesem Moment mehr an Gott dachte als an den Priester. Gott war ihm nahegekommen. Er konnte glauben. Was für ein Wunder!

„Danke, danke!"
Immer wieder musste er nur *Danke* sagen. Der warme kraftvolle Strom flutete weiter.

„Ja, ich will diesen Gott, an den auch Pater Martinez glaubt. Ich will ihn, mit allen Konsequenzen im Leben und im Sterben, heute und bis in Ewigkeit! Ich will den Retter, der meine Schuld vergibt und der mir die Tür geöffnet hat zum himmlischen Vater, dem Schöpfer Himmels und der Erde!"

War es das, was seine verstorbene Mutter sich immer gewünscht hatte? Es war Wirklichkeit geworden. Er konnte glauben hundertprozentig, ganz sicher und mit einem völlig überzeugten Herzen. Er hatte Gott gesucht und Gott hatte ihn angenommen. Vorbehaltlos und vorurteilsfrei. Glaube war ihm geschenkt worden. Der Vater im Himmel war ihm so nahe wie niemals zuvor. Die Hand auszustrecken und angenommen zu werden, dauerte nur den Bruchteil einer Sekunde. So empfand er es jedenfalls. Das Ja zu Gott war nun besiegelt durch den Heiligen Geist. Das Ja Gottes zum

Menschen Jacob Specht bestand schon von Ewigkeit her. Aus Gottes Hand konnte ihn nun niemand mehr reißen. Das spürte er. Das glaubte er. Er war ein Kind Gottes geworden.

Er stand auf von seinem Stuhl. Antonio Martinez zeigte ihm wieder sein verbindliches, strahlendes Lächeln. Er nahm ihn wie einen lieben Verwandten, wie einen Sohn in den Arm und drückte ihn an sich.

„Sie werden nie mehr allein sein, Jacob Specht. Jesus Christus ist die Antwort auf alle Ihre Fragen. Er wird immer bei Ihnen sein. Gott segne Sie!

„Danke, danke!", wiederholte Jacob Specht, als müsste er sich für ein wunderbares Geschenk einfach noch einmal bedanken.

Er schaute den Pater an. „Vielleicht habe ich das Mosaikzeichen von Cubelles nun erst richtig verstanden." Martinez nickte bejahend.

„So soll es sein. Der Glaube an Gott ist ein Geschenk, das Ihnen niemand nehmen kann und das Sie unbegrenzt weitergeben dürfen. Gott hat Sie gefunden. Und noch etwas gebe ich Ihnen mit. Es ist die Bestätigung durch das Wort. Alles Wirken Gottes muss durch das lebendige Wort, durch die Bibel abgesichert sein. Umsonst haben Sie es empfangen, umsonst geben Sie es weiter. Sie werden erleben, dass mit diesem Geschenk immer noch Wunder verbunden sind und natürlich Problemlösungen, die Sie im Moment kaum erahnen können."

Specht schüttelte dem Pater noch einmal herzlich die Hand.

„Auf Wiedersehen. Ich gehe jetzt doch mit dem Bewusstsein, nicht umsonst nach Cubelles gekommen zu sein."

Antonio Martinez begleitete ihn bis zum Ausgang. Jacob Specht hatte das starke Empfinden, als verließe er seinen älteren Bruder oder gar einen Vater. Zumindest verließ er einen Freund, dem er sich herzlich verbunden fühlte. Dabei beschlich ihn für einen Moment ein Gefühl der Traurigkeit, das aufkommt, wenn man von einem lieben Menschen für immer Abschied nimmt. Er wollte noch irgendetwas Verbindliches sagen, doch ihm fiel nichts ein, was sich zu sagen gelohnt hätte. Bevor er dem Pater noch ein letztes Mal die Hand drücken konnte, gab ihm dieser ein Päckchen in die Hand.

„Es ist etwas drin, das Sie weiterbringen wird mit ihren Recherchen und vor allem mit Ihren Erfahrungen an den einen Gott, der Sie liebt. Und vergessen Sie es nicht: Christen sehen sich nie zum letzten Mal."

„Danke, ich danke ihnen sehr", kam es noch einmal halblaut über seine Lippen. Der Pater lächelte und hob leicht die Hand, bevor er die Tür hinter ihm schloss.

27

Auf dem Weg zum Appartement versuchte er die Eindrücke und Informationen zu verarbeiten, die ihm Pater Martinez vermittelt hatte. Es gelang ihm kaum. Er nahm sich einige Dinge vor, die er schon längst hätte erledigen müssen. Drei E- Mails wollte er schreiben. An Sarah de Bloom, Anita Fehlin und vor allem an Bengt Johansson, der sicherlich auf einen weiteren Artikel oder zumindest auf neue Informationen von ihm wartete.

Sarah musste über die mysteriöse Situation um Juan Braixos weiter unterrichtet werden. Anita wollte er schreiben, weil er eine enorme Sehnsucht nach dieser Frau verspürte. Und Bengt Johansson sollte jedenfalls einen kurzen Situationsbericht erhalten. In groben Zügen malte er sich aus, was er schreiben würde.

Als er vor seinem Wohnblock stand, schaute er auf das Päckchen von Antonio Martinez. Was mochte der Pater ihm mit auf den Weg gegeben haben. Er befühlte es. Vielleicht war es ein Buch. Als er die Treppenstufen zu seinem Appartement erklommen hatte und vor der Eingangstür stand, um sie zu öffnen, stutzte er. Hatte er da nicht eben ein Geräusch aus der Wohnung gehört, so als würde jemand mit Geschirr klappern? Irgendwie bedauerte er, dass sich die Pistole nicht in seiner Tasche befand.

Langsam fasste er an den Türgriff und drückte ihn runter. Die Tür war nicht verschlossen. Vorsichtig öffnete er sie und schob sie einen kleinen Spalt auf. Doch weiter kam er nicht. Mit einem Ruck wurde sie aufgerissen. Eine dunkel gekleidete Gestalt zeigte mit einer Pistole auf seine Brust. Doch dann lächelte das blasse Gesicht vorsichtig und ließ die Waffe sinken. Es war Juan Braixos.

Jacob Specht stutzte verwirrt.

„Wie kommen Sie eigentlich hier rein, was machen Sie hier?"

„Ich habe persönlich noch einen Schlüssel. Irgendwie bin ich doch der Hausmeister dieses Appartements. Das mache ich für Sarah de Bloom und ihre verstorbenen Eltern. Schon seit Jahren. Einen Kaffee hab' ich mir auch schon zubereitet. Dafür habe ich Ihnen ein paar spanische Apfelsinen in die Küche gelegt. Sehr süß. Wenn Sie wollen, es ist noch frischer Kaffee in der Kanne."

Jacob Specht trat ein, zog die Tür hinter sich zu und legte das Päckchen von Pater Martinez auf der indonesischen Truhe ab. Braixos hatte seine Kaffeetasse auf der Anrichte abgestellt. Dem Hinweis des Katalanen folgend, ging er in die Küche und schenkte sich auch eine Tasse voll.

„Und was ist mit der Pistole, die morgens in meinem Zimmer lag?", fragte er unvermittelt und ganz direkt, weil er vermutete, dass vielleicht Braixos etwas damit zu tun haben könnte.

Fragend kam er mit der Kaffeetasse in der Hand ins Wohnzimmer und sah dem Mann direkt in die Augen. Braixos nickte. Seine Waffe hatte er inzwischen wieder im Schulterhalfter verstaut.

„Mir blieb da wohl keine andere Wahl. Sie hatten ja die Eingangstür zusätzlich von innen verriegelt. Da musste ich mir eben über Dachterrasse und Balkon Einlass verschaffen. Im Übrigen habe ich nur den Auftrag ihres schwedischen Vorgesetzten Bengt Johansson ausgeführt. Sie sollten die Pistole eigentlich immer bei sich tragen."

Specht schüttelte heftig den Kopf.

„Bestimmt nicht. Es ist mir alles ein wenig zu viel, was in den letzten Stunden meines Aufenthaltes in Cubelles passiert ist. Wieso gab es eine Grabplatte von Ihnen auf dem Friedhof? Wir betrauern Ihren Tod und Sie stehen jetzt so einfach vor mir und leben. Ein absolut eigenartiges, perfides Spiel!"

„Es blieb mir auch in diesem Fall keine andere Wahl. Der russische Geheimdienst ist mir auf den Fersen. Irgendwie muss er Informationen über Sie und ihren Auftrag herausbekommen haben. Jedenfalls scheint er stark an einem Ergebnis ihres Auftrags interessiert zu sein und möchte das haben, was sie suchen. Bevor ich mich den Foltertechniken oder Attacken dieses Geheimdienstes aussetze, mache ich mich lieber unsichtbar, zumal ich im Moment wenig Konkretes weitergeben könnte. Meine Beerdigung hatte ich schon länger vorbereitet. Die Grabplatte war fertig bis auf meinen Todestag. So konnte ich sie über Nacht mit Hilfe eines Freundes, er ist zufällig Steinmetz, auf dem Friedhof von Cubelles installieren. Aber vielleicht können Sie mir auch helfen. Wie sind Sie weitergekommen mit einer Therapiemöglichkeit für das Psycho-Stille-Syndrom? Wir benötigen auch Hilfe für Spanien, besonders in Katalonien. Es sind schon mehr Kinder und Jugendliche betroffen als offiziell bekannt."

Specht blickte sein Gegenüber überrascht an.

„Und Sie meinen, des Rätsels Lösung habe ich hier in Cubelles gefunden?

„Ja, das meine ich, denn ich habe mitbekommen, dass Sie bei Antonio Martinez waren. Vielleicht ist des Rätsels Lösung verbunden mit ein paar Wundern, die es hier in Cubelles gegeben hat. Bitte helfen Sie mir!"

Bei diesen Worten klang Braixos fast verzweifelt.

„Ich benötige Ihre Hilfe. Meine Frau und ich brauchen persönliche diese Hilfe. Für unsere Tochter. Sie ist dreizehn Jahre alt und leidet seit einigen Monaten unter dem Psycho-Stille-Syndrom. Wir haben schon alles versucht. Doch nichts hat geholfen. Bitte, gibt es irgendeine Hilfe? Es bleibt nicht mehr viel Zeit! Bei anderen Kindern, von denen wir wissen, dass sie unter dem Psycho-Stille-Syndrom leiden, hat sich die Hoffnung auf Heilung von Tag zu Tag verringert und ihr Zustand ist drastisch schlechter geworden."

Jacob Specht überlegte kurz. Vielleicht wäre es einen Versuch wert. Was hatte Antonio Martinez gesagt.

„Umsonst hast du es empfangen, umsonst gebe es weiter!" Er wusste noch nicht so recht, was er wie weitergeben sollte. Doch er wollte zumindest etwas tun. Nur wusste er noch nicht wie.

„Ja, ich will es versuchen. Wann kann ich vorbeikommen?"
Braixos schaffte ein leichtes freundliches Lächeln.

„Kommen Sie doch heute Abend vorbei, gegen neunzehn Uhr, bitte! Plaza del Mar Nr. 3. Nicht weit von hier. Gleich um die Ecke. Klingelnummer 27. Wir wohnen im dritten Stock. Klingeln sie zweimal lang und zweimal kurz. Ich lasse Sie dann rein."
Jakob nickte.
Braixos ging.

28

Der vierstöckige Wohnblock aus den sechziger Jahren in der Plaza del Mar gehörte inzwischen zur dritten Reihe. Früher war sicherlich ein ungetrübter Blick auf das Mittelmeer möglich gewesen. Heute hatten sich moderne dreistöckige Feriengebäude davorgeschoben und degradierten den vierstöckigen Block zu einem dritt- bis viertklassigen Wohnsilo, der durch mangelnden Farbanstrich und einfach verglasten „Wohnbalkonen" etwas über die soziale Schicht seiner Bewohner aussagte. Es dauerte eine Weile, bis auf sein Klingeln hin ein Summton die Pforte in der Umzäunung freigab. Mit wenigen Schritten war er an der milchverglasten Eingangstür des Wohnblocks. Noch während er an den zahlreichen Klingelknöpfen entlangschaute, um die Klingelnummer 27 zu finden, wurde die Tür geöffnet.

„Kommen Sie rein!", rief halblaut eine Stimme.

Specht erkannte sogleich Juan Braixos und trat schnell in den muffig riechenden Hausflur, der durch lange rotbraun gefliese Gänge und breite, mit grauem Linoleum belegten Treppen unpersönlich und kalt wirkte. Sie begannen den Treppenaufstieg.

„Es gibt keinen Fahrstuhl in diesem Gebäude", erklärte Braixos etwas betreten, als er den abschätzenden Blick Spechts bemerkte.

Auf dem Weg nach oben, waren immer wieder Geräusche und Stimmen zu hören. Als Spanier oder Katalone wäre ich jetzt in der Lage gewesen, die unterschiedlichen Essensgerüche zu identifizieren, überlegte Specht. Im dritten Stock verlangsamte Braixos seinen Schritt und fasste Specht an den Jackenärmel.

„Bevor wir in die Wohnung treten, muss ich Ihnen etwas mitteilen", flüsterte der Katalone. „Es ist etwas geschehen!"

„Was ist passiert?" Jacob Specht blieb stehen.

„Maria Pujol, die Haushälterin vom Pater Martinez hat mich informiert. Braixos sprach weiter mit gedämpfter Stimme.

„Antonio Martinez ist tot!"

„Was sagen Sie da, das kann nicht sein, nein, das ist nicht wahr. Ich war doch erst heute Morgen bei ihm!", rief Specht etwas zu laut und erschrocken aus.

Braixos legte den Zeigefinger auf die Lippen.

„Doch, es stimmt! Am Nachmittag war ein Mann vorbeigekommen. Sein Spanisch war mit starkem russischem Akzent durchsetzt, sagte mir Maria. Er hat mit Pater Martinez Kaffee getrunken und sie haben sich etwa eine Stunde lang in seinem Büro unterhalten." Er schüttelte den Kopf, als wolle er nicht wahrhaben, was geschehen war.

„Als sie später, nachdem der Gast das Haus verlassen hatte, das Kaffeegeschirr abräumen wollte, saß der Pater still in seinem Sessel. Sie dachte, er schliefe, doch er war tot. Jede Hilfe kam zu spät."

Specht schüttelte fassungslos den Kopf. Juan Braixos fuhr fort.

„Äußere Verletzungen waren nicht an ihm zu erkennen. Er befindet sich jetzt in der Pathologie. Ich glaube, dass Sie sich in großer Gefahr befinden. Sie sollten Spanien so schnell wie möglich verlassen. Doch zuvor sollen sie noch unsere Tochter Letizia sehen. Sie ist unser einziges Kind. Wir lieben sie sehr."

Specht atmete schwer. Wie Blitze zuckten die Ereignisse seines kurzen Aufenthaltes in Cubelles durch seinen Kopf. In was war er da nur hineingeraten. Welchem Geheimnis war er auf der Spur? Und wer war noch daran interessiert? Sie hatten die Wohnungstür der Braixos erreicht. Auch hier stand kein Name neben der Klingel, sondern nur die Nummer siebenundzwanzig.

Der Katalone schloss die Tür auf und ließ seinen Gast eintreten. Ein etwas feucht muffiger Geruch schlug Specht entgegen. Ein schmaler schlauchförmiger Raum bildete das Wohnzimmer. Die rechte Wandseite wurde durch einen großen braunen Wohnzimmerschrank mit einem integrierten Fernseher dominiert. Auf der gegenüberliegenden Seite stand ein kleiner Tisch mit drei Stühlen. Offenbar der Esstisch, denn es stand noch benutztes Geschirr auf ihm. Eine alte tigerfellgemusterte Katze fraß aus einem Blechnapf. Am Ende, zur Balkonseite hin, saßen auf einer breiten Couch eine korpulente Frau Mitte dreißig und ein junges hübsches Mädchen mit langem lockigen Haar und aus--drucksslosem Gesicht.

„Meine Frau Annemarie und unsere Tochter Letizia.", stellte Juan Braixos die beiden vor.

„Hallo, schön, dass Sie gekommen sind." Die Frau streckte ihm die Hand entgegen ohne sich zu erheben. Das Kind zeigte keine Reaktion.

„Juan hat mich aus Deutschland mitgenommen", versuchte sie mit einem etwas verkrampften Lächeln zu erklären.

„Aus Hanau bei Frankfurt."

„Jacob Specht! Angenehm!"
Er gab ihr die Hand.

„Dann müssen wir ja Ihren Mann nicht als Übersetzer bemühen, und Ihre Tochter, spricht sie ebenfalls Deutsch?"

„Ich habe immer mit ihr in meiner Sprache geredet. Sie beherrscht sie genauso gut wie Spanisch oder auch katalonisch. Doch im Moment redet sie überhaupt nicht. Seit über drei Monaten geht das schon so. Es scheint als würden alle Worte an ihr abprallen", erklärte sie mit traurig verzweifeltem Gesichtsausdruck.

„Sie reagiert nicht auf unser Reden und selbst hat sie auch keine Worte mehr." Ein paar Tränen rollten aus ihren Augen. Braixos hatte zwei Stühle vom Esstisch vor die Couch gestellt. Die Männer setzten sich. Specht überlegte, wie er beginnen sollte. Letizia blickte stumpf und ausdruckslos in den Raum.

„Was erwarten Sie von mir? Soll ich für Ihre Tochter beten?" fragte er.

Die Eltern nickten bestätigend.

„Bitte, tun Sie das, wir bitten Sie herzlich darum", sagte die Frau und Juan versuchte abermals mit einem kurzen Kopfnicken sein Einverständnis zu signalisieren.

„Haben Sie selbst schon gebetet?"

„Ich bete nicht, ich glaube auch nicht. Eigentlich weiß ich gar nicht wie man betet.", versuchte Annemarie Braixos entschuldigend zu erklären.

„Juan betet ja zur Mutter Maria. Doch dadurch ist nichts geschehen. Jedenfalls hat sich an Letizias Zustand nichts geändert. Wir wissen überhaupt nicht, was wir machen sollen.", sprudelte es aus Annemarie Braixos hervor.

„Und inzwischen kennen wir schon sieben Kinder, die ähnliche Symptome zeigen wie unsere Letizia."

Juan nickte wieder bestätigend.

„Wir sind am Ende", sagte er und atmete tief durch, „kein Arzt kann helfen. Unsere Tochter ist doch alles, was wir haben."

Specht atmete tief durch.

„Ich kann nichts", versicherte er, „ich kann auch nur beten, und ich glaube, dass für den einen Gott, der Himmel und Erde geschaffen hat, kein Ding unmöglich ist. Doch ich kann ihm nicht vorschreiben, wie sein Wille geschehen soll! Vielleicht geschieht gar nichts nach meinem Gebet."

Da war sie wieder, diese Unsicherheit, die ihn beherrschte, bevor Pater Martinez ihm die Hände aufgelegt hatte. Wollte sich der Zweifel wieder durchsetzen? Er schaute auf Letizias Eltern, die ihn erwartungsvoll anblickten.

„Bitte beten Sie!" baten sie wie aus einem Munde.

Jacob Specht setzte sich auf einen Stuhl neben Letizia und legte beide Hände auf ihren Kopf. So hatte er es in der Gemeinde seiner Mutter gesehen, wenn für Kranke gebetet wurde. So hatte Pater Martinez mit ihm gebetet.

Letizia zeigte keinerlei Reaktion durch das Auflegen der

Hände. Weder ihr stumpfer Blick noch ihre Sitzhaltung veränderte sich. Kein Wort kam über ihre Lippen. Mit halblauter Stimme begann er.

„Allmächtiger, lebendiger Gott, der du Letizia geschaffen hast und der du dir durch Jesus Christus ein Gesicht und einen Namen gegeben hast, komme doch jetzt als Heiliger Geist mit deiner Kraft über dieses Kind und heile es. Heile Du jede Zelle, die Letizia daran hindert, zu reden, zu antworten, zu lächeln."

Jacob kam sich komisch vor bei diesem Gebet. Irgendwie albern. Betet man so, wie ich es getan habe?
Gespannt schauten sie alle drei auf das Mädchen, ob irgendeine Reaktion zu verzeichnen war.
Zunächst blickte Letizia nach wie vor stumpf und ausdruckslos. Doch nach etwa fünfzehn Minuten zeichnete sich ein kleines zartes Lächeln in ihrem Gesicht ab. Nur für einen kurzen Moment. Dann war ihr Gesichtsausdruck wieder verschlossen und ohne jegliche Mimik.
Annemarie Braixos stieß ihren Mann an.

„Schau nur Juan, sie hat gelächelt. Das hat sie seit drei Monaten nicht mehr getan. Sie hat wirklich gelächelt!"
Sie schluchzte laut auf.

„Letizia, mein liebes Kind. Hörst du mich. Bitte, so sag doch was!"
Es blieb bei dem kurzen Lächeln. Und noch etwas konnten die Erwachsenen bemerken. Letizia atmete etwas kräftiger, etwas frischer. Fast schien es so, als kehrte Lebensatem in sie zurück.

„Lassen Sie das Kind einfach jetzt in Ruhe.", schlug Specht vor.

„Ich glaube, dass Gott der Heilige Geist jetzt in ihr wirkt, und auch das braucht sicherlich seine Zeit. Gott ist sehr ausdauernd mit uns, und seine Zeit ist nicht unsere Zeit."
Die Eltern nickten ergeben. Aber auch auf ihren Gesichtern zeichnete sich ein erstes hoffnungsvolles Lächeln ab.

Annemarie war von der Couch aufgestanden und kam auf den Besucher zu.

„Vielen, vielen Dank, dass Sie gekommen sind. Ich glaube jetzt wird alles wieder gut!" Specht erwiderte ihren herzlichen Händedruck.

„Haben Sie Geduld, danken Sie Gott. Er kann retten!", ermutigte er die Mutter. „Und fangen Sie selbst an, mit Gott zu reden. Wenn Sie ihn ernsthaft suchen, wird er sich von Ihnen finden lassen. Jesus liebt Sie und er wird Ihnen helfen."

„Ich kann es ja mal ausprobieren", erwiderte Annemarie Braixos zaghaft.

„Es wird mir wohl nicht schaden. Ja, wenn unsere Letizia wieder zu sich kommt, dann will ich glauben und Gott danken!", versicherte die Frau mit aufgewühlter Stimme.

„Versprechen Sie einfach nichts, Gott liebt Sie ohne irgendwelche Vorleistungen. Warten Sie einfach auf sein Wirken!" Jacob Specht war selbst überrascht, wie leicht ihm die geistlichen Handlungsanweisungen über die Lippen kamen. Doch er spürte auch, dass er nun gehen musste, um dem Wirken Gottes das Feld zu überlassen.

„Leben Sie wohl! Lassen Sie von sich hören, wenn Letizia weitere Fortschritte machen sollte. Es interessiert mich sehr. Haben Sie Geduld. Und abermals sage ich es: Fangen Sie selbst an zu glauben. Gott lässt sich finden."

Bei diesen Worten wendete er sich direkt an Juan Braixos.

„Es lohnt sich, Gott zu suchen. Er lässt sich finden. Gott segne Sie!"

„Ich bringe Sie noch vor die Tür."
Letizias Vater ging voraus. Specht folgte ihm. Unten am Haupteingang drückte er dem Besucher noch einmal herzlich die Hand.

„Und grüßen Sie Sarah de Bloom von mir! Ich werde ihre Ferienwohnung weiter gut verwalten.
Wenn Sie das Haus verlassen, dann werfen Sie den

Wohnungsschlüssel einfach in den Briefkasten. Ich werde ihn mir kurz danach holen. Hier haben Sie meine Karte. Dann können Sie uns auch anrufen. Wir stehen nicht im Telefonbuch."

Specht steckte die Karte in die Jackentasche und gab seinerseits dem Katalonen seine Handynummer.

„Ich werde morgen zurückfliegen!"

„Adios!"

„Auf Wiedersehen!"

Juan Braixos schloss die Tür hinter ihm und Jacob Specht ging in Richtung Promenade.

Er genoss den erfrischenden Wind vom Mittelmeer, der die Palmen an der Uferpromenade landeinwärts bog. War alles ein bisschen viel in der letzten Zeit. Das muss alles verarbeitet werden. Dabei muss Gott mir auch helfen.

Das Mosaikzeichen von Cubelles und Pater Martinez hatten sein Leben innerhalb weniger Stunden total verändert. Wer weiß, was daraus noch wird? Mit diesem Gedanken schlenderte er weiter in Richtung Appartementhaus.

29

In der Ferienwohnung setzte er sich sofort an seinen Laptop und schrieb Anita ein E-Mail. Er schilderte ein wenig den Blick aus dem Fenster, beschrieb die Promenade und die kräftigen Palmen, die sie links und rechts einrahmten. Doch dann versuchte er ein paar persönliche Sätze, wie: *Ich muss so oft an dich denken und merke dabei, wie sich mein Herz nach dir sehnt. Bald bin ich wieder in Dänemark. Dann könnten wir uns sehen. Ich würde dich so gern umarmen!*

Bei näherem Hinsehen erschienen ihm die Äußerungen seiner Gefühle wieder völlig daneben. Anita würde darüber lächeln und sie beiseiteschieben, wie die etwas pubertären Anmerkungen eines dummen Jungen. So stellte er es sich jedenfalls vor. Darum löschte er diese Sätze und schrieb einfach nur, dass er in Kürze wieder daheim sein werde und sich freue, sie wiederzusehen. Ähnlich schrieb er auch an Sarah de Bloom, mit dem Nachsatz, dass er Näheres vor Ort berichten werde.

Für Bengt Johansson hatte er in seinem Laptop eine DIN-A4-Seite vorbereitet, in der er auf den *„Geist der Betäubung"* verwies, der ja allgemein als Psycho-Stille-Syndrom bekannt sei. Dieses Phänomen zeige sich zunehmend bei immer mehr Kindern und Jugendlichen in vielen Ländern. Mit Gottes Kraft und Gebet könne man diesem Zustand offenbar wirksam begegnen. Er wusste, dass er mit diesen Anmerkungen Johanssons ungebremste Ironie auslösen würde. Doch er führte ihm in kurzen knappen Sätzen das Wunderwirken in Cubelles auf, das nach seinem Ermessen durchaus überall in Europa oder in der Welt zu erfahren sei. Er hoffte, den Filialleiter von Svenska Dagbladet in Helsingborg damit zumindest ein wenig neugierig zu machen und sendete die E-Mail ab.

Dann fing er an, seine paar Sachen zusammenzupacken. Die Pistole legte er in seinen Koffer und nahm die Papiere dazu in seine Brieftasche. Irgendwann fiel sein Blick auf das Päckchen von Pater Martinez, das er auf der Truhe abgelegt hatte. Er öffnete es und hielt eine englische Bibel in der Hand. Es war eine moderne King James Übersetzung. An einer Stelle ragte ein Blatt Papier heraus. Er schlug die Seite auf und las die in säuberlicher Handschrift aufgeführten Texte:

For there are three that bear witness in heaven: the Father, the word, and the Holy Spirit, and these three are one. (1.Joh. 5, 7)

*(Denn da sind drei die das Zeugnis im Himmel tragen: Der Vater, das Wort und der Heilige Geist, und diese drei sind einer.)*Zwei weitere Worte aus dem Neuen Testament hatte er noch dazugefügt: *Wer mein Wort hört und glaubt dem, der mich gesandt hat, der hat das ewige Leben und kommt nicht in das Gericht, sondern er ist vom Tode zum Leben hindurch- gedrungen. (Joh.5,24)*

Ihr aber werdet die Kraft des Heiligen Geistes empfangen, der auf euch kommen wird, und werdet meine Zeugen sein. (Apg.1,8)

Das also hatte Pater Martinez als das Geheimnis für Gottes Wunderwirken bezeichnet. Sie bestätigten und unterstrichen ihm noch einmal in eindrucksvoller Weise das Gebet, das der Geistliche über ihn gesprochen hatte.

Die Tatsache, dass Gott Einer sei, wird nur noch in der King James Bibel durch 1. Johannes 5 Vers 7 hervorgehoben und in der deutschen Schlachterbibel, die sich in der Übersetzung an der King James Bibel orientiert. In allen anderen Bibeln dieser Welt ist der Vers herausgestrichen worden.

Das Zeugnis des Himmels ist also der eine Gott, der den Menschen als Vater, Sohn und Heiliger Geist begegnen will. Im Himmel und auf Erden. *Weg, Wahrheit und Leben* kann man nur durch diesen einen Gott erfahren, wenn man es denn will. Er allein ist die Hoffnung dieser Welt. Immerhin hat er sie ja auch erschaffen, sagt die Bibel, mit allem was darin lebt, und er will bei uns sein bis ans Ende dieser Welt. Seine kurzen Anmerkungen schloss der Pater mit den Worten: *Und ich glaube, dass dieser lebendige Gott Sie ganz persönlich als ein lebendiges Werkzeug in seinen Händen gebrauchen will, besonders für die jungen Menschen, die in dieser lauten Welt zu lautlosen Masken erstarren.*

Jacob Specht lief es heiß über den Rücken. Er empfand die Zeilen des verstorbenen Paters wie ein persönliches Testament. Ein Vermächtnis, letzte Worte, die sein Leben begleiten und ermutigen sollten. Wie werde ich diesen Menschen jemals vergessen können. Die Tatsache, dass er nicht mehr lebte, drückte auf sein Herz. Er merkte, wie es ihm ein wenig feucht in den Augen wurde. Hastig wischte er die Tränen aus seinen Augen. Nur nicht jetzt sentimental werden, dachte er. Er faltete die Zeilen zusammen und legte sie zurück in die King James Bible. Ich werde dieses persönliche Vermächtnis in meinem Herzen bewahren. Da wird es sicher sein, dachte er, und musste lächeln.

Dann beeilte er sich, die letzten Dinge in den Koffer zu verstauen. In der gegenwärtigen Situation war es einfach zu gefährlich, Juan Braixos als Chauffeur zum Flughafen zu bemühen. Übers Internet suchte er sich die Abflugzeit für den nächsten Morgen nach Kopenhagen heraus und bestellte ein Taxi, das ihn dann zum Bahnhof nach Cubelles bringen sollte. Die Fahrt mit dem Zug nach Barcelona erschien ihm sicherer.

Er schlief schlecht die letzte Nacht in Sarah de Blooms Appartement. Da half auch nicht eine ganze Flasche Vino Tinto.

Irgendwie meinte er Geräusche zu hören. In der Nacht gegen zwei stand er auf und kontrollierte die Balkontür, die Eingangstür und die Fenster. Alles gut verschlossen und gesichert. Er fühlte sich wie gerädert, als er am nächsten Morgen um Viertel nach fünf aufstand und ein kühles Duschbad nahm. Doch selbst danach dröhnte ihm noch der Schädel. Vielleicht war's der Wein oder auch eine gewisse innere Abreisespannung, die ihn erfasst hatte. Als er gegen halb sieben das Appartement verließ und den Schlüssel unten in den Briefkasten geworfen hatte, wartete das von ihm bestellte Taxi, das ihn zum Bahnhof bringen sollte, schon vor dem Haus.

30

Viktor Hartmann war der Leiter der Vierergruppe aus der Sektion Kaliningrad. Die Informationen über die massive Verbreitung des Psycho-Stille-Syndroms, besonders westlich des Urals, konnten bisher noch vor den anderen Staaten dieser Welt geheim gehalten werden. Presse und Fernsehen waren angewiesen, nicht ein Wort darüber zu berichten. Doch wie lange noch war Geheimhaltung möglich?

Betroffene Eltern aus allen sozialen Schichten forderten Hilfe und Beistand durch die Staatsführung. Erst war es das Alkoholproblem, dann das Drogenproblem mit all seinen schrecklichen Auswirkungen bis hin zu permanent steigenden Zahlen der AIDS-Infizierten und jetzt das Psycho-Stille-Syndrom, von dem man noch nicht einmal wusste, welche Folgen es am Ende in der gesamten russischen Bevölkerung haben würde.

Viktor Hartmann erhielt seine ersten Informationen durch Maria Lindström und sah es als ein Glücksfall an, dass es offenbar einen Weg zu geben schien, dieser Pandemie unter den Kindern und Jugendlichen Russlands hilfreich zu begegnen.

Er informierte die Hauptzentrale in Moskau. Umgehend erhielt er den Sonderauftrag mit allen zur Verfügung stehenden Mitteln sich für den Erwerb der hilfreichen Medizin gegen das Psycho-Stille-Syndrom einzusetzen. Das bedeutete zwangsläufig, dass dabei einige Menschen auf der Strecke bleiben würden. Jedes Mittel wäre recht.

Viktor Hartmann hatte den Nachnamen von seinen wolgadeutschen Vorfahren geerbt. Durch Akribie und Zielstrebigkeit war er schnell in der Hierarchie des russischen Geheimdienstes aufgestiegen. Als Oberst der Sektion Kaliningrad konnte er mit seinen fünfunddreißig Jahren auf eine brillante Karriere zurückblicken.

Ewgeni Kirinov, der die spanische Sprache beherrschte, hatte er Jacob Specht an die Fersen geheftet. Ihn sollte er überwachen und alle Personen mit denen er Kontakt aufgenommen hatte. So hoffte er auf ein klärendes Gespräch beim Pater Martinez, bei dem sich Specht so lange aufgehalten hatte. Da ihn dieser nach einer Dreiviertelstunde immer noch mit frommen Bibelsprüchen und theologischen Ausführungen behelligte, gab er es auf, eine Lösung von dem Geistlichen zu erhalten. Als der Pater für einen Moment aus dem Raum verschwand, gab er ihm ein paar Tropfen in den Kaffee, die mit Sicherheit zum Herzstillstand führen würden. Eine unnatürliche Todesursache wird man daraufhin nicht diagnostizieren können. Jedenfalls wird dieser Pater über seinen Besucher und dessen Anliegen nichts mehr berichten können.

„Verliere Jacob Specht nicht aus den Augen!", befahl er seinem Mitarbeiter.

„Registriere jede Bewegung und Begegnung von ihm. Wenn wir irgendetwas Verwendbares bekommen wollen, dann werden wir es über ihn bekommen. Ich glaube, wir sind ganz nahe dran. Lass von Dir hören, Ewgeni. Viel Erfolg. Wir sind gespannt."

Victor Hartmann hatte inzwischen einen näheren Kontakt zu Sarah de Bloom aufgebaut. Irgendwie war sie für ihn zu einer vertrauten Person geworden, wenn er im Nebengebäude ihre Gespräche und Telefonate abhörte. Mitunter sang sie laut mit ihrer schönen klaren Stimme Lieder, die er nicht kannte, die ihn jedoch eigenartig berührten. Als er eines Abends mit einem Strauß gelber Rosen an ihre Tür klopfte, schaute sie ihn etwas verwirrt an.

„Was bedeutet das?", fragte sie ihn ganz direkt.

„Ich kenne Sie nicht einmal und Sie bringen mir gelbe Rosen vorbei."

Viktor Hartmann war im ersten Moment ein wenig verblüfft, doch fing er sich sehr schnell wieder, und sagte mit einem gewinnenden Lächeln: „Es ist wegen der guten Nachbarschaft!"

Dann zögerte er einen Augenblick.

„Und Sie sind eine sehr schöne Frau, die einen Blumenstrauß eines Mannes, der Sie bewundert, nicht ablehnen dürfte!"

Sarah de Bloom suchte in den graugrünen Augen Viktor Hartmanns noch nach einer plausibleren Antwort. Doch dann überwand sie sich. Die elegante gewinnende Art ihres Gegenübers hatte sie irgendwie beeindruckt.

„Kommen Sie herein", forderte sie den Mann auf. In einer Stunde muss ich allerdings nach Helsingborg zur Weiterbildung. Es gibt ein neues elektronisches Datenverarbeitungssystem für Bibliothekare".

Hartmann trat ein, ohne sein gewinnendes Lächeln abzulegen. Er reichte ihr mit einer leichten Verbeugung die Rosen.

„Nehmen Sie Platz!" Sie wies auf das Ecksofa in dem hellen Erker neben der Eingangstür.

„Ich hole nur schnell eine Vase für die Blumen. Übrigens doch eine nette Geste. Welche Frau freut sich nicht über Blumen."

Sie verschwand im Nebenzimmer.

Hartmann kreiste mit den Augen die Stellen im Wohnzimmer ein, wo sie die Wanzen installiert hatten. Sie machten immer noch ihre Arbeit im Verborgenen. Eigentlich gemein, dachte er. Wir spionieren jedes ihrer Worte und Gespräche hier im Haus aus und sie sieht in mir nur den freundlichen Nachbarn von nebenan und den Kavalier, der ihr Blumen vorbeibringt. Doch er verwarf diesen Gedanken schnell wieder. Skrupel gehörte nicht zu seinem Gewerbe.

Sarah de Bloom kam mit den Blumen zurück. Sie hatte sie in einer erdfarbenen bauchigen Keramikvase drapiert und stellte sie auf den Tisch.

Er sieht gut aus, dachte sie. Frische, straffe Gesichtszüge, vielleicht etwas kantig. Lockiges rotblondes Haar. Vielleicht ein Meter fünfundachtzig. Breite Schultern. Wirkt durchtrainiert. Eher wie ein Kampfsportler und nicht wie ein Mensch, der klassische Partien von Mozart auf seiner Violine spielt.

„Sie haben es sehr nett hier. So richtig schwedisch", versuchte Hartmann das Gespräch aufzunehmen.

„Ist viel Holz verarbeitet worden, immer noch der natürlichere Baustoff. In einem solchen Haus gibt es eine gesündere Raumtemperatur als in steingemauerten Häusern. Auch ich kenne Holzhäuser aus meiner Heimat. Der Baustil ist allerdings ganz anders."

„Ich fühle mich wohl hier", versuchte Sarah auf sein Fachgespräch einzugehen.

„Sind Sie Bauunternehmer?"

„Nein, aber ich habe als schulentlassener Jüngling Zimmermann gelernt. In Karaganda in Kasachstan. Dahin und nach Sibirien hatte Stalin die meisten Wolgadeutschen umgesiedelt."

Sein Akzent hatte ihr längst schon seine russische Herkunft verraten. Da wollte sie nicht anknüpfen. Die Zeit war zu kurz. Vielleicht beim nächsten Mal. Irgendwie fühlte sie sich zu diesem Mann hingezogen. Er strahlte etwas aus, was sie anzog. Oder war es nur ihre persönliche Einsamkeit, die sie zu einem solchen Gedanken veranlasste. Die Zeit mit Olaf lag nun schon gut zwei Jahre zurück. Eigentlich sehnte sie sich wieder nach einem menschlichen Gegenüber, der es ernst mit ihr meinte und sie nicht wieder mit einer anderen Frau verraten würde.

„Zimmermann, das ist ein schöner Beruf", sagte sie laut. „Man muss sicherlich sehr genau arbeiten. Holz lässt keine größeren Lücken zu. Und kreativ muss man sicherlich auch sein."

Hartmann schmunzelte über den Versuch der praktischen Berufsbeschreibung. Irgendwie ist sie süß, dachte er und sicherlich sehr gebildet. Der Umgang mit Büchern wird sie wohl sehr geprägt haben. Laut sagte er: „Ich habe wenig in diesem Beruf gearbeitet, sondern mich nach der Ausbildung mehr der Musik gewidmet."

Als Offizier des Geheimdienstes kamen ihm Lügen leicht über die Lippen.

„Oh, entschuldigen Sie mich für einen Moment. Ein Kaffee ist schnell fertig."

„Bitte, keine Umstände, ein Glas Saft tut es auch. Ihre Gegenwart ist für mich jetzt viel wichtiger als ein guter Kaffee."

Sarah verschwand in den Küchenbereich des großen Wohnzimmers und kam kurz darauf mit zwei Gläsern und Orangensaft zurück. Er kann Komplimente machen, stellte sie fest.

Sie wirken allerdings statisch und eingeübt. Sicherlich ist er verheiratet und hat drei Kinder oder mindestens eine langjährige Freundin.

„Ach übrigens, Jesus war auch Zimmermann", versuchte sie den Faden wieder aufzugreifen, obwohl sie wusste, dass bei dem Namen Jesus der Beruf nur von zweitrangiger Bedeutung war.

„Jesus?", stutzte Hartmann, „das sagt mir wenig. Hab ich nie etwas mit zu tun gehabt. Spielte in Russland zu kommunistischen Zeiten nur eine untergeordnete Rolle. Ach ja, meine Großeltern konnten mit ihm wohl mehr anfangen. Die haben an ihn geglaubt. Doch überzeugen konnten sie mich nie, dieser unsichtbaren Persönlichkeit mein Vertrauen zu schenken. Dafür überwiegt in Russland trotz Glasnost und Perestroika wohl immer noch die materialistische Weltanschauung. Jedenfalls bei mir!"

Diese Ausführungen hatte Sarah mit ihrem Verweis auf den Gottessohn eigentlich nicht bewirken wollen. Trotzdem hakte sie nach.

„Was ist denn für Sie wichtig?"

Viktor Hartmann trank etwas Orangensaft. Bedächtig setzte er das Glas ab.

„Das ist keine leichte Frage. Menschen sind für mich wichtig. Besonders die Menschen meines Volkes, die immer noch in so vielen Bereichen leiden und ihr Leben nur schwer bewältigen. Schönheit ist für mich wichtig."

Dabei lächelte er sein Gegenüber ein wenig an.

„Und natürlich Kommunikation. Der Austausch, das gute Gespräch. Es gibt so viele Dinge, über die man sich unterhalten sollte. Finden Sie nicht auch, dass die Menschen zu wenig miteinander reden?"

Sarah de Bloom nickte.

„Da haben Sie Recht. Allerdings muss es dann auch Menschen geben, mit denen man reden kann oder möchte. So ist es doch, nicht wahr? Nicht jeder ist ein guter Gesprächspartner. Doch nun müssen Sie mich entschuldigen. Ich muss mich noch für meinen EDV-Kursus ein wenig zurechtmachen. Dafür haben Sie sicherlich Verständnis?"

Der Mann erhob sich.

„Entschuldigen Sie nochmals mein unangemeldetes Eindringen. Danke, dass Sie mich nicht abgewiesen haben. Ich wünsche Ihnen einen erfolgreichen Abend und vielleicht darf ich Ihnen mal wieder Blumen vorbeibringen?"

Sarah lächelte.

„Sie dürfen auch ohne Blumen vorbeikommen. Dann können wir das begonnene Gespräch ja fortsetzen."

Hartmann gab ihr zum Abschied die Hand. Zarte Finger und ein fester Händedruck stellte er fest.

„Ich werde gerne wiederkommen", sagte er laut. „Es hat mich gefreut, Ihre Bekanntschaft gemacht zu haben. Auf Wiedersehen!"

31

Das Psycho-Stille-Syndrom war bei weitem noch nicht in allen Ländern als ein wirkliches Problem erkannt worden. In vielen Industriestaaten war man allerdings auf manche Entwicklungen hin sehr hellhörig geworden. Die Meldungen über das Syndrom wurden inzwischen an höchster Stelle gesammelt, verwaltet und einige Staaten versuchten durch Forschung und medizinisch - medikamentöse Testreihen das Problem in den Griff zu bekommen. Bislang jedoch ohne jeden Erfolg.

Ebenso versuchten die Geheimdienste der am meisten betroffenen Staaten an der Problemlösung zu arbeiten. Mit anderen Worten: Jede Information, die irgendwie auch nur annähernd Hilfe versprach, wurde herbeigeschafft zum eigenen Nutzen und sei es mit personellen und materiellen Verlusten ohne Rücksicht auf den Gegner. Dabei war es unmaßgeblich, ob die Geheimdienste für totalitäre oder demokratische Staaten arbeiteten.

Hier und da gab es Pressemeldungen, die jedoch von der Allgemeinheit noch nicht als ein Problem wahrgenommen wurden. Dennoch hatte man in den oberen Führungsetagen Überlegungen angestellt, bei der eine Verbreitung dieses Syndroms dem Szenarium einer Horrorvision gleichkam.

Was wird, wenn sich das Psycho-Stille-Syndrom weiter massiv ausbreitet, sodass immer mehr junge Menschen, Kinder und Jugendliche, betroffen sind. Nicht auszudenken. Jedem Staatsgefüge würde dadurch die Basis zur Weiterexistenz wie ein Teppich unter den Füßen weggerissen werden. Jeder Staat lebt von den nachfolgenden Generationen. Bei diesem Syndrom gibt es keinen gesunden Nachwuchs mehr. Das Staatsgefüge blutet von der Basis her aus. Der Staatskörper ist gelähmt, weil die, die nachwachsen, ihr Leben in Stummheit und Apathie zubringen.

Die betroffen jungen Menschen wären ohne Zukunft. Sie könnten ihre Schulen nicht abschließen, keine Ausbildung aufnehmen, dem Staat nicht mehr dienen als Beamte, Soldaten oder Werktätige. Ganz normale Tages- und Wirtschaftsabläufe könnten nicht mehr funktionieren, weil die funktionierenden Menschen ausgefallen sind. Und nicht zuletzt würden alle vom Syndrom Betroffenen eine enorme Betreuungs- und Versorgungslast darstellen. Die Eltern und Erziehungsberechtigten dieser Kinder und Jugendlichen könnten sich nur in Frustration und Depression flüchten. Es würden immer weniger Lehrer gebraucht werden, weil die zu unterrichtenden Kinder die Psychiatrien und Pflegeheime bevölkern. Und so weiter. Und so weiter.

In den USA war das Psycho-Stille-Syndrom zum PSS (Psycho-Silence-Sydrome) erklärt worden, eine Abkürzung, die sich bei den medizinischen und therapeutischen Fachkräften in den Industrienationen als Arbeitsbezeichnung mehr und mehr durchsetzte.

Besonders die Arzneimittelindustrie wurde bei absoluter Geheimhaltung angewiesen, durch spezielle Testreihen ein wirksames Medikament gegen PSS zu entwickeln. Bis über die individuelle Schädigung etlicher Testpersonen ist man bei diesem Bemühen jedoch nicht wirklich weitergekommen. Die verantwortlichen Regierungsstellen sahen im Arzneimittelbereich die bislang größte Chance, dem PSS wirkungsvoll zu begegnen. Alles was darüber hinaus als Hilfe ins Gespräch gebracht wurde, verlagerte man in die Schublade mystische Psychopharmaka. Das, was über die intellektuell materielle Schiene hinausging, erschien vielen Verantwortlichen einfach nur suspekt und nicht wirklich wirksam.
Nicht so der russische Geheimdienst. Der russische Mensch war trotz jahrzehntelanger kommunistischer Verstümmelung von Geist und Seele und allzu oft auch des Leibes für das

übernatürliche Wirken und Eingreifen außerhalb der dreidimensionalen Wahrnehmung sensibel geblieben. Über Rasputin oder die ikonisierte orthodoxe Kirche hinaus gab es nach wie vor ein ganz natürliches Fragen über die menschliche Existenz hinaus. Selbst bei Menschen, die niemals wirklich transzendentale Berührungspunkte hatten.

So war es nicht verwunderlich, aus der angestrebten Entschlüsselung des Mosaikzeichens von Cubelles eine eventuelle Hilfsmöglichkeit gegen das PSS abzuleiten.

Oberst Hartmann mit seinem Team aus der Sektion Kaliningrad wusste sich auf sicherem Weg. Die Perspektive, das Geheimnis in naher Zukunft zu entschlüsseln, erschien ihm durchaus realistisch und greifbar nahe. Trotzdem war er selbst immer noch verunsichert über den tatsächlichen Wert dieser Hilfsmöglichkeit. Solange sie nicht wirksam bei Kindern und Jugendlichen in Russland getestet worden war, überwogen Zweifel und Unglauben. Die Zeit drängte. An ihm sollte es nicht liegen.

32

Auf dem Bahnhof von Cubelles buchte Jacob Specht eine einfache Fahrt nach Barcelona. Die Menschen drängten sich früh am Morgen auf dem Bahnsteig. Der Sechs-Uhr-Achtundzwanzig-Zug war die richtige Verbindung, um rechtzeitig die Arbeitsstelle oder den Ausbildungsplatz zu erreichen. Mancher mürrische Blick verriet den Morgenmuffel.

Ewgeni Kirinow stand nahe am Bahnsteig und behielt Jacob Specht aus den Augenwinkeln im Blick. Er würde sich an seine Fersen heften. Auch er hatte den gleichen Flug von Barcelona nach Kopenhagen gebucht. Es war ihm klar, dass der Deutsche der Schlüssel zur Lösung sein würde. Soviel hatte er aus dem Priester herausholen können. Doch als der Pfaffe ihm seine Nähe zum russischen Geheimdienst auf den Kopf zusagte, blieb ihm keine andere Wahl, als ihn zu beseitigen. Er musste in sich hineingrinsen. Nun war er bald außer Landes und die Polizei wird weiter im Dunkeln tappen, um den Mörder von Antonio Martinez zu finden.

Was Kirinow nicht registrieren konnte, war der untersetzte muskulöse Mann um die fünfzig, der sich hinter ihm in der dritten Reihe postiert hatte, und sich auf den Rücken des Russen konzentrierte. Eigentlich gehörte Manuel Romero zur Guardia Civil. Doch der eigentliche Grund seiner Anwesenheit war nicht dienstlicher Natur. Wie so viele Katalanen gehörte auch er zu dem Geheimbund Sagrada Familia, der die völlige Autonomie und Loslösung von Spanien anstrebte.

Doch diese Handlung, die er heute Morgen durchführen würde, hatte damit wenig zu tun. Es war eine Ehrensache, den Mörder von Pater Antonio Martinez zu beseitigen. Der Geistliche war ein Freund aller gewesen. Er war ein Vater, ein Helfer, ein gütiger Mensch. Seine Mitmenschen liebten ihn. Den bringt man nicht so ohne weiteres um.

Als der Zug in den Bahnhof einfuhr und die Wartenden sich mit kleinen Schritten der Bahnsteigkante näherten, stand Romero direkt hinter Kirinow. Der Zug war nur noch wenige Meter entfernt. Blitzartig stieß er ihm den rechten Fuß kurz und heftig in die Kniekehle und drückte ihn mit der linken Faust über die Bahnsteigkante. Ewgeni Kirinow hatte keine Chance. Das Kreischen der Bremsen und den Aufschrei der Umstehenden vernahm er schon nicht mehr. Kirinows Identität konnte man später nur noch durch seinen Pass feststellen.

Manuel Romero nutzte die Schrecksekunde, indem er sich seitlich durch die Menschen auf dem Bahnsteig drängte und nach hinten verschwand.

Keine fünfzehn Minuten später saß er am Schreibtisch in seinem Büro und konnte gelassen mitverfolgen, wie seine Berufskollegen im Einsatz waren, um das schreckliche Unglück aufzuklären. Sie kamen offensichtlich zu keinem Ergebnis. Ein schnell herbeigeführter Ersatzzug brachte die wartenden Fahrgäste nach Barcelona.

Juan Braixos erfuhr durch ein siebenfaches Klingelzeichen seines Telefons, dass der Auftrag erfolgreich durchgeführt worden war.

33

Jacob Specht landete um 15:49 Uhr in Kastrup. Mit dem Taxi fuhr er zu seiner Wohnung im Glasvej. Vorher schaute er noch kurz bei Jerusalem rein, um sich etwas frisches Obst, ein Fladenbrot, ein Glas Matjes, Orangensaft und einige Joghurts mitzunehmen. Yussuf Najar bediente ihn.
Der sieht heute traurig aus, dachte Specht. Er kannte ihn meist von einer freundlichen und lebenslustigen Seite und wusste, dass er gern seine strahlend weißen Zähne zeigte. Oft erkundigte er sich in seinem akzentuiertem Dänisch nach dem Befinden oder der Arbeit. Wenn er bei seinen Kunden mehr über die Familienverhältnisse wusste, fragte er auch nach der Frau, den Kindern oder nach den Eltern. Fragend schaute er den Libanesen an. Nach einer Weile sagte Yussuf nur: „Mein Sohn Ahmet! Er ist erst zehn Jahre alt."

„Was ist passiert mit Ahmet." Jacob hatte ihn einige Male gesehen. Ein fröhlicher Junge mit braunen lachenden Augen und schwarzem Haar.
Yussuf sah sich um, ob keine weiteren Kunden im Laden waren.

„Er spricht nicht mehr. Er lacht nicht mehr. Das Essen fällt ihm schwer. Er hat keine Worte mehr für uns. Es ist furchtbar. Allah straft uns. Wir müssen etwas für ihn tun, damit er uns wieder sein Wohlwollen zeigt!"
Specht lächelte irritiert.

„Was meinst du, könntest du für Allah tun, damit es deinem Sohn wieder besser geht?"
Yussuf Najar bekam ein versteinertes Gesicht und sagte nichts mehr. Er dachte an seinen Bruder Abdullah und seinen Vater Ali. Seit Jahren hatten sie immer wieder darüber gesprochen. Jetzt sollte es bald geschehen. Sie würden ein Zeichen setzen für ihre islamischen Brüder im

Libanon, in Syrien, im Irak und in Israel. Wenn die Emmauskirche in die Luft fliegt, dann wird Allah sie belohnen und Ahmet wird es wieder besser gehen. Da war er sich ganz sicher. Genügend Sprengstoff war schon da.

Yussuf packte die Waren in eine große braune Papiertüte und stellte sie auf den Verkaufstresen. Specht bezahlte und nahm seinen Einkauf in die Hand.

„Bitte doch einfach Gott, dass er deinen Sohn heilt. Kraft genug hat er dafür", schlug er dem Libanesen vor. „Gott ist gut!"

Yussuf nickte mit ausdruckslosem Gesicht.

„Gott straft uns, wenn wir nicht das tun, was wir tun müssen!", flüsterte er leise.

„Schalom Yussuf!"

„Salaam, Jacob!"

Als Specht endlich mit seiner Einkaufstüte im Arm und seinem Koffer den dritten Stock im Glasvej 6 erreicht hatte, atmete er einige Male tief durch wie nach einem Hundertmeterlauf.

Man wird auch nicht jünger, dachte er. Oder sollte ich mich wieder regelmäßig sportlich betätigen? Jogging. Nordic Walking oder gar Fitness-Center?

Er stellte die Tüte neben den Koffer auf den Boden, nahm seinen Eastpak vom Rücken und kramte den Schlüssel für die Eingangstür aus seiner Jackentasche. Abgestandene Luft schlug ihm aus seiner Wohnung entgegen. Den Rucksack und den Koffer stellte er in den Flur. Den Einkauf legte er in der Küche auf dem kleinen Küchentisch ab.

Er ging durch das Wohnzimmer und öffnete die Balkontür zum Glasvej. Auf der anderen Straßenseite waren in dem roten Backsteingebäude die meisten Fenster mit Rollos oder Gardinen verdeckt. Klein Istanbul, dachte er. Er wusste inzwischen, dass die meisten Wohnungen von Ausländern gemietet waren. Wenn er zum Bäcker auf der anderen Seite im Frederikssundsvej ging, traf er auf diesem kurzen Weg

166

mehr Ausländer aus Nahost oder Afrika als dänische Mitbürger. Kaum zu glauben, dass man sich in der skandinavischen Stadt Kopenhagen befand.

Specht schenkte sich ein Glas Orangensaft ein, öffnete einen Joghurt und schnitt sich ein Stück Fladenbrot ab. Es schmeckte noch frisch und nach Kümmel. Als er den Joghurtbecher leer löffelte, klingelte das Telefon. Nora Meyer war am Apparat.

„Wie schön, dass ich dich gleich erwische, Jacob. Das ist ja nicht immer ganz leicht. Doch es gibt Neues. Besonders für mich. Willst Du es hören?"

„Na, dann mal los, Nora. Bin auch gerade erst aus Spanien eingetroffen. Du bist die erste, die sich nach meiner Ankunft meldet. Was gibt es denn Schönes?"

„Du hast es gleich erfasst, Jacob. Es gibt etwas Schönes bei aller weltweiten unschönen Entwicklung. Du erinnerst Dich doch noch an Professor Jens Runstedt, den Leiter der Kinder- und Jugendpsychiatrie in Schleswig?"

„Aber natürlich. Warum sollte ich nicht. Wir waren doch beide bei seiner ersten Informationsveranstaltung über das Psycho-Stille-Syndrom dabei."

„Und später im Wikinger", warf Nora Meyer mit einem leicht süffisanten Unterton dazwischen.

„Ja, ja", murmelte Jacob, aber dann wieder lauter: „Und was ist das schöne Neue?"

Er hörte, wie Nora tief durchatmete.

„Also, Jens Runstedt hat nachgewiesen, dass Kevin Kuslowsky nicht an der Tablettentherapie der Firma Novavita-coop verstorben ist, sondern tatsächlich an einem Kreislaufzusammenbruch, der mit seinem permanenten Schweigen und seiner widerwilligen Nahrungsaufnahme zusammenhing. Zumindest in überwiegendem Maße."

„Ja, und? Das macht Kevin auch nicht wieder lebendig und hilft auch den Mitbetroffenen nicht, was war denn nun das Schöne dabei?"

Nora schwieg eine Weile, als wenn sie nach Worten suchte

oder überlegte, wie sie ihm eine passende Antwort geben könnte.

„Jens und ich, wir gehören zusammen", sagte sie schließlich, „und wir arbeiten zusammen. Ich unterstütze ihn in seinen Forschungen für Novavitacoop, decke sozusagen die pädagogische Perspektive bei den Untersuchungen ab. Seine Familie, also die Frau und die zwei Kinder hat er verlassen."

Es sollte sich bescheiden und schlicht anhören. Jacob war trotzdem überrascht, dass ihn diese Information irgendwie berührte. Nicht, dass er Nora ihr persönliches Glück etwa nicht gönnte. Es war einfach so, als hätte er eine gute Freundin verloren. Eine Freundin, die ihn zwar immer mit sehr viel Emotionalität kontaktierte, die ihm aber auch viel Vertrauen, Offenheit und Ehrlichkeit entgegengebracht hatte. Er wusste, dass er sie jetzt, nach ihrem Bekenntnis verloren hatte. Zumindest als enge Vertraute. Ein anderer hatte seinen Platz eingenommen.

„Dann wirst du mich wohl nicht mehr in Kopenhagen besuchen?" fragte er vorsichtig nach.

„Kaum Jakob. Wir können unsere Geschichte hiermit abschließen."

„Und wie ist es mit dem Austausch fachlicher Informationen? Auch ich arbeite noch weiter am Psycho-Stille-Syndrom. Für mich wäre es schon wichtig zu wissen, wie es in Schleswig-Holstein vorangeht. Oder habt ihr schon konkrete Ergebnisse in Richtung praktischer Hilfe auf dem Tisch?"

„Wohl eher nicht, und wenn, dann müsste ich es erst mit Jens Runstedt abstimmen, um Dir Ergebnisse weiterzugeben."

„O.K., Nora, das wär's dann wohl fürs Erste. Ich wünsch' Dir Glück und werde dich als guten Kumpel in Erinnerung behalten. Lass trotzdem mal was von Dir hören."

Er hörte, wie sie kurz aufschluchzte und dann den Hörer schnell auflegte. Irgendwie spürte er das Gefühl in sich, als hätte er eine wichtige Person verloren. Doch er wollte sich nicht lange damit auseinandersetzen und fing an, die Post durchzusehen, die auf dem Fußboden des Flurs zwischen allerlei Werbezeitschriften und Reklameblättern gelegen hatte.

34

Victor Hartmann war von der Hauptzentrale aus Moskau darüber informiert worden, dass Ewgeni Kirinow auf unnatürliche Weise in Cubelles umgekommen sei. Iwan Surineskow und Eugen Leskow sollten sich umgehend in der Sektion Kaliningrad einfinden. Maria Lindström hatte Victor Hartmann angerufen.

„Du bleibst weiterhin im Klättervägen und behältst Sarah de Bloom im Auge. Lass dir irgendetwas einfallen, warum drei Mitglieder Deines Streicherquartetts nicht mehr nebenan wohnen. Versuche herauszubekommen, was Jacob Specht in Cubelles erreicht hat. Offensichtlich ist er nicht mit leeren Händen zurück- gekommen. Vielleicht findest du auch etwas heraus über den Tod von Ewgeni Kirinow. Kaliningrad erwartet deine Zwischenberichte. Viel Glück."

Lindström hatte aufgelegt. Offenbar war sie nicht an weiteren Kommentaren seinerseits interessiert. Victor strich sich nachdenklich übers Kinn. Er war überrascht, mit welcher Kompetenz und Autorität Maria Lindström ihn informiert hatte. War er in Kaliningrad oder gar in Moskau in Ungnade gefallen?
Ich werde zu meinen Freund Andrej Kuranow in Moskau Kontakt aufnehmen, nahm er sich vor. Er hat ja von der Hauptzentrale aus die Sektion Kaliningrad im Blick. Bei ihm laufen alle Informationen zusammen. Er kann mir sicherlich Genaueres sagen.

Oberst Kuranow war einer der wenigen Freunde, denen Victor vertraute. Viele gemeinsame Ausbildungszeiten und private Treffen hatten dazu geführt, dass sie einander immer mehr Dinge sagten, die Geheimdienstler eigentlich für sich behalten sollten. Das war so geblieben, auch nachdem er als

Leiter der Sektion Kaliningrad in die russische Enklave versetzt wurde.

In welcher Weise könnte er Sarah de Bloom beschatten? Das ging doch nicht auf Abstand. Da blieb doch nur der persönliche Kontakt als Möglichkeit übrig, Näheres über Jacob Specht zu erfahren. Er beschloss einen Blumenstrauß zu kaufen. Der Gedanke daran, erfüllte ihn mit einer ihm unerklärlichen Vorfreude.

Das Bild von Sarah de Bloom tauchte vor seinem inneren Auge auf. Er dachte an ihre schlanken Finger, mit denen sie ihm den Orangensaft serviert hatte. Schlanke, zarte Finger, die sanft über sein Gesicht streichen könnten. Ihre vollen roten Lippen und ihr perlweißes Lächeln. Die blonden Haare und das unergründliche Blau ihrer Augen. Er verspürte ein tiefes inneres Verlangen in seiner Brust und beschloss, einen Strauß roter Rosen zu kaufen.

Auch auf die Gefahr hin, dass sie es als übertrieben, nicht verstehbar und kitschig abtun könnte.

Gegen neunzehn Uhr war Sarah de Bloom daheim. Sie hatte noch einige Sachen bei Coop in Örkelljunga eingekauft.

In der Bibliothek war es heute sehr ruhig gewesen. Wenig Publikumsverkehr. Daran mag die Sonne ihren Anteil gehabt haben. Viele nutzten dieses schöne Wetter für den eigenen Garten, einem Spaziergang am Hjelmsjö bei Örkelljunga oder einer Strandwanderung am Meer bei Ängelholm.

Kurz vor Ausleihschluss kamen dann doch noch einige Berufstätige, um sich den Feierabend mit einem guten Buch zu bereichern.

Sie bereitete sich gerade einen grünen Tee in ihrer kleinen Küche vor, als Victor über den Rasen kam. Sie wartete, bis er klingelte. Dann ging sie zur Eingangstür, die man ja von der Rasenseite hinter dem Haus betreten konnte. Mit einem Lächeln öffnete sie ihm.

Victor hatte das Papier abgenommen und hielt ihr den Strauß mit sieben roten Rosen hin. Dabei umspielte ein leichtes Schmunzeln seine Mundpartie.

„Das ist aber jetzt übertrieben", platzte es aus ihr heraus.

„Auch wenn Sie angekündigt haben, wiederum mit Blumen vorbeizukommen. Rote Rosen verschenkt man doch nur zu besonderen Anlässen oder man muss einen besonders guten Grund haben."

Victor nickte.

„Den habe ich. Darf ich eintreten?"

Sarah machte eine einladende Handbewegung.

„Natürlich gern, habe auch gerade Tee gemacht."

Sie zeigte auf das Ecksofa im Erker.

„Nehmen Sie schon mal Platz."

Victor überlegte, wie er beginnen sollte. Die Gedanken, die er sich schon über Sarah de Bloom gemacht hatte, konnte er ihr unmöglich mitteilen. Er merkte, dass die Innenflächen seiner Hände feucht wurden. Er runzelte die Stirn. War das der Moment, wo der erfahrene, über Jahre immer wieder geschulte Agent des russischen Geheimdienstes versagen würde? Er schüttelte unbewusst den Kopf. Niemals. Ich werde meine Sache gut machen, sagte er sich.

Sarah kam mit dem Teetablett und stellte es auf dem Couchtisch ab. Sie setzte sich auf die andere Seite des Ecksofas. Hartmann hatte sich mit dem Rücken zur Fensterfront gesetzt. So fiel das Licht nicht direkt auf seine Augen.

Sie schenkte ihm Tee ein.

„Nehmen Sie Zucker oder Milch?"

„Nur Zucker bitte!"

Er schüttete sich etwas in die Tasse und rührte den Tee bedächtig um. Dabei schaute er die Frau an und lächelte ihr zu.

Sie erwiderte seinen Blick und lächelte zurück. Es war wie
ein Einverständnis. Eine geheimnisvolle stille Absprache.
Wir haben uns nicht zufällig getroffen, hier im schwedischen Wald. Das ist kein Zufall. Das ist Schicksal. Das
Schicksal hat zwei Menschen zusammengeführt, damit sie
sich finden. Aber wie findet man sich? Wie beginnt man,
damit der eine den anderen versteht, ohne viele Worte?

„Sie müssen mir die roten Rosen erklären", begann die
Frau. „Es ist doch ungewöhnlich. Sie treten das zweite Mal
in mein Haus. Erst sind es gelbe Rosen und jetzt rote. Was
können Sie dazu sagen? Da müssen doch ein paar mehr
Worte gesagt werden, Victor Hartmann."
Sie lächelte nicht mehr und blickte ihn erwartungsvoll an.

Wenn du wüsstest, wie gut ich dich schon kenne, schoss es
ihm durch den Kopf. Und unwillkürlich streifte sein Blick
an den Stellen im Wohnzimmer entlang, wo sie die Wanzen
installiert hatten.

„Ich bin allein", sagte er, „und ich habe noch nie mit einer
so schönen Frau, wie Sie es sind, zusammen Tee getrunken."
Er versuchte sein gewinnendes Lächeln aufzusetzen. Doch
er wusste, dass es in diesem Moment zu einer verkrampften
Maske verrutschte und dass er obendrein ein rotes Gesicht
bekam. Wie ein dummer Junge, der nicht wusste, wie er
dem Mädchen, das er verehrte, eine Liebeserklärung machen
könnte.
Sarah fand das Bemühen ihres russischen Nachbarn ent-
zückend.

„Das mit der schönen Frau und dem Teetrinken ist sicherlich übertrieben", entgegnete sie, „doch allein, das bin ich
auch."
Sie schwiegen beide. Ihre Blicke vergruben sich ineinander.
Er rutschte etwas näher zu ihr hin und ergriff vorsichtig ihre

Hände. Sie ließ es geschehen.

„Sarah!"

„Victor!"

Dann lagen sie sich in den Armen und streichelten einander. Er spürte ihre vollen Lippen auf seinem Mund. Sie spürte seinen heftigen Atem. Dann stand sie auf und zog ihn mit sich. Als er drei Stunden später ihr Haus verließ, wusste er, dass dies die Frau sein sollte, mit der er sein Leben teilen wollte. Schon für den nächsten Tag nahm er sich vor, während Sarahs Abwesenheit alle installierten Wanzen in ihrer Wohnung zu entfernen.

Vater Ali Muhammad Najar und seine Söhne Yussuf und Abdullah saßen zusammen im Gebetsraum. Es war der größte Raum in Ali Najars Wohnung im Glasvej 7. Die Wände waren mit einer blumigen Tapete beklebt. An den Wänden entlang waren Sitzpolster ausgelegt, vor denen niedrige kleine Tische standen. In der Mitte des Raumes lagen Gebetsteppiche nach Mekka ausgerichtet. Die Fenster zur gegenüberliegenden Straßenseite waren mit Gardinen verhängt.

Die Männer auf den Polstern schwiegen und sogen an den Mundstücken ihrer Wasserpfeifen. Bedächtig bliesen sie den Rauch in den Raum.

Ali Muhammad hörte auf zu rauchen und schaute seine Söhne an: „Allahu Akbar!" rief er in den Raum.

„Allahu Akbar!" riefen seine Söhne.

„Wie geht es weiter mit Ahmet?", wollte der Vater wissen.

„Redet er wieder, wie ist es mit dem Essen?"

„Er schweigt. Es gibt nichts, was ihn zum Sprechen bringt. Weder Strenge noch Güte. Er isst kaum. Er scheint sich vor jedem Bissen zu ekeln. Nun ist es schon über fünf Wochen her, dass er nicht in die Schule gegangen ist. Die Lehrer können nichts machen. Ihr wisst, dass meine Frau Sultan alles unternimmt, um den Jungen aus der Stille zurückzuholen. Doch Ahmet schweigt! Er ist stumm wie ein Fisch. Auch der Doktor kann nichts machen. Es helfen keine Medikamente. Allahs Zorn hat sich über uns gelagert. Was können wir tun? Gestern war Jacob in unserem Laden. Ich sagte ihm, dass Ahmet nicht mehr redet. Da meinte er, wir sollen zu Gott beten. Der kann helfen!"

Yussuf schwieg und schaute in die Runde.

„Jacob ist ein ungläubiger Hund! Er glaubt an den Propheten Jesus als an einen Gott. Allah wird ihn strafen!", stellte Ali Muhammad fest.

„Es wird sich nur etwas verändern, wenn wir für Allah eine Tat vollbringen. Vielleicht geht einer von uns dafür ins Paradies. Allah hält eine große Belohnung bereit, wenn wir als Märtyrer zu ihm kommen!"

Yussuf und Abdullah nickten unmerklich. Sie dachten an den Sprengstoff und an die Sprengkapseln, die sie in den Sitzpolstern ihrer Zimmermoschee verborgen hatten.

„Es muss gut vorbereitet werden. Vielleicht können wir es so organisieren, dass niemand von uns dabei körperlichen Schaden nimmt", fuhr der Vater fort.

„Habt ihr eine Idee?"

Abdullah nickte jetzt kräftiger.

„Die Emmauskirche ist ein gutes Ziel! Sonntags um zehn Uhr versammeln sich dort die ungläubigen Hunde. Mitten in ihrem Gottesdienst wird in Altarnähe ein Seitenfenster zum Kirchenraum zertrümmert. Ein Sprengsatz mit vielen Eisensplittern und mit fünf Sekunden Verzögerung wird hineingeworfen. Bevor die Menschen realisiert haben, was da geschieht, ist die Detonation schon erfolgt."

Abdullah blickt triumphierend in die Runde.

„Fünf Sekunden reichen aus, um selbst aus der Gefahrenzone zu springen. Bevor die Menschen außerhalb auf das Geschehen in der Kirche aufmerksam werden, können wir auf dem Frederikssundsvej als harmlose Passanten untertauchen."

Ali Muhammad saugte wieder an seiner Wasserpfeife. Nach einigen Zügen, bei denen er den Rauch genussvoll in den Raum blies, nickte er sichtlich beeindruckt zu seinem Sohn Abdullah.

„Eine sehr wirkungsvolle Überlegung. Sie benötigt die sorgfältigste Vorbereitung. Eine solche Tat wird nicht nur das Schicksal von Ahmet wenden. Allah wird über jeden toten ungläubigen Hund hocherfreut sein. Und wir proklamieren damit einen Sieg gegen alle israelischen Hunde, die unsere Häuser und unser Land in Jerusalem immer noch besetzt halten. Allahu Akbar!"

„Allahu Akbar! Allahu Akbar!" riefen seine Söhne und erhoben die Hände in Gebetshaltung empor.

In der darauffolgenden Nacht hatte Yussuf einen Traum. Er befand sich am Fuße eines hohen Berges. Ein breiter Weg zog sich steil nach oben. Auf dem Gipfel konnte er seine Frau Sultan und seinen Sohn Ahmet erkennen. Sultan und Ahmet lächelten.

Sie hielten sich beide an den Händen und kamen mit langsamen Schritten zu ihm herab. Als sie schließlich neben ihm standen, fasste Ahmet seine rechte und Sultan seine linke Hand. Gemeinsam blickten sie voller Spannung zum Gipfel. Dort bildeten sich wie durch eine unsichtbare Kraft Kugeln, die immer größer wurden. Größer als ein Ball. Größer als ein Auto und schließlich so groß wie ein Bagger. Groß und rund positionierten sie sich auf dem Gipfel. Auf jeder Kugel erschienen jetzt in weithin sichtbarer Schrift Worte: Feindschaft, Hass, Lieblosigkeit, Eifersucht, Totschlag, Mord, Bitterkeit, Ungerechtigkeit, Mordgedanken, Tod. Die drei Menschen am Fuße des Berges konnten jedes Wort genau lesen.

Yussuf wusste plötzlich, dass all diese Worte ihm persönlich galten und eine unerklärliche Angst bemächtigte sich seiner Seele. Er fing an zu zittern. Schweiß lief von seiner Stirn. Seine Frau und sein Sohn schauten ihn aufmerksam an, als wenn sie eine Reaktion, eine Entscheidung von ihm erwarteten. Doch er wusste nicht, was er sagen oder tun sollte. Im Gegenteil, je länger er auf die riesigen Kugeln auf dem Berggipfel starrte, umso größer schien seine Angst und Hilflosigkeit zu werden.

Plötzlich riss er seine Augen weit auf, denn die Kugeln setzten sich langsam in Bewegung und rollten wie im

Zeitlupentempo auf ihn, seine Frau und sein Kind zu. Entsetzen schnürte seine Kehle.

Sultan und Ahmet schauten ihn mit großen verwunderten Augen an.

„So mach doch etwas!" schienen sie zu rufen.

Doch auch sie konnten keinen Laut von sich geben.

Yussuf schüttelte die Hände seiner Frau und seines Sohnes von sich ab und ging auf die Knie. Er streckte die Arme in die Höhe und wollte *Allahu Akbar* rufen. Er konnte es nicht. Sehenden Auges rollte das Verderben langsam, ganz langsam auf ihn zu, so als wollte es ihm noch Zeit zur Besinnung geben. Doch worauf sollte er sich besinnen? Was konnte er noch machen? Das, was auf ihn zurollte, war längst schon in seinem Herzen und hatte sein Leben ausgefüllt. Die Kugel mit der Aufschrift Mord hatte die Führung übernommen. Gleich danach folgte die riesige Kugel Tod. Sie rollten und rollten und alle anderen folgten. Langsam und zielgerichtet, fast genüsslich.

Offenbar wollten sie seinen Untergang und den seiner Familie genießen, hatten ihr Vergnügen daran, sein Leiden bis zum letzten Moment auszukosten. Er blickte in die schreckgeweiteten Augen seiner Frau und seines Sohnes. Ist das jetzt das Ende? Bekomme ich jetzt meine Quittung für jede böse Tat für alle fürchterlichen Gedanken, die mich in meinem Leben immer wieder ausgefüllt haben?

Gedanken, die schon von Kindesbeinen an in mir waren. Die immer wieder den Raum und die Zeit durchdrungen haben. Hatte er je seine Frau Sultan wirklich geliebt oder war sie nur der Mensch gewesen, die seinen Sohn Ahmet zur Welt bringen musste? Hatte der Prophet Mohammed nicht angeordnet, seine Mutter zu lieben, die eigene Frau aber nur als Lustobjekt zu sehen, um Söhne zu zeugen? Oh, Gott, was muss ich tun, um diesem grausamen Ende zu entkommen? Kann ich überhaupt etwas tun?

Die vielen Kugeln rollten weiter. Tonnenschwer. Unaufhaltsam. Vielleicht noch hundert oder nur noch fünfzig Meter entfernt.

In der Enge der Zeit, die ihm noch blieb, spürte er den Schweiß von der Stirn herunterrinnen wie ein Wasserfall. Tränen mischten sich unerkannt in den Strom der Verzweiflung, in die letzten Momente seines Daseins.

Nicht einmal meine Frau und mein Kind kann ich retten. Ich reiße sie mit in den Tod. Dabei hatte er einst den Gedanken gehabt, dass Ahmet einmal würdevoll und siegreich als ein Kämpfer für Allah den Märtyrertod sterben wird. Was für ein Irrsinn. Und er als Vater wollte ihm auf diesem Weg vorangehen. Sultan würde dann eines Tages ganz allein zurückbleiben. In Depression, Angst und Verzweiflung. Auf wen könnte sie dann noch stolz sein? Wen könnte sie dann noch lieben?

Die Kugeln hatten sich bis auf gut zwanzig Meter herangeschoben. Gleich würde es vorbei sein. Yussuf wartete mit seiner Familie wie festgewachsen. Er hatte sich wieder hingestellt und seine Arme um Sultan und Ahmet gelegt. Fest zog er sie an sich. Er spürte, dass er wieder sprechen konnte.

„Ich liebe euch, Sultan, Ahmet! Ich liebe euch! Ihr wart meine Edelsteine. Geschenke des Allmächtigen. Vergebt mir meine Lieblosigkeit, meinen Zorn, meine bösen Gedanken! Oh Gott, wo ist ein Gott, der mir vergibt?"

Die Kugeln des Verderbens waren nur noch wenige Meter von ihm entfernt. Er schloss die Augen.

Plötzlich gab es Licht, ein unendliches gleißendes, goldenes Licht, heller als die Sonne, und doch gelang es ihm, in dieses Licht hineinzusehen. Die Kugeln, die noch kurz davor waren, um ihn und seine Familie zu zermalmen, zerflossen wie Kerzenwachs und konnten das Licht nicht durchdringen. Sie verschwanden wie im Nichts. Eine Stimme sprach aus dem Licht heraus. Warm und sanft und voller Geduld und Liebe.

180

„Ich bin das Licht der Welt. Wer in meinem Licht wandelt, den wird die Finsternis nicht erfassen können. Ich liebe dich, Yussuf Najar, dich, deine Frau Sultan und deinen Sohn Ahmet. Deine ganze Familie. Ich, Jesus, habe Euch erschaffen nicht für den Tod, sondern für das Leben. Darum folgt meiner Liebe. In dieser Liebe seid ihr geborgen in der Zeit und in der Ewigkeit.“

Ein Schrei der Erlösung drang aus Yussufs Kehle. Und dieser Schrei hielt immer noch an, als er schweißüberströmt neben seiner Frau und seinem Sohn auf dem Matratzenlager im Schlafzimmer erwachte.

36

Es war natürlich nicht anders zu erwarten. Bengt Johansson wollte Ergebnisse. Nachdem seine Beziehung zu Maria Lindström immer enger geworden war, dauerte es nicht lange, dass sie ihn über das Interesse Moskaus an dem Psycho-Stille-Syndrom aufklärte und dass auch Russland an allen Möglichkeiten interessiert war, die zu einer Lösung des Problems führten.

„Ein gutes Ergebnis könnte mit einer ordentlichen Summe amerikanischer Dollar verbunden sein", versicherte sie ihm.

„Und ich denke, dass wir beide mit zusätzlicher Entlohnung etwas anfangen könnten."
Sie setzte wieder ihr etwas geheimnisvolles Lächeln auf, in das man alles Mögliche hineinlegen konnte.

„Wann wirst du Jacob Specht treffen?"

„Ich habe mich am Samstag um elf Uhr hier bei mir im Büro mit ihm verabredet. Du kannst dann im Nebenraum mithören. Wir besprechen hinterher gemeinsam, was wir an Moskau weitermelden."
Maria Lindström schien mit diesem Vorschlag einverstanden zu sein.

„Vielleicht können wir ein gutes Ergebnis am Abend dann ein wenig feiern."
Nun wirkte ihr geheimnisvolles Lächeln wie ein eindeutiges Angebot und hatte jeden Reiz, es zu interpretieren, verloren.

Bengt bereitete sich eine Zigarre vor, für die Maria Grund genug hatte, den Raum zu verlassen, um sich nicht einem Hustenanfall aussetzen zu müssen. Die Ärzte hatten sie auch sehr davor gewarnt, da für Asthma gefährdete Personen ein lang anhaltender Hustenanfall zu einer lebensbedrohlichen Gefahr werden könnte.

Die Beziehung zu Maria Lindström belastete Johanssons Ehe mehr und mehr. Es gab Wochenenden, an denen er gar nicht erst nach Landskrona fuhr. Er entschuldigte sich dann mit wichtigen Terminen und nicht bewältigter Arbeit.

Seine Frau Bodil spürte, dass etwas nicht stimmte und seine Töchter Lisa und Emma litten unter den Spannungen zwischen den Eltern. Eigentlich gefiel das Bengt Johansson nicht wirklich.

Er liebte seine Frau und seine Töchter. Doch jede Nacht mit Maria Lindström entfernte ihn weiter von seiner Familie und brachte ihn in immer mehr Abhängigkeit zu dieser Frau.

Die Vorstellung, einfach Schluss zu machen, reichte nicht aus. Neben dem immer stärker werdenden Verlangen nach Maria Lindström, kamen die Informationen über ihre Tätigkeit für den russischen Geheimdienst. Inzwischen konnte er sich nicht einfach nur abkoppeln.

Er wusste zu viel und war dadurch indirekt zum Mitarbeiter der Sektion Kaliningrad geworden. Eine Verbindung, die man nicht einfach rückgängig machen konnte.

37

An diesem Abend verspürte Jacob Specht in eindrucksvoller Weise, wie sehr ihm Anita Fehlin fehlte. Weder sie hatte sich gemeldet, noch hatte er selbst versucht, Kontakt zu ihr aufzunehmen. Sie war für ihn zu einem wunderschönen fernen Gedanken geworden. Doch seine Sehnsucht zu ihr hatte sich nicht im Geringsten verändert. Er wollte zumindest ihre Stimme wieder hören.

Als er ihre Handynummer anwählte, meldete sie sich sofort.

„Hallo Jacob!"

„Hallo Anita! Wir haben lange nichts voneinander gehört. Ich bin wieder in meiner Wohnung im Glasvej. Wo bist Du gerade?"

„Nicht weit von Dir entfernt. Im Bispebjerghospital. Es geht wieder mal um das Psycho-Stille-Syndrom (PSS). Auch in Dänemark nimmt es immer bedrohlichere Formen an. Deshalb leite ich wieder mal ein Informationswochenende hier in der Klinik. Bin also ganz in Deiner Nähe."

„Was machst Du so nach Dienstschluss?"

Jacob wagte nicht direkt weiter zu fragen.

„Na ja, das Wochenende steht vor der Tür. Meine Vorbereitungen habe ich gerade abgeschlossen. Ich könnte zu Dir kommen!"

„Oh, das wäre wunderbar. Ich bereite uns einen Cappuccino vor und könnte Dir bei einer kleinen Käseplatte mit Weintrauben einen schönen Rotwein aus Cubelles anbieten."

„Klingt nicht schlecht, Jacob. Bin in einer knappen Stunde bei Dir. Also bis gleich!"

„Bis gleich, Anita!"

Gegen neunzehn stand Anita vor der Wohnungstür. Ihre bernsteinfarbenen Augen, das glänzende schwarze Haar. Die Wangen waren leicht gerötet. Immerhin musste sie einige

Treppenstufen überwinden. Sie war etwas außer Atem.

„Hallo Jacob, hier bin ich."

Ein leichtes Lächeln umspielte ihre Mundwinkel.

„Ich freue mich, Anita!"

Er trat einen Schritt vor, nahm sie in den Arm und legte zur Begrüßung seine Wange leicht gegen ihre. Sie ließ es geschehen. Dann trat er einen Schritt zurück und öffnete weit die Wohnungstür.

„Bitte, komm herein!"

Ihm wurde schon klar, dass Anita nun das erste Mal in seiner Behausung war. Er hatte alles noch einmal durchgeräumt und die Käseplatte vorbereitet.

Dazu einen kleinen Korb mit Knäckebrot und Butter. Weintrauben in einer Porzellanschale. Der Wein stand im Dekanter auf dem Tisch. Daneben ein Strauß blassroter Rosen. Das Wohnzimmer wurde dezent mit den Klängen des Sommernachtstraums von Mendelssohn Bartholdy ausgefüllt.

„Oh!" Anita wirkte überrascht. „Für einen Junggesellen hast du es sehr nett vorbereitet."

Jacob nahm das Kompliment lächelnd entgegen.

„Nimm doch bitte Platz, ich hole uns noch eine Karaffe mit Wasser , für den Wein."

Er verschwand in der Küche. Anita setzte sich an den Tisch. Durch das große Stubenfenster mit der Tür zum Balkon konnte sie auf die verhängten Fenster auf den gegenüberliegenden Wohnblock sehen. Er wirkte leblos und verschlossen.

Jacob kam zurück und setzte sich seinem Besuch gegenüber an den Tisch.

„Bitte, bedien dich!"

Er goss Anita und sich den Wein ein und versuchte mit dem Weinglas in der Hand eine kleine Rede zu halten.

„Ich musste oft an dich denken, als ich in Cubelles war.

Ich habe dich sehr vermisst. Wie schön, dass du gekommen bist. Sehr zum Wohl!"

Sie stießen mit den Gläsern an und ließen den Wein leicht auf der Zunge zergehen.

„Sehr lecker", behauptete Anita. „Man schmeckt ein bisschen Spanien heraus.

„Wer wohnt eigentlich in dem Wohnblock auf der Straßenseite gegenüber", fragte sie unvermittelt. „Es wirkt so trostlos da drüben. Alles verhängt. Keine Blumen auf den Fensterbänken. Wohnen da überhaupt Menschen?"

„Überwiegend muslimische Familien aus dem Libanon. Den einzigen Kontakt hat man zu ihnen in dem Gemüseladen *Jerusalem* an der Ecke zum Frederikssundsvej. Sie haben ihr Land wegen der Kriegswirren verlassen. Die Hisbollah sorgt ja für zunehmend unsichere und chaotische Verhältnisse im Libanon, aber auch im Krieg in Syrien."

„Ob es bei ihren Kindern auch PSS Probleme gibt? Ich glaube nicht, dass das Psycho-Stille-Syndrom halt macht vor Ländergrenzen, nationaler oder religiöser Zugehörigkeit."

„Yussuf erzählte mir in seinem Gemüseladen von seinem Sohn Ahmet, der immer stiller geworden sei. Der überhaupt nicht mehr reden wolle. Ich habe ihn ermutigt für seinen Sohn zu beten, damit Gott eingreifen könne. Doch darauf ist er überhaupt nicht eingegangen. Wie hat es sich denn mit den Kindern und Jugendlichen in Dänemark weiterentwickelt?", wollte Jacob wissen.

Bei dieser Frage verdunkelten sich Anita Fehlins Augen. Sie holte tief Luft, bevor sie antwortete.

„Es ist furchtbar, Jacob. Das Psycho-Stille-Syndrom greift immer mehr um sich, und es nimmt, wie gesagt, keine Rücksicht auf das Geschlecht und die soziale Stellung der betroffenen Kinder und Jugendlichen. In allen Schichten greift das Syndrom um sich. Die Kinder verstummen einfach und wirken wie lebende Tote. Roboterhaft erstarrt. Wir versuchen alles Mögliche. Doch alle therapeutischen Ansätze erbrachten bisher nichts, verpufften ins Leere. Ähnliche Informationen erhalten wir aus vielen anderen Ländern dieser Welt. Besonders aus Europa." Sie verstummte eine Weile. Doch dann brach es erneut aus ihr hervor.

„Die dänische Regierung ist inzwischen sehr hellhörig geworden. Sie hält den Kontakt zu den Institutionen, die sich mit diesem Phänomen auseinandersetzen und daran arbeiten. Es ist ihr wichtig, alle therapeutischen Ansätze zu unterstützen. Doch wir stehen immer noch vor einem riesigen Fragezeichen. Was können wir nur tun? Wie können wir überhaupt noch helfen? Sind wir schon an die Grenzen unserer Möglichkeiten gekommen? Haben wir den Zenit schon erreicht? Es muss doch etwas geben, das diese Entwicklung aufhalten kann."
Anita schwieg. Sie nahm einen Schluck Wein. Ein paar Tränen suchten ihren Weg über ihre erröteten Wangen.

Jacob war berührt von ihren emotional bewegten Worten. Er wusste nicht, wie er in dieser Situation seine persönlichen Gefühle zum Ausdruck bringen könnte. Muss ich wohl erst einmal zurückstellen, bedauerte er.

„Es ist so furchtbar", seufzte sie", dass man überhaupt nichts machen kann und zur Hilflosigkeit verurteilt ist."
Jacob stand auf und kam um den Tisch herum. Er schob einen Stuhl heran und setzte sich nah zu ihr. Vorsichtig legte er einen Arm um ihre Schulter.

„Vielleicht kann man doch etwas machen", begann er leise.
Anita wandte ihm fragend das Gesicht zu. Er nickte und streichelte die Tränen sanft aus ihrem Gesicht und zog sie an sich. Sie ließ es geschehen, auch als er ihr vorsichtig einen Kuss auf die Stirn hauchte. Ernst fuhr er fort.

„Doch man kann etwas machen. Es war in Cubelles. Dort wirkte eine Kraft an einer jungen Frau in einem Rollstuhl und an einem Mädchen. Die Frau konnte aus ihrem Rollstuhl aufstehen, und das verstummte Mädchen sprach wieder ein paar erste Worte. Vielleicht ist diese Kraft die Rettung."

Anita sah ihn verständnislos an und fragte: „Ja, und wenn es diese Kraft gibt, wie kommt man an sie heran?"

Er wusste nicht, wie er ihr das spontan erklären könnte. Deshalb versuchte er es mit einer sehr direkten Frage, auch auf die Gefahr hin, dass sie keinerlei Verständnis dafür aufbringen könnte. Er schaute ihr direkt in die Augen.

„Glaubst du an Gott und seine Kraft?"

„Wie bitte?" Sie zog die Augenbrauen hoch und krauste die Stirn. „Das meinst du jetzt doch nicht im Ernst. Ist Gott nicht nur etwas für kleine Kinder und alte Menschen?" Sie zögerte einen Moment.

„Vielleicht wäre er etwas für meinen Vater gewesen, der vor gut zwei Wochen verstorben ist." Bei diesem Hinweis kullerten ihr wieder Tränen über die Wangen.

„Oh, das wusste ich nicht", versicherte Jacob, „das tut mir sehr leid für dich."

Er versuchte, sie wieder leicht an sich zu ziehen. Er bemerkte ihren Widerstand.

„Ja, die Wohnung in Helsingör habe ich aufgelöst. Ich wohne jetzt im Schwesternheim im Bispebjerghospital. Zwei Zimmer, ein Duschbad und eine Kochnische. Ist genug für mich. Im Kellerraum kann ich meine Wäsche waschen und trocknen, auch mein Rad abstellen. Die meisten Sachen hat das Rote Kreuz bekommen." Sie hielt inne und nahm einen Schluck Wein. „Ach ja, an Gott glaube ich nicht. Vielleicht können wir uns ein andermal über dieses Thema unterhalten."

Nachdem sie ihr Glas ausgetrunken hatte, stand sie auf und lächelte Jacob an.

„Danke für die nette Begrüßung. Ich muss Dich jetzt verlassen. Vielleicht können wir ein andermal unsere Diskussion über den Glauben fortsetzen."

Jacob war enttäuscht über ihren abrupten Aufbruch. War seine Frage nach Gott der Grund? Er brachte sie zur Tür und half ihr in die Jacke.

„Es war auch schön für mich, dich wiederzusehen", sagte sie beim Abschied und gab ihm einen leichten Kuss auf die Wange.

Jacob streichelte ihr schnell übers Haar und lauschte noch eine Weile im Treppenhaus, als sie die Stockwerke hinunterging.

38

André Kuranow hatte seinen Freund Victor Hartmann verständigt. Es ging nur über einen verschlüsselten Brief in einer Geheimsprache, die nur sie beide kannten. Es war kein langer Brief, der augenscheinlich etwas über das Wetter in Russlands Hauptstadt sagte und über die Kinder seiner Schwester Tatjana, Iwan und Eugen, die gut in der Schule vorankommen. Aber auch über die Datscha, wo sie am Rande Moskaus hin und wieder die Wochenenden verbrachten mit leckerem Bortsch, seinem Lieblingsessen.

Die Geheimbotschaft entsetzte ihn. „Verlasse umgehend Schweden und bringe dich in Sicherheit. Die Hauptzentrale hat befohlen, dich zu liquidieren!"

Hartmann fing gar nicht erst an, über diesen Befehl nachzudenken und Gründe für die Entscheidung der Moskauer Hauptzentrale herauszufinden. Sicher war er nur in dem Punkt des Liquidierungskommandos, das ganz bestimmt schon unterwegs war und dass sie erbarmungslos sein würden. Er holte aus dem Geheimfach seines Koffers verschiedene Pässe heraus. Er entschied sich für den deutschen Pass, der auf den Namen Artur Victor Welsch lautete und etwas über seine russischdeutsche Abstammung aussagte. Artur Victor Welsch hieß sein Großvater mütterlicherseits, der mit seiner Großmutter Lidia in Karaganda in Kasachstan gelebt hatte. Seine Großeltern gehörten stets zu den liebsten Menschen, denen er jemals in seinem Leben begegnet war. Sie hatten immer ein gutes Wort für ihn und ermutigten ihn, wenn er Trost und Hilfe benötigte. Selbst als er unter seinem ersten Liebeskummer litt. Seine Großmutter Lidia verwahrte in ihrem Küchenschrank in einer geschlossenen Blechdose ihre Süßigkeiten. Die öffnete sie in solchen Situationen und gab ihrem Enkel Schokolade auf die Hand.

„Das beruhigt die Nerven", pflegte sie dann meist zu

sagen. Oh, wie sehr hatte er doch seine Großeltern geliebt, die auch dann noch Verständnis für ihn zeigten, wenn alle sich gegen ihn verschworen hatten. Doch das war nun schon lange her. So blieb ihm nur der Name Artur Victor Welsch als eine lebendige Erinnerung. Er dachte an seine Mutter Olga und seine Schwester Tatjana. Sie lebten immer noch in Karaganda. Was würde mit ihnen geschehen, wenn er plötzlich nicht mehr auffindbar war? Seine Mutter erhielt immer noch eine gute Rente, weil sein Vater Wladimir Hartmann als hoch dekorierter Oberst in Afghanistan gefallen war. Seine Schwester unterrichtete am Gymnasium Sport und Marxismus. Solche Staatsbürger brauchte das Land. Doch man weiß nie wie der Geheimdienst reagieren wird. Ich werde sie nie wiedersehen schoss es ihm bei diesen Gedanken durch den Kopf. Ein wenig Wehmut bewegte ihn, als er an diese beiden Menschen dachte. Und an Tatjana mit ihren Kindern.

Zu einer eigenen Ehe und Familie hatte es bei ihm nie gereicht. Dazu passte sein Geheimdienstjob niemals. Immer nur schnelle flüchtige Bekanntschaften. Er machte sich nichts vor. Der Geheimdienst war immer schon ein erbarmungsloses Unternehmen. Die Makarow mit aufgefülltem Magazin trug er immer bei sich. Sie war schussbereit. Eine Patrone steckte im Lauf. Seine wenigen privaten Sachen hatte er stets griffbereit in dem silberfarbenen Schalenkoffer. Er musste noch etwa eine Stunde warten, bis Sarah de Bloom aus ihrer Bibliothek zurückkam.

Er entschloss sich, die Wanzen in ihrer Wohnung zu entfernen. Später würde er ihr alles sagen. Wie würde sie darauf reagieren?

Das Ausbauen der Wanzen war eine Sache von wenigen Minuten. Er steckte sie in die Hosentasche und verließ Sarahs Haus. Wenn das Liquidierungskommando kam, dann würden sie ihn als erstes in seiner Unterkunft aufsuchen. Sie durften nichts über seine Anwesenheit vorfinden. Er ordnete alles so, dass keine Spuren mehr von ihm in dem Stugan zu erkennen waren. Die Plastiktüte mit den restlichen Abfällen entsorgte er in Sarahs Mülltonne. Er ging zurück und stellte die Heizungen alle auf zwölf Grad plus runter. Dann überprüfte er, ob die Fenster alle zugehakt waren. Er schaltete das Licht aus und schloss die Eingangstür zu. Der Schlüssel kam in eine kleine Metallschachtel, die er unter einen Feldstein im Blumenbeet legte. So war es mit dem Vermieter abgemacht. In der Ferne hörte er Sarahs Auto. Er nahm seinen Koffer in die Hand und ging langsam wieder hinüber zum Haus seiner Geliebten. Dort wartete er vor der Haustür. Er hörte, wie Sarah in die Garage fuhr. Gleich würden sie einander in die Augen sehen. Ein unbehagliches Gefühl wollte sich in ihm breitmachen. Wie würde sie auf seine Offenbarungen reagieren?

Als Sarah um die Hausecke kam und Victor am Eingang stehen sah, ging ein Strahlen über ihr Gesicht. Das Lächeln einer geliebten Frau versuchte seine Augen zu erreichen. Doch dann stutzte sie.

„Heute nur mit einem Koffer und ohne Blumen?"

Victor blieb ernst. „Sarah, wir müssen miteinander reden. Es gibt da einiges, was ich dir erklären muss."

„Also dann rein mit dir. Ich mache uns einen Tee." Sie schob ihn mit seinem Koffer durch die Tür.

„Was gibt es denn so Wichtiges, dass man reisefertig mit ernstem Gesicht zu der Frau kommt, die den Mann aus Russland von Herzen gernhat?" Ihr war plötzlich klar, dass etwas Unerwartetes, Außergewöhnliches auf sie zukam. Sie spürte eine Beklemmung in ihrer Brust.

Victor setzte sich in das Ecksofa. Diesmal so, dass das Licht von der Rasenseite seine Augen nicht verdunkeln konnte.

Als Sarah mit dem dampfenden Tee aus dem Küchenbereich kam, setzte sie sich ihm gegenüber.

„Was gibt es, dass Du so ernst und ohne Lächeln in mein Haus kommen musst. Dazu noch mit einem fertiggepackten Koffer. Habe ich etwas verkehrt gemacht?" Sie schaute ihn mit gespanntem Gesicht an.

Victor trank einen Schluck Tee und schaute sie an. Dann schüttelte er den Kopf.

„Nein, Sarah, Du hast überhaupt nichts verkehrt gemacht. Im Gegenteil. Ich liebe dich und ich bin es, der alles verkehrt gemacht hat."

Dann erzählte er ihr alles. Die Sache mit dem Psycho-Stille-Syndrom. Seinen Auftrag, sie mit seinen Agentenkollegen zu beschatten. Die Wanzen in ihrem Haus, die es jetzt nicht mehr gab. Und natürlich die Drohung aus Moskau, dass er liquidiert werden soll.

Sarah starrte ihn die ganze Zeit mit aufgerissenen Augen an. Dann fing sie an zu weinen. Die Tränen liefen unaufhaltsam über ihr Gesicht. Das Weinen schüttelte ihren Körper und ging schließlich in ein hemmungsloses Schluchzen über, das keine Worte zuließ. Victor setzte sich an ihre Seite und nahm sie ganz fest in den Arm.

„Sarah, liebe Sarah, geliebte Sarah! Es tut mir alles so leid, und ich bitte dich, verzeih mir. Konnte ich jemals ahnen, dass ich dich unendlich liebe und dass ich mein Leben nur mit dir teilen möchte. Für immer!"

Das Schluchzen wurde weniger. Schließlich war sie still. Ganz still. Victor versuchte mit seinem Taschentuch ihre Tränen aus ihrem Gesicht zu wischen.

„Ich liebe dich, Sarah, so wie ich noch nie eine Frau in meinem Leben geliebt habe. Bitte, glaube mir."

Er schaute in ihre blauen Augen und versuchte eine Antwort zu erkennen. Sie schwieg weiter. Ab und zu schüttelte sie fassungslos den Kopf. Schließlich fragte sie mit ernster Stimme.

„Und nun? Was passiert nun? War es das? Wirst du mich verlassen und vergessen? Victor, ich liebe dich auch!"
Er drückte sie fester an sich.

„Ich muss verschwinden, Liebes, und zwar so schnell wie möglich, möglichst noch bevor das Killerkommando kommt. Und bitte, komm´ mit mir. Ich möchte mir nicht vorstellen, ohne dich weiterzuleben."
Nach einer weiteren Zeit des Schweigens hatte sie endlich ihre Entscheidung getroffen.

„Ja, ich komme mit dir, Victor. Das heißt, du kommst mit mir. Wir werden nach Cubelles fahren, mit meinem Auto, das ist am Unauffälligsten. Von dort werde ich mich per E-Mail für ein Jahr von meinem Dienst in der Bibliothek beurlauben lassen. Dass ich in den nächsten fünf Tagen nicht kommen werde, kann ich meiner Mitarbeiterin telefonisch erklären. Wahrscheinlich aus Krankheitsgründen. Dies Haus werde ich dann sehr viel später mit allem Mobiliar an irgendwelche Schwedenfans aus Deutschland verkaufen."

„Danke, Sarah, danke, dass wir zusammenbleiben können. Komm´ jetzt. Wir dürfen keine Sekunde mehr vergeuden. Ich helfe dir beim Packen."
Nach einer Dreiviertelstunde saßen sie abfahrbereit im Auto. Sarah verdrängte das wehmütige Gefühl, dass sie ergreifen wollte, als sie aus der Einfahrt herausfuhren.
Sie waren noch keine drei Kilometer entfernt, als eine schwarze Limousine vor Victors Ferien -Stugan hielt. Zwei Männer stiegen aus. Der eine trug eine Kalaschnikow und der andere eine Makarow. Vorsichtig näherten sie sich dem falurot gestrichenen Gebäude. Sie wussten natürlich nicht, dass ihr Opfer schon in einem Volvo mit schwedischem Autokennzeichen davongefahren war.
Es wurde eine fast dreißig Stunden lange Fahrt. Von Schweden über den Landweg durch Dänemark, Deutschland, Lu-

xemburg, Frankreich und schließlich Spanien. Von Barcelona war es noch eine gute Dreiviertelstunde bis Cubelles. Immer wieder lösten sie sich gegenseitig mit dem Fahren ab. Kurze Pausen. An Tankstellen oder kleinen Rastplätzen. Völlig erschöpft, aber doch dankbar, dass Sarahs kleiner Volvo die Fahrt bis ans Ziel ohne technische Probleme durchgehalten hatte.

Von der Rückseite des Gebäudes in der Passeig Maritim 22 gelangten sie mit dem wenigen Gepäck ohne gesehen zu werden in Sarahs Appartement Nummer 2 im 3. Stockwerk. Es roch muffig in der Wohnung. Sie öffneten die Balkontür. Das gleichmäßige Rauschen des Meeres drang durch die Stille der Nacht. Die frische Luft von der Seeseite her erfüllte die Wohnung. Victor nahm Sarah fest in den Arm.

„Wir haben es geschafft, Liebes. Unser gemeinsames Leben hat gerade erst begonnen. Das ist wunderbar. Einfach herrlich!" Sarah schaute ihn mit sehr müden, aber glücklichen Augen an.

Cubelles, das Ferienappartement ihrer Kindheit. Der unmittelbare Blick auf das Mittelmeer. Die Morgensonne, die das Wasser versilbert und die Abendsonne, die den Horizont blutrot färbt, bevor sie im Meer versinkt. Hier hatte sie die Sprache des Landes als Kind schnell erlernt und in Schweden durch das Lesen spanischer Bücher sehr vertieft. Und jetzt war Victor an ihrer Seite. Ein Gedanke erfüllte sie.

„Bitte, Victor, lass uns am Sonntag in die Ekklesia de Santa Marie gehen. Auch wenn Gott allzu selten ein Thema in meinem Leben war, so haben wir doch viel Grund, ihm zu danken. Auch dürfen wir ihn doch bitten, dass er uns behütet und unser Leben segnet."

Victor überlegte kurz. Wenn er etwas über persönlichen Gottesglauben erfahren hatte, dann bei seinen Großeltern in Karaganda. Für sie war das Gebet und der Glaube an den auferstanden Jesus Christus wie das täglich Brot. Lächelnd nickte er Sarah zu.

„Gern, mein Schatz, ein Kirchgang wird uns nicht schaden. Die Predigt werde ich ganz gut verstehen können. Spanisch gehörte mit zu den Sprachen, die wir in unserer Ausbildung erlernen mussten. Im selben Augenblick dachte er an seine Verfolger, die vom russischen Geheimdienst den Auftrag hatten, ihn zu töten. Und vor Sarah würden sie auch nicht zurückschrecken, sie umzulegen. In jedem Fall würde er seine Makarow dabeihaben.

Als sie am Sonntag in die Kirche kamen, war sie schon fast bis auf einige freie Plätze in den letzten Reihen besetzt. Nach der Begrüßung und einigen Lobpreisliedern begann ein junger Pater mit Namen Lucas Perez zu predigen. Das Thema bezog sich auf die Liebe Gottes, die er uns Menschen durch seinen Sohn Jesus Christus erwiesen hat. Als Vater im Himmel war er uns dadurch sehr nahe gekommen mit seiner Kraft, seinem Beistand und seiner Heilung.

„Auch jetzt ist er hier mitten unter uns gegenwärtig und möchte sich uns mitteilen. Wenn du ihn heute Morgen brauchst, dann öffne im stillen Gebet dein Herz für ihn. Er möchte dich mit seinem Heiligen Geist berühren!"
In diesem Augenblick eilten einige Menschen, junge und alte, nach vorn zu den Altarstufen und knieten sich nieder, hoben ihre Hände und priesen Gott mit ihren Dankgebeten. Darunter auch Juan Braixos mit seiner Frau Annemarie und der Tochter Letizia. Sarah erkannte sie sofort und sie dachte daran, dass sie Juan nicht mehr über ihr Kommen infor-mieren konnte. Daher freute sie sich auf die persönliche Begegnung mit ihm und seiner Familie nach dem Gottes-dienst. Irgendwie wirkte er bei der Begrüßung gar nicht überrascht, nicht einmal als sie der Familie Victor vorstellte. Er lächelte und herzlich umarmten sie einander.

„Eure Ankunft ist mir durch Marcos Miranda, dem Chef unserer örtlichen Polizeistation schon mitgeteilt worden. Bei der Kontrolle einer schwarzen Limousine ist es mit den Insassen zu einer Schießerei gekommen. Beide Personen sind in dem in Brand geratenen Fahrzeug ums Leben gekommen. Eine Identifizierung dieser Personen war nicht mehr möglich. Ein Polizist wurde bei dem Schusswechsel leicht verletzt."

Irgendwie war diese Information für Victor und Sarah eine gute Nachricht.

„Und noch etwas gibt es zu berichten", fuhr er fort, „unsere Tochter Letizia, sie hat ein Wunder erlebt, und viele junge Menschen mit ihr. Bitte Letizia, berichte du selbst." Das Mädchen strahlte über das ganze Gesicht.

„Ja, es war für mich ein großes Wunder. Es geschah im Gottesdienst in unserer Ekklesia de Santa Maria. Dort hat mich der Geist unseres lieben himmlischen Vaters ergriffen und ich wurde durch Jesus Christus seinem Sohn geheilt von aller Stummheit und Angst. Von aller Belastung und allen bösen Mächten. Das Leben bringt mir wieder Freude, die Schule, meine Familie. Ich bin so glücklich und dankbar."

„Und das sind wir auch!" ergänzten ihre Eltern. „Unsere Letizia ist vom Psycho-Stille-Syndrom völlig geheilt worden. Es gibt für uns nichts Schöneres. Das Leben hat für uns wieder einen ganz neuen Sinn bekommen."

Sarah und Victor unterhielten sich später noch lange über das Wunder, das Gott an Letizia vollbracht hatte.

„Es wäre schön, wenn Gott auch in Russland verstummte Kinder wieder zum Sprechen bringen könnte. Ich werde meinem Freund André Kuranow eine verschlüsselte Botschaft senden. Er ist ein gläubiger Mann. Vielleicht kann er damit etwas anfangen."

39

Einen Tag später ging Yussuf in die Emmauskirche im Frederikssundsvej. Er hatte weder seinen Vater Ali noch seinen Bruder Abdullah darüber informiert. Auch nicht seine Frau Sultan oder Ahmet. Fragen brannten in seinem Herzen. Es ging doch hauptsächlich um seinen Sohn, der immer noch schwieg und kaum Nahrung zu sich nahm. Vielleicht könnte er eine Antwort dort bekommen. Denn die Kirche, die hat doch etwas mit Jesus Christus zu tun. Dieser Jesus, der auch im Koran als ein Prophet bekannt ist. Er dachte an den Traum der vergangenen Nacht. Das gleißende Licht, aus dem Jesus zu ihm sprach.

Die Muslime hassen die Christen als ungläubige Hunde. Deshalb hätte er dem Vater und dem Bruder schon gar nichts von seinem Vorhaben berichten dürfen. Er spürte, dass keinerlei Hass mehr sein Herz beherrschte. Als er vor dem Kircheneingang stand, zögerte er. Würde er jetzt Allah und Mohammed verraten und auch seine Familie, wenn er dieses Haus betrat? Doch dann überwand er sich und öffnete die Tür. Er trat ein und schloss die Tür hinter sich. Er hörte nicht mehr die Autos, die auf dem Frederikssundsvej vorbeirauschten.

Eine eigenartige Stille umgab ihn. Lang-sam ging er den breiten Mittelgang entlang in Richtung Altar. Jesus hing als kleine Figur an dem goldfarbenen Kreuz. Die Hände an den Querbalken genagelt. Yussuf setzte sich in die zweite Reihe rechts auf die Bank und starrte auf den Altar. Wie kann mir dieser kleine Jesus helfen, überlegte er. Wo ist das Licht, das ich in meinem Traum gesehen habe. Das Licht, aus dem Jesus zu mir sprach, voller Liebe. Diese Liebe spürte er immer noch in seinem Herzen. Die großen angezündeten Kerzen rechts und links vom Kreuz verbreiteten nur wenig Licht. Und dieser Jesus kann mich und meine Familie retten.

Wie kann das geschehen?

Der Pastor, Frederik Magnussen, trat durch eine Seitentür in den Altarraum. Mit seinem grauen Norwegerpullover und den ledernen Hauspantoffeln wirkte er sehr zivil auf Yussuf, dem er freundlich zunickte.

„Kann ich irgendwie helfen", fragte er den Besucher. „Ich heiße Frederik Magnussen und bin der Pastor in dieser Kirche."

Yussuf betrachtete ihn einige Augenblicke. Sieht aus wie ein Moslem mit seinem dichten rostroten Vollbart, dachte Yussuf. Er stand auf von seinem Sitzplatz in der Bankreihe und trat in den Mittelgang.

„Vielleicht", antwortete er. „Ich habe tatsächlich ein paar Fragen. Ja, vielleicht kannst du mir da weiterhelfen."

„Ich will es gerne versuchen, wenn es mir möglich ist."

Dann erzählte Yussuf Frederik Magnussen seinen Traum und von seinem Sohn Ahmet, der nicht mehr sprechen kann. Und er erwähnte kurz Jacob Specht, der ihm empfohlen hatte für seinen Sohn selbst zu beten.

„Wie oft habe ich zu Allah um Hilfe gefleht, es hat sich nichts geändert bei Ahmet. Er schweigt und er verweigert immer mehr, Nahrung aufzunehmen. Ich weiß nicht, was wir noch tun können."

Der Pastor schwieg eine Weile. Gut konnte er sich noch an Jacob Specht erinnern, der kurz vor seiner Abreise nach Spanien seine Kirche betreten hatte.

„Setzen wir uns doch", er deutete auf die erste Bankreihe. Jussuf folgte seiner Bitte. Magnussen setzte sich mit einem kleinen Abstand dazu. Er betrachtete den Kirchenbesucher. Ein verzweifelter Mensch, der keinen Ausweg aus seiner Not wusste und Hilfe in einer christlichen Kirche suchte. Er versuchte seinem Gegenüber den Traum zu erklären.

„Es war Jesus, der dir in dem hellen Licht im Traum erschienen ist. Jesus Christus ist das Licht der Welt. Von ihm wird deine Hilfe kommen; denn er kann dir den Heiligen Geist vom Vater im Himmel senden, eine Kraft, die allen Menschen dieser Welt zur Verfügung steht. Diese Kraft kann auch deinen Sohn heilen. Auch dafür war Jesus Christus am Kreuz. In seinen Wunden ist Heilung. Zu seinen Lebzeiten hat Jesus viele Menschen hier auf der Erde geheilt. Stellvertretend kann der Heilige Geist das heute bewirken, wenn du dein Leben Jesus anvertraust."

Jussuf dachte eine Zeitlang nach. Dann wendete er sich Frederik Magnussen zu und sagte mit fester Stimme. „Ich möchte an den Gott der Christen glauben. Doch wie kann ich das? Kannst du mir helfen?"

„Ja, das kann ich! Bitte einfach Jesus in dein Herz und Leben als dein Herr zu kommen. Bitte ihn um die Vergebung deiner Schuld. Glaube an ihn als den Gott, der Himmel und Erde geschaffen hat. Er und der himmlische Vater sind völlig eins miteinander. Folge diesem Jesus nach. Er wird dich führen und dir den Heiligen Geist vom Vater senden."

Das war eine ganze Menge für Yussuf, was er bedenken musste. Er schwieg eine Weile. Dann schloss er die Augen und sprach laut.

„Herr Jesus ich kann nicht an dich glauben. Bitte, hilf meinem Unglauben!"

„Und salbe ihn mit deinem Heiligen Geist", vollendete der Pastor sein Gebet und legte ihm dabei die Hände auf seinen Kopf.

Yussuf verspürte die Kraft Gottes, die ihn durchflutete. Sein Geist wurde frei und erfüllt mit dem Namen Jesus.

Die Lasten seiner Seele fielen von ihm und er wurde frei von der Gebundenheit und den Fesseln des Islams. Er musste immer wieder den Namen Jesus flüstern. Jesus der

Name über alle Namen.

„Du kannst für deinen Sohn, deine Frau, deinen Bruder und deine Eltern beten. Gottes Kraft hat dich ergriffen, und jedes Gebet von dir wird Gott hören und auf seine Weise darauf antworten. Du bist nicht mehr allein. Jesus wird alle Tage mit dir sein jetzt und bis in alle Ewigkeit. Gott ist dein Vater und du bist sein Kind. Er liebt dich!"

Yussuf atmete tief durch und stille Tränen liefen über sein Gesicht.

„Danke Pastor", sagte er leise. „Gott beschütze dich und deine Gemeinde." Zum Abschied gab ihm Frederik Magnussen ein kleines neues Testament. „Lies viel darin und folge Jesus nach. Sei immer herzlich willkommen in dieser Kirche."

Yussuf erhob sich und umarmte den Pastor wie einen guten Freund. Mit langsamen Schritten ging er zum Kirchenausgang. Ich werde für Ahmet und Sultan, für meinen Bruder Abdullah und für meine Eltern Ali und Hagar beten nahm er sich vor, als er den Frederikssundsvej überquerte. Kein Mord, kein Terror, keine Feindschaft, keine Rache. Gottes Liebe. Hoffnung und Freude begleiteten ihn auf dem Weg zu seiner Familie. Und das Wichtigste war, das spürte er ganz deutlich, ich kann an den Gott der Christen glauben. Jesus ist kein Prophet im Koran. Er ist Gott.

40

Maria Lindström erhielt aus der Zentrale in Kaliningrad den Befehl umgehend zum Rapport zu kommen. Von drei Agenten der Zentrale keinerlei Meldung mehr oder Nachrichten. So etwas war noch nie vorgekommen. Das wirft Fragen auf. Bei ihrer Abreise war ihr noch nicht klar, dass eine Rückkehr nach Schweden für sie nicht mehr möglich sein wird. Deshalb gab es auch nur ein „Auf -Wiedersehen" nach der Nacht mit Bengt Johansson.
In Kaliningrad wurde sie eingehend verhört. Drei Agenten sind bei ihrem Einsatz, eine Therapie für das Psycho-Stille-Syndrom zu finden, in Katalonien umgekommen. Gab es nicht genügend Informationen, um das zu verhindern? Und warum konnte Victor Hartmann nicht liquidiert werden?

„In welcher Beziehung standen Sie zu Bengt Johansson?"
Am Ende aller Befragungen kam man zu dem Schluss, dass Maria Lindström eher eine Gefahr als eine Hilfe in ihrer geheimdienstlichen Tätigkeit für die Zentrale in Kaliningrad sei. So blieb ihr am Ende nur noch eine Bürotätigkeit in der Zentrale. Eine Rückkehr nach Schweden wurde strikt abgelehnt. Jegliche Kontaktaufnahme zu Bengt Johansson wurde ihr untersagt. Keiner konnte ihr in dieser Situation Hilfe und Trost geben. Sie blieb eine Gefangene des russischen Geheimdienstes.
Bengt Johansson konnte überhaupt nicht verstehen, warum seine Geliebte kein Lebenszeichen mehr von sich gab. Es musste einen Grund geben. Vielleicht konnte Jacob Specht ihm Informationen geben, die ihm weiterhelfen. Er hatte ihm bisher noch nichts darüber gesagt, dass er für die Zentrale in Kaliningrad arbeitete. Das wollte er auch weiterhin so halten. Seine Nachfragen in der Zentrale bezüglich Maria Lindström, blieben bisher unbeantwortet.

Als Jacob Specht vor ihm saß, bemerkte dieser sofort, dass Bengt Johansson irgendwie anders wirkte. Seine arrogante Art war nicht offensichtlich und auch die Zigarre, die er bei den Gesprächen im Mund trug, fehlte.

„Zu welchem Ergebnis sind deine Recherchen in Cubelles gekommen?" fragte er sehr direkt. „Hast du eine endgültige Lösung für die Bewältigung des Psycho-Stille-Syndrom ermittelt?"
Jacob Specht zögerte mit einer schnellen Antwort. Johansson wurde ungeduldig und griff nun doch zu einer Zigarre und zündete sie an.

„Es gibt noch keine breitflächige Lösung", begann er. „Es gibt in Cubelles einige ermutigende Resultate. Sie hängen mit der sehr souveränen Kraftwirkung Gottes zusammen. Ich versuchte dir das in meiner Email aus Cubelles anzudeuten."
Johansson verzichtete auf sein arrogantes Grinsen und nickte mehrfach stumm mit dem Kopf.
„Ja – und ?"
„Zumindest in Cubelles ist eine Person, eine junge Frau, vom Psycho-Stille-Syndrom nachweislich geheilt worden. Auch in Dänemark und in Deutschland werde ich nachfragen, ob man schon positive Erfahrungen gemacht hat. Es besteht in jedem Fall viel Hoffnung, die über die bisherigen therapeutischen Versuche weit hinausgeht." erläuterte Jacob Specht seinem Gegenüber.

„Und das sei noch einmal angemerkt! Das Wirkelement ist eine bisher kaum genutzte Kraft: Der Heilige Geist. Eine Kraft Gottes, die jedem Menschen dieser Welt kostenlos zur Verfügung steht. Sie kann persönlich in Anspruch genommen werden in dem Moment, wo sich Menschen in gläubigem Verlangen dieser Gotteskraft vorbedingungslos öffnen!"

„Was heißt denn das? Vorbedingungslos öffnen?" wollte Johansson wissen.

„Das was es heißt! Gott stellt keine Bedingungen und du stellst auch keine Bedingungen an Gott. Überlasse das souveräne Wirken ganz allein dem Schöpfer Himmels und der Erde. Sein Wille geschieht. Versuche es in jedem Fall. Er ist nur ein Gebet weit entfernt."

Bengt Johansson legte die glühende Zigarre in den Aschenbecher. Er dachte an seine Frau Bodil und an seine Kinder Lisa und Emma. Seine Liebe für seine Familie war immer noch da, besonders auch für Bodil, die Frau, die er mit Maria Lindström betrogen hatte.

„Und was ist mit der Schuld, die mein Leben belastet, wie reagiert Gott darauf, wenn ich Hilfe bei ihm suche für Kinder, die mit dem Psyche-Stille-Syndrom betroffen sind?" Jacob Specht nickte mehrmals. „Ich sagte ja, vorbedingungslos! Das heißt, du kannst jederzeit, egal, was dein Leben belastet und wie du dich fühlst, zu Gott kommen und um Vergebung deiner Schuld bitten. Er wird dir gerne vergeben. Dafür hat er ja seinen Sohn ans Kreuz gehen lassen, aus Liebe zu den Menschen!"

Johansson schwieg eine Zeitlang. Dann sagte er: „Okay, schreib mir das alles nochmal auf. Eventuell werde ich einiges ergänzen oder kürzen. Dann werde ich den Artikel in Svenska Dagbladet veröffentlichen, egal, welche Leser-reaktionen daraufhin erfolgen werden, ob negativ oder positiv. Das Wagnis will ich eingehen." Am Abend, be-schloss er insgeheim, werde ich nach Landskrona fahren zu meiner Familie und besonders mit Bodil sprechen. Ein bisschen mulmig war ihm bei diesem Gedanken zumute. Mit einem freundlichen Lächeln verabschiedete er Jacob Specht.

41

Als Yussuf am Abend mit seiner Frau und dem Sohn Ahmet allein im Zimmer war, sagte er sich: „Ich werde es jetzt gestehen. Wie wird Sultan reagieren? Doch ich muss es tun. Es geht um die Familie, besonders um Ahmet!"

Sultan spürte die Angespanntheit und Unruhe ihres Mannes. Irgendetwas wollte er sagen. Doch er brauchte noch eine ganze Zeit, bis er sich überwunden hatte.

„Ich habe mein Leben Jesus Christus anvertraut. Du kennst ihn doch als Propheten im Koran. Er ist Gott. Ich glaube an ihn nicht nur als an einen Propheten, sondern an den lebendigen Gott, der Himmel und Erde geschaffen hat. Auch uns. Er liebt uns! Und seine Kraft ist in uns schwachen Menschen mächtig. Auch in Ahmet, der immer noch schweigt."

Dann berichtete er ihr noch von Jacob Specht, der ihn ermutigt hatte, für Ahmet zu beten. Auch die Begegnung mit Pastor Frederik Magnussen in der Emmauskirche versuchte er ihr zu erklären. Der Pastor, der ihm den Weg zu Jesus Christus gewiesen hatte.

Sultan schaute eine ganze Zeit schweigend in die Augen des Mannes, den sie liebte. Natürlich war sie einmal diesem Mann an die Seite gestellt worden, ohne, dass sie eine eigene Entscheidung damals treffen konnte und dennoch haben ihre Herzen nach einer längeren Zeit des gegenseitigen Respekts in Liebe zueinander gefunden.

Laut sagte sie: „Yussuf, ich liebe dich, das weißt du doch und auch ich möchte diesen Jesus lieben lernen, diesen Jesus, den du als Gott kennen gelernt hast."

Yussufs Augen glänzten vor Freude und Dankbarkeit. Er nahm Sultan in den Arm und drückte sie ganz fest an sich.

„Bitte, lass uns für Ahmet beten. Vielleicht kann die Kraft Gottes etwas Gutes in seinem Leben tun; denn so kann es doch mit ihm nicht weitergehen."

„Und du musst nicht mit deinem Vater vorher darüber sprechen?" versuchte Sultan einzuwenden.

„Nein, das muss ich nicht. Wenn wir jemandem verantwortlich sind, dann Gott allein. Wir wollen Jesus bitten."

Sie knieten sich beide zu Ahmet und umarmten ihn, jeder von einer Seite. Jussuf wusste nicht recht, wie er anfangen sollte. Doch dann flossen ihm Worte aus dem Mund.

„Lieber Gott, Jesus Christus, wir bitten dich, dass du mit deiner Kraft an unserem Kind wirkst. Heile ihn, dass er wieder sprechen, essen und lachen kann. Erbarme dich bitte! Amen."

Am Ende des Gebetes mussten Sultan und Yussuf weinen. Sie konnten kaum aufhören. Ihre Tränen kullerten auf Ahmet. Immer wieder ergriff sie ein tiefer Schauer, der ihr Weinen nur noch verstärkte. Als sie sich endlich beruhigten, schauten sie ihren Sohn an und erkannten, dass er lächelte.

42

Jacob Specht versuchte den Artikel für Svenska Dagbladet so klar und verständlich wie möglich zu formulieren. Immerhin hoffte er, dass eine breite Leserschaft nicht nur in Schweden oder Dänemark darauf aufmerksam werde.

Zunächst beschrieb er sehr detailliert das Psycho-Stille-Syndrom und begann dann über die Ereignisse in Cubelles zu berichten. Besonders über das Geschehen in der Ekklesia de Santa Maria de Cubelles.
Die Wunderheilungen und schließlich die Heilung des Psycho-Stille-Syndroms bei Letizia, der Tochter von Juan und Annemarie Braixos. Das war ihm besonders wichtig, dass er hierbei die Kraft an-sprach, die von außerhalb des menschlichen Vermögens einen Heilungsprozess bewirkte. Alle dramatischen kriminellen Entwicklungen und Ereignisse fanden keinen Platz in seinem Artikel.

Bengt Johansson übernahm kritiklos den Text von Jacob Specht und leitete ihn unverzüglich an das Hauptbüro nach Stockholm weiter. Dort wurde der Artikel eindrucksvoll auf der Titelseite von Svenska Dagbladet platziert. Im Stillen hoffte er, dass der Bericht auch in der Zentrale in Kaliningrad Beachtung finden würde. Für Maria Lindström wäre es kein Problem, ihn ins Russische zu übersetzen.

Am Abend meldete sich Anita Fehlin.
„Ich habe deinen Bericht in Svenska Dagbladet über die Heilung von dem Psycho-Stille-Syndrom bei einem dreizehnjährigen Mädchen gelesen. Sehr schön, aber eigentlich noch ein bisschen dürftig, finde ich. Hätte gerne ein paar genauere Informationen aus erster Hand. Wann können wir uns treffen?"

Jacob Specht schwieg eine Weile, um nicht allzu freudig zu wirken. Dann schlug er vor: „Morgen Abend um 19 Uhr, wenn es dir passt.

„Gern Jacob, also dann bis morgen."

Er schaute nach draußen in den Hof. Die Vögel hatten sich im Lindenbaum in dem schmucklosen Innenhof zum Abendkonzert versammelt. Er überlegte, wie er sich für das Treffen mit Anita am besten vorbereiten könnte. Ich werde nochmal zu Yussuf gehen und ein wenig Obst und eine Flasche Rotwein besorgen.

Er begann seine Wohnung aufzuräumen, besonders den Schreibtisch, auf dem er sich wieder chaotisch ausgebreitet hatte. Als er spät am Abend in den libanesischen 24-Stunden-Laden „Jerusalem" trat, begrüßte ihn Yussuf mit einem strahlenden Lächeln.

„Hey Yussuf, gibt es einen Grund zur Freude?"

„Oh ja, den gibt es. Wir haben zusammen für Ahmet gebetet, Sultan und ich. Es hat gewirkt. Er hat gelächelt. Heute Morgen hat er zum ersten Mal wieder etwas gegessen. Haferflocken mit Milch und dazu ein Glas Orangensaft getrunken. Wir sind so glücklich, und er hat Mama und Papa zu uns gesagt."

„Das ist wirklich eine gute Nachricht, Yussuf. Ich freue mich mit euch."

„Ja, und noch etwas ist neu. Wir haben dem Propheten Jesus unser Leben anvertraut und wollen ihm nachfolgen als unseren Gott und Erlöser." ergänzte der Libanese.

„Oh, möge Gott euch segnen in dieser Entscheidung. Er wird mit euch sein an jedem neuen Tag." ermutigte Jacob Specht seinen Nachbarn. „Wie geht deine Verwandtschaft damit um?"

„Ich habe es bereits meinem Vater und meinem Bruder mitgeteilt. Sie brauchten einige Zeit, um diese Neuigkeit zu verarbeiten. Doch so viel darfst du wissen: Von meiner Seite wird es keinen Hass, keine Feindschaft und keine Rache mehr gegen Christen geben; denn sie sind meine Brüder und Schwestern. Gott wird mir die Kraft geben, sie zu lieben."

„Das klingt sehr gut, Yussuf. Jesus ist wirklich ein Gott, der Gebet erhört. Doch nun brauche ich noch ein paar Sachen aus deinem Laden: Bitte, ein Glas schwarze Oliven. Eine Packung gewürfelten Käse und Fetakäse, etwas Knäckebrot, eine frische Gurke und ein halbes Pfund Butter."

Jacob packe alle Sachen in den mitgebrachten Stoffbeutel, bezahlte und verließ den Laden mit einem freundlichen Schalom.

Daheim holte er eine Flasche Merlot-Rotwein aus dem Schrank und stellte sie auf die Küchenanrichte. Er hoffte sehr, Anita mit dem kleinen Imbiss am morgigen Abend zu erfreuen. Eine gewisse Spannung baute sich in ihm auf. Welche Fragen zum Artikel in Svenska Dagbladet wird sie mitbringen? Er erinnerte sich an das letzte Treffen, bei dem sie sehr zurückhaltend und abweisend auf seinen Glauben an Gott reagiert hatte.

43

Anita stand pünktlich um 19 Uhr am nächsten Abend vor der Tür. Sie hielt ihm einen Strauß rosa Rosen entgegen, als er öffnete.

„Kleiner Willkommensgruß in der Heimat. Schön, dass du wieder da bist. Irgendwie hast du mir gefehlt."

„Danke, komm rein. Ich freue mich sehr, dich wiederzusehen." Er nahm ihr die Rosen ab und legte sie in die Spüle. Er half ihr aus der Jacke mit einer kleinen Pelzkragenimitation.

„Bitte, setz dich doch. Ich versuche noch eine Vase zu finden. Ah, hier gibt es noch eine." Unter der Spüle kramte er ein Glasgefäß hervor, in dem er die Blumen gut hineinplatzieren konnte. Als schmückendes Beiwerk stellte er sie auf den Couchtisch, auf dem er den kleinen Imbiss vorbereitet hatte. Zusätzlich zündete er eine rote Kerze an. Anita hatte sich auf die Couch gesetzt und beobachtete seine Vorbereitungsaktivitäten.

„Jetzt fehlt nur noch ein Begrüßungslied, das du mir persönlich vorsingen müsstest.", bemerkte sie mit einem leicht ironischen Unterton.

„Da kann ich leider nicht mit dienen. Sologesang war noch nie meine Stärke.", konterte Jacob. „Dafür habe ich dir einige interessante Informationen mitgebracht." Er setzte sich zu ihr auf die Couch und füllte den Wein in die Gläser.

„Ein Glas reicht für mich." Jacob nickte.

„Gut, dann begrüße ich dich mit diesem Glas Wein ganz herzlich in meiner Hütte. Habe oft an dich gedacht mit Sehnsucht im Herzen." Sie stießen mit den Gläsern an. Er beugte sich leicht zu ihr rüber und hauchte ihr einen leichten Kuss auf die Wange. Anita ließ es geschehen und schaute ihn mit gespannten Augen an.

Ohne Umschweife berichtete er ihr Details, die nicht in dem Artikel standen, den Bengt Johansson in Svenska Dagbladet veröffentlicht hatte.

„Alles Bemühen, eine Lösung für die Behandlung des Psycho-Stille-Syndroms zu finden, wurde immer wieder von kriminellen Aktivitäten begleitet. Besonders der russische Geheimdienst, so vermute ich, hatte ein besonderes Interesse, an einer solchen Lösung heranzukommen. Doch das Thema müsste jetzt vom Tisch sein, da in Svenska Dagbladet die Möglichkeit zur Hilfe deutlich beschrieben wurde."
Anita bestrich ein Knäckebrot mit Butter und legte einige Käse und Fetawürfel auf ihren Teller.

„Wodurch wurde die Wirksamkeit und Hilfe beim Psycho-Hilfe-Syndrom deutlich?", wollte Anita wissen.

„Irgendwie habe ich nicht alles verstanden. Nach dem Bericht in der Zeitung gab es nur eine konkrete Heilung vom Psycho-Stille-Syndrom an Letizia Braixos. Das wäre nach meinem Empfinden ein bisschen dürftig. Zumal man die weitere Entwicklung noch nicht über einen längeren Zeitraum beobachten konnte. Im Bispebjerghospital waren bis heute noch keine Heilungsergebnisse zu verbuchen."

„Es ist im Grunde die Kraft Gottes, der Heilige Geist, der durch Jesus Christus und durch das persönliche Gebet eines gläubigen Menschen wirksam wird.", versuchte Jacob zu erklären.

„Das heißt also, wenn ich nicht an Gott glaube, dann hat mein *ungläubiges Gebet* keinerlei Heilungschancen?", versuchte Anita zu folgern.

„Das stimmt nicht ganz", wagte Jacob einzuwenden.

„Gott gebraucht manchmal auch Menschen für sein Wunderwirken, die noch nicht an seinen Sohn glauben, um damit seine Gegenwart zu demonstrieren. Die Ehre in Allem aber gebührt allein ihm, dem Schöpfer Himmels und der Erde." Jacob erklärte an dieser Stelle noch einmal die Ereignisse göttlichen Eingreifens in der Ekklesia de Santa Maria in Cubelles. Außerdem beschrieb er die erfreuliche Entwicklung bei Ahmet, dem Sohn von Yussuf und Sultan Najar.

44

Am Sonntag beschloss Jacob Specht den Gottesdienst in der evangelisch- lutherischen Emmauskirche im Frederikssundsvej zu besuchen. Als er kurz vor zehn den Kirchenraum betrat, war er überrascht, dass fast alle Plätze in den Bankreihen besetzt waren. Und noch mehr überraschte ihn, einige bekannte Gesichter zu sehen.

Yussuf Najar mit seiner Ehefrau Sultan und dem Sohn Ahmet, die Eltern Najar und dem Bruder Abdullah saßen vier Reihen vor ihm. Das war schon sehr ungewöhnlich. Muslime verirrten sich eigentlich nie in eine christliche Kirche.

Als er von seinem Platz aus auf die Sitzreihen links vom Mittelgang blickte, durchfuhr es ihn. In der fünften Bankreihe erkannte er Anita. Ihr schulterlanges schwarzes Haar war unverkennbar. Anita kommt freiwillig in den Gottesdienst?

Frederik Magnussen trat vor den Altar und begrüßte die Gemeinde.

„Gott möge Sie mit seiner Liebe berühren und Sie alle segnen im Namen des Vaters, des Sohnes und des Heiligen Geistes. Gemeinsam singen wir *Großer Gott wir loben Dich*!"

Die Orgel setzte ein. Auf einer Leinwand links vom Altar konnte jeder den Text des Liedes mitverfolgen. Pastor Magnussen sprach ein Gebet.

„Vater unser im Himmel. Danke dass Du mitten unter uns gegenwärtig bist durch deinen Sohn Jesus Christus im Heiligen Geist. Erfülle uns mit Deiner Kraft und lass uns Deine Nähe spüren. Schenke uns den Mut, Jesus Christus als unseren Retter, Helfer und Beistand in unser Herz und Leben aufzunehmen. Danke für Deine Liebe, die uns immer nahe ist. Jetzt und in Ewigkeit. Amen!"

Nach einem weiteren Lied wurde das Glaubensbekenntnis gesprochen. Wieder zum Mitlesen auf der Leinwand. Danach gab es eine Zeit der Stille, in der jeder seine persönlichen Anliegen Gott vortragen konnte. Danach wurde ein erfrischendes Gospellied gesungen, begleitet mit dem Klavier und einem Gitarristen. In diesem Lied gab man Gott die Ehre und den Dank dafür, dass ER dem Menschen immer nahe sein will ,egal, ob es Tag oder Nacht ist. Ob in der Lebenskrise im Tal oder in der Freude eines sonnigen Tages.

In seiner Predigt sprach Frederik Magnussen besonders die Kraft Gottes an, seinen Heiligen Geist, der auch heute noch überall auf der Welt in jeder aktuellen Lebenssituation wirksam ist, zu stärken, zu trösten und zu heilen.

Nach dem gemeinsamen Vaterunser segnete er die Gemeinde und entließ sie nach einem Abschlusslied aus dem Gottesdienst.

Beim Hinausgehen lächelte er der Familie Najar zu und freute sich über ihre strahlenden Gesichter. Als Anita an ihm vorbeiging, ergriff er ihre Hand und verließ mit ihr die Kirche. Draußen vor der Tür auf dem Frederikssundsvej blieb er stehen und schaute in ihre Bernsteinaugen.

„Anita, ich hätte nicht erwartet, dich hier heute Morgen zu treffen. Was hältst du davon, wenn ich dich bei Marco im Café Ibiza zu einem Cappuccino und einer Pizza einlade. Es ist ja gerade Mittagszeit."

„Danke, Jacob. Das halte ich für eine gute Idee."

Gemeinsam schlenderten sie den kurzen Weg Hand in Hand zum Café Ibiza. Der Himmel hatte sich mit dunklen Wolken bezogen und ein leichter Regen schlug ihnen ins Gesicht. Als sie die Tür zum Café öffneten, stand Marco hinter dem Tresen und bereitete den Teig für die Pizzen vor.

„Hey Marco, es riecht gut bei dir. Wir brauchen einen heißen Cappuccino und zwei Pizzen Margherita.", begrüßte Jacob ihn.

„Die bekommt ihr in fünfzehn Minuten, den Cappuccino in fünf Minuten." Anita und Jacob setzten sich an einen Tisch für zwei Personen und schauten sich eine Zeitlang schweigend an. Anita brach das Schweigen.

„Im Bispebjerghospital habe ich für ein Kind gebetet. Linda! Sie ist seit einigen Monaten bei uns unter Beobachtung. Bislang konnten wir keinerlei Reaktionen bei ihr beobachten. Was immer wir auch versuchten. Dann begann sie jede Nahrungsaufnahme zu verweigern. Künstliche Ernährung war notwendig. Elf Jahre. Es gab kaum noch etwas, wie wir diesem Kind helfen konnten. Als ich einmal ganz allein an ihrem Bett stand, fing ich an zu beten. Direkt zum Heiligen Geist. *Himmlischer Vater. Gott, Heiliger Geist, berühre doch dieses Kind. Es hat kaum noch Überlebenschancen. Es wird sterben. Bitte rette es!* Ich beobachtete nach diesem Gebet, wie Linda sich plötzlich in ihrem Bett leicht bewegte. Nach zehn Minuten etwa öffnete sie die Augen und sah mich an. Ich war völlig überrascht und redete sie an: *Linda, kannst du mich sehen und hören?* Linda lächelte. In den darauffolgenden Tagen wurde es immer besser mit ihr. Sie fing an, kleine Mengen fester Aufbaunahrung zu sich zu nehmen. Ihre fahle Gesichtshaut bekam eine leichte Farbe. Ihre ersten Worte waren *Mama und Papa*. Natürlich haben wir gleich ihre Eltern verständigt, die mit Freudentränen in den Augen vor dem Bett ihrer Tochter standen. Wir hoffen alle sehr, dass Lindas Heilung sich weiter fortsetzt. Ja, es ist viel Hoffnung plötzlich da. Jesus scheint durch den Heiligen Geist vom Vater weiter auf dieser Welt zu heilen."

Anita hatte Tränen in den Augen. Jacob Specht ergriff ihre Hände und schwieg.

Marco brachte den heißen Cappuccino. „Die Pizza kommt auch gleich."

Jacob dachte nach. Was sollte er dazu sagen. Ein Wunder, das Anita mit eigenen Augen erlebt hatte. Ja, Jesus heilt immer noch.

Die Frau, die er liebte, hatte mit einem persönlichen Gebet Glauben gewagt. Danke, lieber himmlischer Vater. Dir allein gebührt Dank und Ehre!

Marco brachte die Pizza. Anita und Jacob aßen schweigend. Nachdem die leeren Pizzateller abgeräumt waren, schaute Anita ihr Gegenüber sehr direkt an.

„Was denkst Du, Jacob. Ich meine über Linda und was da im Bispebjerg-hospital geschehen ist?"

„Ich freue mich sehr, Anita. Darüber, dass es einen Gott gibt, der immer noch alle Macht hat, den Menschen zu helfen. Auch darüber, dass du ein Gebet gewagt hast. Es ist wunderbar!"

„Trotzdem kann ich dir nicht versichern, dass ich mich jetzt als einen an Gott gläubigen Menschen fühle. Es gibt noch so vieles in meinem Leben, was nicht in Ordnung ist. Ich könnte mir vorstellen, dass dieser Gott, zu dem ich nur einmal gebetet habe, noch eine Menge Arbeit mit mir hat, um mich zu überzeugen." Jacob lächelte.

„Das ist völlig normal. Gott gibt uns nicht auf. Durch Jesus ist er alle Tage ganz nahe bei uns und er freut sich über jedes Gebet, das wir ihm sagen, egal, ob es mit irgendwelcher Not zu tun hat oder mit der Freude und Dankbarkeit, die wir über eine schöne Erfahrung ihm mitteilen. Er wird uns begleiten in allen Höhen und Tiefen unseres Lebens bis zu unserem letzten Atemzug und bis in alle Ewigkeit. Anita, diesen Weg möchte ich mit Dir gemeinsam gehen."

Jacob war sich überhaupt nicht sicher, wie Anita nach seiner Kurzpredigt auf das Angebot auf ein gemeinsames Leben mit ihm reagieren würde. Gespannt schaute er sie an und wartete auf eine Antwort. Doch Anita schwieg. Im Stillen machte er sich Vorwürfe, wieder mal etwas voreilig reagiert zu haben.

Bei einer weiteren Tasse Cappuccino fragte sie ihn: „Kannst du dir denn auch vorstellen, das Leben mit mir zu teilen,

ohne dass ich an deinen Gott glaube?"
Jacob überlegte nicht lange.

„Ja, das kann ich. Ich liebe dich sehr. Immer schon. Und ich weiß auch, dass Gott dich genauso liebt, wie mich. Da gibt es keinen Unterschied. Seine Liebe deckt die Menge unserer Sünden zu durch Jesus Christus seinen Sohn. Dadurch haben wir Menschen immer die Möglichkeit eines Neuanfangs, egal in welcher seelischen Notsituation wir uns befinden. Ja, seine Liebe wird uns tragen, durch jede Tiefe hindurch."

„Das ist genug Predigt und Liebeserklärung, lieber Jacob. Gib mir Zeit. Ich werde darüber nachdenken. Vielleicht brauchst du ja auch noch etwas Zeit. Doch eines kann ich dir jetzt schon sagen. Ich habe dich sehr gern. Ob daraus Liebe wird, dass weiß dein Gott allein."

„Bitte, ein letztes biblisches Wort noch. Es steht im 1. Korintherbrief 13 und dort die Verse 4 bis 7. Es geht um die Liebe: *Die Liebe ist langmütig und freundlich, die Liebe eifert nicht und treibt nicht Mutwillen. Sie bläht sich nicht auf, sie freut sich nicht über die Ungerechtigkeit, sie freut sich aber an der Wahrheit, sie erträgt alles, sie glaubt alles, sie hofft alles, sie duldet alles.*
Anita hatte ihm aufmerksam zugehört.
„Und du glaubst, ein sterblicher Mensch kann eine solche Liebe praktisch ausleben?"
Jacob wartete eine Weile. Er schaute ihr fest in die Augen und umfasste ihre zarten Hände.
„Du hast Recht, Anita. Es scheint menschenunmöglich zu sein, diese Liebe praktisch auszuleben. Doch man sollte es mit Gottes Hilfe versuchen. Alle Dinge sind bei ihm möglich. Und wir lernen, solange wir leben. Er will mit uns sein mit seiner Liebe und uns helfen, dass wir diesem Ziel immer näher- kommen. Anita, ich liebe dich. Ich möchte

immer für dich da sein, in guten, wie in schweren Stunden. Kannst du das Gleiche dir auch vorstellen, dein Leben mit mir zu teilen?"

Anita schwieg, vielleicht länger als zehn Minuten. Jacob schaute sie gespannt an. Tränen rollten über ihr Gesicht. Sie löste sich aus seinen Händen und nahm ihr Taschentuch, um sich die Tränen abzutupfen. Dann huschte ein Lächeln über ihre Lippen. Sie atmete tief durch.

„Ja, Jacob Specht, ich kann es mir vorstellen. Ja, ich möchte mein Leben mit dir teilen und mein Herz sagt mir JA, ich liebe dich auch."

Er nahm ihre Hände und führte sie an seine Lippen.

„Der schönste Augenblick, den ich jemals in einer Pizzeria erlebt habe."

Marco hatte sie offenbar beobachtet, denn er applaudierte mit seinem breiten italienischen Lächeln hinter dem Tresen.

Verwendete Bibelliteratur:

- King - James - Bible

- Luther - Bibel

- Elberfelder – Bibel

AUTORENVITA

Heinz Pahl wurde 1946 in Rendsburg geboren. Nach Abschluss der Schule absolvierte er eine Maurerlehre. Als Soldat und Offizier blieb er danach acht Jahre bei der Bundeswehr. In dieser Zeit heiratete er und wohnte zunächst mit seiner Familie in München. In Kiel studierte er Sonderpädagogik und arbeitete anschließend als Lehrer. Zwischenzeitlich zog er mit seiner Familie nach Dänemark, um hier zwei Jahre an den Vorlesungen auf dem International Apostolic Bible College teilzunehmen. Er gehört zur dänischen Minderheit in Schleswig-Holstein und lebt heute in Niedersachsen.

www.ontherock.jimdo.com